北摂の神々

藤恵　研

浪速社

目次

目　次

北摂の神々

序章　郷愁

北摂連山に囲まれてその大刈村があった。そこに通じる道は渓谷に沿った細い一本道だけである。冷え込みのきつい早朝には、渓谷に湧く朝霞《あさがすみ》が決まって一面を埋め尽くしてしまう。一帯は今朝も霞の中にあった。

その朝霞の濃淡に紛れながら、細い一本道を大刈村に向かう一台の高級車があった。やがて霞を抜けた高級車は、まだ茅葺《かやぶ》き家が残るその小さな村落に入ると、散在する農家を縫うように抜け、竣工したばかりの近代建築の前に音もなく停止した。

およそ建物といえば農家しかないこの地に、連山を借景にこの建物が堂々竣工したのはつい先日のことだった。

暦ではまだ晩秋なのに、村落は既に冬の気配に支配されていた。四方を囲む急峻な山肌は五色の紅葉を誇っていたのに、今は完全に落葉して、枯れ木が林立するだけの山肌に変わっている。

大きなドアを開けて下り立ったのは、山田喜一《きいち》と妻の秀子《ひでこ》である。早朝の山間の冷気が二人を迎えた。

「寒いけど、なんて爽やかかな！」

「……うむ」

「寒くはありませんか？」

「……うむ」

ダブルのスーツに身を固めた紳士は、肩をわずかに縮めて穏やかに頷いた。生まれ育った村だが、まさかこの季節、こんなに冷え込んでいようとは思ってもみなかった。

思えば村を離れて既に久しい。その豊かな四季からは長らく遠ざかっていた。あの頃もこの時節はこんな冷え込みだったのかも知れない。薄い郷愁が紳士を包んだ。

「やはり、早すぎたんじゃないですか？」

「……うむ」紳士はやはり頷いただけだった。

強烈な何かが彼を回想の世界に引き込んでいる。背を見て妻にはそれが手に取るように分かる。

幾重にも折り重ねられた過去が夫から消えているはずはないのだ。同じように、やがて妻も自分に甦ってきた過去に引き込まれていった。二つの影はまるで石像のように立ち尽くして動かない。

やがて我に戻った妻は夫の顔を窺《うかが》った。夫は竣工なった近代建築の建物を凝視したまま、いまだ石像のごとく動かずにいる。めっきり白いものも増えた。額に刻まれた皺《しわ》も深くなったようだ。

それらは風貌をより重厚な面立ちに整えてはいるのだが、同時に苦節に耐えた日々を物語ってもいた。涙の滴りはないが妻には夫が泣いているのが分かる。

三階建て構造のそれは、普通の三階建ての建物よりはるかに高く、内部に十分な空間を擁していることが分かる。しかも鉄筋コンクリート合掌造りの屋根は、まるで天空の神の渡り廊下のようにも見えた。

「やはり、早すぎたな……」回想が霞《かす》んで寒さを覚えたらしい。夫が呟いた。

「ええ」

「わしの畑に、行ってみるか？」

「あの実験区画に、ですか？」

「うむ……、よそうか？」

「いえ、久しぶりに行ってみましょう」

二人は踵を返した。そして車のドアに手を掛けた。まさにその時だった。後方から白い何かがふわりと跳んだ。

「咲《さき》っ！」思わず叫んだのは妻だった。

「神がきた。神がきた。やっと神がきた！」

叫びながら振り返った白いものは、妙齢の女である。被った白い布が風を孕《はら》んでなびいている。天使のような、狂気の女のような、常軌を外れた出で立ちだ。

「咲、かっ？」

夫もつられるように女を呼んだ。女はそれには応えず、そのまま いずこかへ跳ぶようにして消えていった。二人はただ立ち尽くして、その残影を見送るだけだった。早朝のこととて他には人影もない。

沈黙を噛みながら、二人の乗った車は、もう一つの場所へ向かった。ゆっくりと流れていく山も畑も、その全てが記憶にある景色と同じだ。あの頃と何も変わってはいない。

懐かしさとともに様々な記憶が甦ってきた。それらは淡い郷愁とともに、苦い苦痛も含んでいる。

それよりも頭の一隅にあった暗雲がより厚みを増した。言うまでもなく咲のことだ。咲のことはずっと案じ続けてきた。だから今回、解決の糸口を探すつもりだった。今日この日が好機だとも思っていた。

ところが輪郭を持たない思案は、一気に暗雲となって広がってしまった。思いがけない女の様が、余計に二人を混沌の中に引き込んだのだった。ハンドルを握る夫の横顔を窺がいながら妻の口から言葉が洩れた。

「咲は……」

「うむ」

「……」

「元気そうだったじゃないか」

「でも、やはり……」

「うむ」

「……」

垂れ込めた暗雲は途切れ途切れの言葉を吐かせるだけだった。やはり打つ手はないのかも知れない、という予感が短い言葉に色濃く滲んでいる。

どうしてこんなことになったのか。いったい何の因果なのか。今さら、悲嘆の言葉を口にすることはなかった。生まれながらにして、幼子が背負うべくして背負った運命を思えば、何をかいわんやである。

やがて二人の車は静かに停止した。もう一つの目的地だった。目の前に低い雑草が霜に枯れているだけの畑がある。今は杭囲いがしてあった。

「……、ここだ」

「ええ、ここですね」

二人はそこでもまた立ち尽くしたまま、再び深い回想に引き込まれていった。

「寒いわ」どのくらいの時間が経っただろう。現実に引き戻された妻が訴えた。

「……うむ、もういい」

「車で温かいコーヒーでも」

「そうしよう」

車に戻った二人を、座り心地のいい高級車のシートが迎え入れた。暖かい室温が労《いたわ》るように二人を包んだ。

妻は出掛けに淹れてきたコーヒーを、ポットからカップに移した。夫に手渡したカップから湯気がゆらゆらと昇って、いかにも高級品らしい、コーヒーの芳ばしい香りが漂った。それは辛うじてささやかな至福を感じさせた。

「いい香りだ」「ん、うまい」一口含んで喜一が妻に言った。

「ええ、いいコーヒーですよ、これ」

「ん……」

高級品のコーヒーの芳しい香り。高級車の革張りシート。幼少時代に寝起きした茅葺き農家。猫の額ほどに区切られた田畑。それらの贅と貧の対比が、回想と連鎖しながら喜一の頭をかすめていく。

コーヒーを啜っている内に、連山の東の窪みが微かな朱に染まってきた。それは次第に色を増し数条の光を放ち始めた。晩秋の山間の日の出だった。

高い位置から差し込んでくる浅く白い光は、麓にたなびく濃い霞を五色の雲さながらに変幻させていく。幻想的な光景である。二人は思わず目を奪われた。

「まぁ、なんて綺麗な……」

「本当だ、神がかり的な気がする……」喜一は正直そう思った。

それは暗雲を抱えた二人の気持ちを、いくばくか救い上げてくれた。

「秀子、神様が、この日の幕開けを加勢してくれているような気がする」

「ええ、そうですね、ほんとうに……」

素直に応じてはみせたが、その光景は秀子にとっては自然現象の美しさだけに留まらない。深い色合いを成して変幻していくその様は、心の中に巣食う複雑な官能の変幻に通じている。秀子の口から熱いため息が洩れた。

「これは、これは、山田社長に奥様」

近代建築の建物に戻った二人にこう呼びかけたのは、村長から町会議員になったばかりの小森《こもり》という男であった。

喜一も小森のことはよく知っている。誰にでも慇懃《いんぎん》に頭を下げて、心にもない世辞を平気で言う、五十歳になったばかりの男である。もとより信用するに足りない男だが、喜一が私財を投じて竣工したこの大刈浄瑠璃会館の、柿落《こけらお》としの仕切り役を担ってくれていた。好きではないが無視はできない。

「ああ、小森さん。このたびはお世話になりますなぁ」喜一も足を止めて、小森に世辞を返した。

「何をおっしゃいます社長、大刈にこんな立派な会館ができたのは、みんな、みんな、社長様のお陰ですよ。いや、いや、本当にありがとうございます。私も鼻が高いですよ、ほんとに。今日はデンと座っていて下さいよ。私がやります。みんな私がやります、ハイ」

小森は身振り手振りで、大仰《おおぎょう》に自分を強調して言った。嘘ではなくそれは本当のことだったが、喜一にはいつもの上辺《うわべ》の世辞だけに聞こえた。いつものことだが、この男との長い話は疲れてしまう。

「よろしく願います」

「ハイハイ、承知いたしました。お任せくださいまし。ありがとうさんでございます」

ありがとうさんでございます、という言葉もこの男の言い回しの癖である。どこでも調子よくその言葉で締めくくる。

その時、夫妻の姿を見つけて走り出てきたのは喜一の親戚筋に当たる男で、喜一がこの浄瑠璃会館の初代館長に任命した山田謙作《けんさく》であった。

「おはようございます」小走りで近づきながら、謙作が声をかけた。

「おう、謙作、やっとできたな」

「お蔭様で。今朝はまた、お早いですね」謙作の頬は高潮している。当然だった。待ちに待った柿落としの朝なのだ。

竣工を前に謙作は常々思っていた。この会館は単なる建物ではない。土地の浄瑠璃の象徴とも言うべき建物なのだ。

そればかりではない。余人には到底計ることの出来ない喜一の血の結晶でもある。何としてでも、喜一の期待に応えなければならない。初代館長として会館の運営は自分の肩にかかっている。

「うむ」

「部屋を用意してあります。こちらへ。奥様もこちらへ。武造さんはまだですが……」

「そうか」

山田謙作の案内にしたがって、正面ロビーから二階の貴賓室に向かって階段を上がりかけようとした喜一を、追いかけるようにあの小森がまた呼び止めた。

「あっ、社長。こんなところで何ですが……」

「何か？」

「来年の町議会選挙では、またひとつ、よろしく願います」

「ああ」

「ありがとうさんでございます」

小森の猫なで声にはうんざりするが、喜一は表情をとどめて相槌を打った。先の町議会選挙の折に請われて資金応援をした。それをまたねだっているのだ。

品を作り猫なで声で世辞を言う小森の性分は喜一には合わない。できれば会いたくない部類の男である。館長の謙作には喜一の心が読めている。視線を戻した喜一を促して先に立った。

三人は階段の厚い絨毯を踏んで二階に向かった。後ろでは小森が、心にもない丁寧さで腰を二つに折っていた。

貴賓室は階段を上がりきったすぐのところにあった。そこは更に厚い絨毯が敷き詰められてある。壁には当代一流を自称する洋画家の、喉を反らした浄瑠璃師を画題にした絵がかけられていた。

喜一はその前に立った。それは喜一が特別の思いをかけて、武夫《たけお》が浄瑠璃師三代目竹本岳太夫を名乗っていた頃の写真を基に、製作依頼した絵である。

「何と、言う……」喜一は絶句した。後を継ぐ言葉は無い。

「どうです？　すばらしい出来映えでしょう。似ていますか？」謙作が囁くように問いかけた。

「似ているどころではない。生きて、いる……」

目の前のそれは、絵ではなくまるで現実だった。そこに武夫が生きていた。反らした喉の奥からあの声が聞こえてくる。

目の前に甦った現実に、喜一はある種の衝撃をうけた。そこには畏怖《いふ》もある。畏敬《いけい》もある。呵責《かしゃく》もある。しばらくしてからやっと声が出た。

「秀子、見てみなさい」

「……」

「秀子、見てみなさい。兄貴そっくりだ。いや、ここに兄貴がいる……」

喜一が促したが、秀子には躊躇《ためら》いがあった。それは喜一の兄でもあり、秀子の前夫でもあった武夫を描いた絵なのだ。再度促されて、秀子は重い足で絵の前に立った。

「……！」秀子も絶句した。内膝が小刻みに震えた。

秀子は視線を外すことができない。激しい三味の音に乗った武夫の声が、耳を切り裂きにくる。金縛りにあった五体はガクガクと震えた。眩暈《めまい》も襲ってくる。やっとの思いで喜一の背広の裾を摑かんだ。

「……あなた」

「大丈夫か、秀子」

「……」

秀子は、兄と弟に塗り重ねられた、翳《かげ》りと煌きの春情に翻弄《ほんろう》されたのだった。四十三歳の熟れた躰を弄《もてあそ》んだそれは、甘美さを滴らせながら、貴賓室の空気に染みていった。

初老の皺《しわ》をきざみ始めた夫の、秀子に対する愛情にいまさら挟む疑問はない。その喜一が求めるのは、兄と弟という二人の男を、秀子の官能において一体同化させることであった。すなわち、朱に一滴の墨を加えて朱を濃くするように、喜一との現実の性の上に、前夫である武夫との記憶の性を、一体として重ねることだった。そこには不思議な官能と翻弄が生じる。

「秀子、もっと感じとれ。いつも言うように、兄貴とわしとは一つ血の一つ人間なんだ。

そうでなくてはならん。あの絵は兄貴でもあり、わしでもある。今のわしは、兄貴の武夫でもある。武造《たけぞう》も咲も、わしの息子と娘だ……」

和服を透かして、秀子の胸の喘ぎが喜一に伝わった。

昨夜も喜一は秀子の躰を離さなかった。寄贈する浄瑠璃会館の柿落としを控えて、喜一は高揚していた。それが秀子の躰に向いたのだった。

喜一の性は単純な夫の性ではない。今は克服したが、根底に染み付いていた劣等感が吐き出す自虐が潜んでいる。同時に今の地位に立つ優越感もまた同居している。


甘く重い空気を、館長の謙作が裂いた。

「この部屋は貴賓室となっていますが、社長専用の部屋です、ご自由にお使いください。すぐに茶など淹れさせましょう」と言って、謙作はドアの向こうに消えていった。

この部屋には、前夫と今の夫の、二人の男の気が満ちている。摑みどころのない、得体の知れない何かが、熱を持って大きくふわりと被さってくるのを秀子は感じた。

謙作の指示を受けた若い女の子が、京観世を添えて茶を運んできた。甘い新茶の香りが漂った。

白い長いレースを垂らした全面ガラス窓の向こうから、人々の喧騒《けんそう》が聞こえてきた。柿落としの開演が近づいていたのだった。

しばらくして再び館長の謙作が現れた。

「どうです、時間前に全館を案内しましょうか？　それとも……」

「うむ、……もう、人が集まってきているようだが」

「ええ、大変な人気です。開演まではまだ時間があるのですが、どんどん集まってきています。玄関前はもういっぱいの人ですよ。社長がお見えと聞いて、会いたがっている人もいますが……」

「館内を見て回るのは、またにしよう。皆さんに迷惑をかけるかも知れんからな。それなら早めに開けてはどうか、皆さんには充分に見てもらいたいだろう？」

「それはもう」

「うむ、わしたちのことは静かにしておいてくれ。おまえは皆さんをお迎えして、ご案内してくれないか」

「承知しました」

こんなところにも喜一の性格の一面が出る。館長の謙作も心得ている。一応訊きにきただけのことだった。謙作は踵を返してドアの外に消えていった。

ひと時が過ぎて、裃袴《かみしもはかま》の正装となった武造が、喜一のところに挨拶に訪れた。兄の武夫と秀子の間に生まれた長男である。

「おう、武造、おめでとう。いよいよだな」

「社長、この度は……」

「なんという言い草だ。武造、お父さんと呼べ」

「ハイ、お義父さん」

「母さんにも挨拶しなさい」

「お久しぶりです」

「武造、おめでとう……」

「なんだ、なんだ、二人とも。他人行儀な。今日は四代目の襲名だ。武造、しっかりやれ」

「ハイ、ありがとうございます。きっと、見ていてくださいよ」

「うむ」

「母さんも……」

「ええ……」

「ああ、もういい。武造、もう行け。準備もあるだろう」

「それでは、これで」

「うむ」

武造はそそくさと部屋を出ていった。代々岳太夫《がくだゆう》の紋章が染め抜かれた裃の後姿がりりしい。秀子がそっと目頭を押さえた。喜一は見て見ぬ振りをした。

今日は武造が、実の父武夫の後を継いで、四代目竹本岳太夫を襲名することになっていた。柿落としと襲名披露が、併せて予定されているのだった。

丁寧で小さなノックが聞こえてきた。僅かの時間を置いてから遠慮がちにドアが開いた。館長の謙作だった。

「社長、そろそろです。ご案内しますので……」

「おう、そうしよう。秀子、もう大丈夫か？」

「ええ」

まだ足は頼りなかった。だが謙作の手前もある。秀子は気丈夫さを見せた。喜一は連れ立って貴賓室を出た。

聴衆には出来るだけ目立たぬように、喜一はそっと観劇するつもりだった。貧困と屈辱と劣等を乗り越えることができた自分自身を、確認できればいいのだ。

だが特別観劇席に入ったところで、眩いばかりのスポットライトが二人を捉えた。追いかけてアナウンスが流れる。

「皆様、当浄瑠璃会館の寄贈者　山田喜一ご夫妻でございます。山田……」

聴衆の送る拍手が満場にとどろいて、アナウンスは聞き取れない。喜一は、元より晴れ晴れしく自慢たらしいセレモニーは性に合わない。

人生の総括、妻秀子への思い、死んだ兄武夫や父二代目岳太夫の顕彰《けんしょう》、それらをこの浄瑠璃会館建設寄贈という形に置き換えただけのことなのだ。

謙作にもそう言い置いていたのだが、おそらく小森が仕掛けたに違いなかった。

喜一は赤面して思わず土下座をした。なぜ土下座をしたのか分からない。それが拍手を送ってくれる人々に対する、喜一の言葉のない挨拶だったのである。拍手はいっそう激しく鳴り響いた。

この地に生まれこの地で育った。浄瑠璃に身を置こうとしたこともあったが、生涯を新種の米の開発に賭け、気狂《きぐる》い男とまで言われながら泥を食《は》む研究を続け、ついには『北摂の女ほまれ』を生み出して、米王と呼ばれるようになった喜一である。それにこの会館の寄贈者である。人々にとっては今や立志伝中の人物であった。

やがてスポットライトは、尾を引きながら消えていった。次いでそれは舞台正面の華々しい緞帳を映し出した。

それと同時だった。割れんばかりの津軽三味線が響き渡った。いよいよの開演である。

轟《とどろ》き渡る二十連ほどの津軽三味線に乗って、緞帳が静かに上がり始めたのだった。ここにきて喜一の目に涙が光った。

第一章　すべての始まり

【1】


木々は芽吹いて柔らかく穏やかな春の陽射しが溢れていた。人々を閉じ込めたあの厳冬の名残はもう何処にも無い。そんな山裾の竹薮《たけやぶ》を抜けて、二人の少年が陽春のこぼれる畦《あぜ》に飛び下りてきた。

「兄ちゃん、母ちゃんが喜ぶやろなぁ」後ろを歩いていた弟が兄の背中に言った。

「ん」振り向きもせずに兄は背で応えた。

凍てつく冬を過ごしてきたのに、二人の少年にはまだ去年の夏の日焼けが抜け切れずに残っていた。前を行く兄は掘り出したばかりの幼筍を数本ぶら下げている。筍の季節にはまだ早い。芽の出る前のものを泥の中から掘り出したに違いない、素足に履いた藁草履が泥にまみれていた。

弟は筍を掘る鍬を振り回していかにも自慢そうだ。武夫十五歳、喜一十二歳の兄弟である。二人の少年は母の喜ぶ顔を目に浮かべ、畦の雑草を軽い足取りで踏んだ。

「武夫──っ！」「喜一──っ！」

兄弟を呼ぶ声が遠く後ろから聞こえてきた。逆光であるにもかかわらず、声の主は二人が武夫と喜一だと分かったのだろう。

呼び止めた少年は正面から陽を受けていて、健三《けんぞう》であることがはっきりと分かった。健三は武夫より三つ年上の幼馴染である。その後を父親の山中留吉《とめきち》が歩いている。二人もまた、今、山から下りてきたところらしかった。

健三が手を挙げたのを見て、武夫も喜一もほとんど同時に手を挙げてそれに応えた。


留吉は村一番の鉄砲撃ちである。狙った獲物は必ず仕留める。この冬も二十頭もの猪を撃った。他にも鉄砲を撃つ者はいたが、この留吉に及ぶ者はだれ一人としていない。ところが留吉は人並みはずれた偏屈者であった。それに顔がいかつい。生まれながらにして仁王のような形相をしていた。猟師という生業から、夏は太陽に焼け、冬は雪に焼けて、一層その形相をいかついものにしていた。

従って村では留吉に争いを仕掛ける者は誰一人としていない。懇意に付き合う者も数えるほどしかいない。顔つきや偏屈な性格が人を遠ざけたこともあるが、何よりも鉄砲撃ちという生業が凶暴なイメージに繋がっていた。だが根は優しく無口な男だった。

息子の健三はそんな留吉に似合わず愛想のいい少年で、武夫や喜一とともにその父親でもある二代目竹本岳太夫こと山田作造《さくぞう》に浄瑠璃の指南を受けていた。いわゆる少年門下生同士なのである。

立ち止まっていた兄弟のところに、健三と留吉が近づいてきた。

「どこへいっとったんや？」

「あれや」健三は、留吉がぶら下げている三羽のキジを指さした。

「猪と違うのか」

「あほ、この季節やで。今頃、猪は撃たん。キジやキジ」

「あ、そうやな」

武夫と健三のそんなやり取りを留吉は黙って聞いている。人には分からないのだが、留吉は穏やかに微笑んでいるのだった。武夫にはそれと分かる。

留吉が健三に何か言った。もともと無口なだけに、留吉は誰に対しても直接にはものを言わない。必ず健三が仲介の役を果たした。武夫や喜一に対してもそうだった。

「お父うが、師匠は家にいるかと訊いている」

「ん、おる」

健三が留吉にそのことを伝えると、留吉は手にぶら下げていたキジを止め縄から一羽はずして、武夫の前にそれを差し出した。

師匠のところに持って帰ってくれという意味だった。キジや猪の肉が留吉から届くことは、今までにもよくあった。留吉からすれば、息子の師匠への挨拶の届け物といったところだろう。

武夫は手にあった筍を喜一に渡し、自分はキジを持った。それはずんと重い。自分が撃ったキジでもないのに、自分が仕留めた獲物のような気がした。

父と母の大仰に喜ぶ顔が目に浮かんできた。今日の夕餉《ゆうげ》はキジ鍋に違いない。そこに筍が加わる。二人の少年の胸は弾んだ。

畦の分かれ道で健三が武夫に耳打ちをした。

「明日、天気やったら一緒に山にいかんか？　内緒やが、お父うに古い鉄砲を貰った。キジは無理でも、ウサギは撃てる」

「ん、いくいく」武夫はとっさに応えた。もう胸が弾んでいた。

「おまえは、もうちょっと、大きくなってからな」健三が喜一に言った。

喜一は不服だった。かねてから鉄砲を撃つところを一度見てみたいと思っていた。武夫が行けるなら自分だって行ける。山には慣れている。遅れずについて歩くことくらいはできる。

喜一は正面から健三の顔を見つめて意思を主張した。だが健三に考えを変える気配は無い。喜一は留吉の顔を見上げた。口添えが欲しかったのだ。

留吉の黒い顔にある小さな目は、それに似合わない優しい光りを放っている。その目はまだ駄目だと諭していた。これでは仕方がない。喜一はしぶしぶと視線を落とした。

武夫と喜一は、キジの長い尾を引きずりながら歩を運んだ。二つの獲物に父も母もきっと喜ぶに違いない。心がはやって歩が遊んでしまう。狭い畦を踏み外しそうにもなった。

孵《かえ》ったばかりの小さな蛙が、少年の四本の足の乱れに驚いて、畑の中に飛び込んだのだったが二人は気にも留めなかった。

健三と留吉は、遠目にもそれと分かる、疲れた足取りで遠ざかって行った。逆光をうけて背中は黒い陰《かげ》りになっていた。

やはりキジ鍋になった。作造が早速にキジをさばいたのである。筍は母がゆがいて灰汁抜きをし、半分を刺身に半分を煮付けた。いつものことだが高弟子を三人も呼んで、濁酒《どぶろく》を交わしながらの浄瑠璃談義になった。話題はきまって浄瑠璃である。

無理もない。作造の生業は農業だが、土地の伝統であった浄瑠璃一派を率いて、二代目竹本岳太夫を名乗っていた。初代は作造の祖父である。本来は死んだ作造の父が二代目を継ぐべきところだったが、才を認められた作造が二代目を世襲していた。それだけに身の入れ方は並ではなく、生活の根底に浄瑠璃があった。飯を食わねばならないから農業をやっているといった具合で、生き様は浄瑠璃師そのものと言っていい。従って弟子が何人もいる。母は太夫であるこの父とこの一派を陰から支えるのが仕事であり、それは、どの太夫家でも妻に課せられた宿命であった。

武夫と喜一は麦飯にキジの肉汁をぶっかけてかき込んだ。キジ鍋のときはいつも麦飯と決まっている。米も作っていたから米飯でもいいようなものだが、作造はキジ鍋に限っては必ず麦飯だと決めていた。キジの脂とさくさくした麦飯とがよく合った。

腹いっぱいになったら寝るしかない。太夫や高弟子たちの浄瑠璃談議は二人の少年には興味が湧かない。目配せをして二人が席から抜けようとした時、押さえ込むように太い作造の声が被さってきた。

「武夫も喜一も練習を忘れるなよ。一日さぼったら一週間は声が戻らん。わかったな」

いつものことである。頷いて父をいなすと二人は早々に席を立った。

「あいつらには、まだ、わしの気持ちが分かっとらん」濁酒《どぶろく》が作造の気持ちを掻いたのだろう。赤ら顔の口から心の内にあるボヤキが出た。

「太夫、ボンはまだ若いですからなぁ。十五歳と十二歳ですよ。これからですよ。二人ともに中々のもんや、やっぱり太夫の血ですなぁ」と一人の弟子が岳太夫を持ち上げた。

「三代目は武夫さんか、喜一さんか、ほんまに楽しみなことで……」と別の弟子が繋いだ。

残るもう一人の弟子は無言で頷いて、一升瓶からドクドクと丼に濁酒を注いで、それをゴクゴクと飲んだ。弟子にも性格は色々ある。この弟子は追従《ついしょう》が苦手なのだ。

「よそと違うてな、うちの場合は、なんとしてもどっちかに継がせなあかんのや。長男の武夫が継ぐのが、一番なんやがなぁ」

「そりゃ、それに越したことはあらへん。ところで、太夫の御めがねはどっちで？」

「いや、それは……、まだ分からん」

「武夫さんも、喜一さんも、いいもん、持っとりますからなぁ」

「そう思うか？」ボヤキながらも、持ち上げられれば悪い気はしないらしい。作造は破顔して繕った。

「さっきも言いましたで、血は争えんて」

二代目竹本岳太夫こと山田作造は満足げに頷いて、丼の濁酒を一気に飲み干した。弟子たちも作造に倣《なら》って丼を傾ける。ぐつぐつと鍋は湯気をあげていたが、連中には肉を煮込む匂いだけでも肴《さかな》になるらしかった。

この地の浄瑠璃の歴史は古い。古くから義太夫浄瑠璃が脈々と受け継がれてきた。生業の農業をやりながらだが、今では五派の流れがある。毎年、秋の収穫の後、それを競い合うのが伝統となっている。
竹本岳太夫《がくだゆう》一派（武夫《たけお》・喜一《きいち》の父、山田作造《さくぞう》が祖父からの派を継いで二代目を襲名）
竹本秀太夫《ひでたゆう》一派（秀子《ひでこ》の父、岡部秀夫《ひでお》が同じく二代目を襲名）
竹本富一太夫《とみいちだゆう》一派（富子《とみこ》の父、藤原富太郎《とみたろう》が三代目を襲名）
他に四代目、五代目の長が率いる二派を合わせた五派である。

元はといえば、大阪の浄瑠璃師について本職をめざした者や、趣味的に習い覚えた者が帰郷して、同好として始めたものだった。それがいつの間にか五つの流派になり、それぞれが主流を自称するようになった。今では同好の域を超えて、派をなして伝統芸能として競合するに至っている。

ところがこの世界は、弟子たちの授業料による経済的な基盤があるわけではない。一派の運営はそれを率いる太夫の、独り経済的負担によって仕切られていた。

したがって今ある五派以上に新派は生まれてこなかった。弟子たちから「おやじ」と呼ばれる太夫になってからは、それを死守し、隆盛させることこそが太夫の宿命的課題であった。五年程度を目処として太夫を持ちまわりとする派もあったが、岳太夫一派はいまだ世襲を貫いてきている。

翌朝、夜も明けぬのに武夫は早々に起き出した。鉄砲など撃ったこともないのに、ウサギが鮮血に染まる場面を想像して、気が高ぶって眠れなかったのだ。その度に睾丸《こうがん》が硬く縮んだせいもある。

夜が明けると、雲ひとつない陽春の青空が拡がった。時計は約束の一時間前を指している。急がなければ間に合わない。

「武夫、こんなに早くどうしたの？」朝餉《あさげ》の支度をしていた母の登世《とせ》が訊いた。

「健三と山へいく」

「健三さんと？　何しに？」

「ウサギを撃ちにいく」

「ウサギ？　二人で？　鉄砲で？　まさか……」

「あ、いや、留吉おじさんも一緒だ」

「留吉さんも一緒なの、ならばいいけど。気をつけるのよ。弁当は？　握り飯でも作る？」

「いや、いらん」

武夫は嘘をついた。健三と二人だけだと正直に言えば許してくれないことはわかっている。使用許可のいる鉄砲を使うのだ。自分にも危険性の予感はある。母親ならば尚更のことだろう。しかし嘘をついた罪悪感はなかった。

武夫は藁草履《わらぞうり》ではなくズック靴を履いた。経験はないが草履では何かと不自由だと思ったからだった。険しい山道を、ウサギを追って歩き回るに違いないのだ。

約束の場所ではもう健三が待っていた。ところが武夫はアレッと思った。横に女がいたからである。サキである。

「武ちゃん、おはよう」

「おはよう」サキに応えておいてから、武夫は健三の顔を見た。サキちゃんが一緒だなんて言ってなかったじゃないか、そんな咎めるような視線だった。

「ゴメンなさい。私が頼んだのよ、武夫ちゃんを呼んで欲しいって」

「でも……」

「いいじゃないか」意を含んだように、微かな笑みを浮かべて健三は言った。「三人で一緒に行こう。山には誰もおらんことじゃしな」

もちろん武夫に異存があるわけではない。サキのことは武夫も好きだ。それ以上にサキが武夫を好いていることを、武夫も知っている。互いに引き合う気持ちがあっても日ごろ一緒に遊ぶことはままならない。健三はそのことを見越しているのだった。

サキは、浜田清一《せいいち》の一人娘で、浜田サキと言う。浜田の家は昔から貧農の家だった。この土地の人間なのにどうして田畑が少ないのか、どうしてそんなに貧しいのか、村落のはずれの小さな茅葺きの家に住んで、どうした訳か村人が集まる葬式や祭りなどの場面でも清一おじさんを見かけることがないのだった。

　武夫の家の団欒の話題にも上がったことがない。この土地に生まれた人には違いなく、何か事情があるのだろうとは薄ぼんやりと想像はできたが、詳細な事情を誰にも聞いたことがなかった。そんなことはどうでも、武夫はサキのことが好きだった。

　好きだったが言葉にしたことはない。それは自分が竹本岳太夫名乗る山田作造の長男で、サキが事情のありそうな貧農の浜田清一の娘だったからではない。衒《てら》いと恥ずかしさのせいだった。気持ちも臆していた。武夫が十五歳でサキが五つも年上の二十歳だったからである。


　元々サキは村の子どもではなかった。ある日、清一おじさんがサキを連れて村に戻ってきた。そして二人で村はずれの茅葺の家に住むようになった。元々そこがおじさんの住居だったとは誰かに聞いた覚えがあるが、それ以上のことは知らない。サキが十三か十四か確かそんな頃だったと思う。

　サキは色の白いどこかひ弱に見える少女だった。それが武夫には都会育ちの少女のイメージに映った。畑仕事を手伝って、陽に焼けている村の少女とは全く違う。

武夫は都会には行ったことはない。行ったことはないが、都会の文化の中で生まれ育てばサキのような子になるのだろうと想像した。具体的な何かではなく、漠然とした相対的な印象だった。違う文化に育った者への憧れと言った方がいい。

強い印象を持ったという意味ではサキも同じだった。よそからきた者にとっては、村の人間のことは最大の関心事である。子どもは子どもなりにその世界を観察する。そして比較もする。

サキの目に入ってくるのは、裸足に藁草履を履いて畑を走り回る、陽に焼けた黒い子どもばかりだった。潑剌《はつらつ》としている。自分とは明らかに何かが違う。サキはやはり自分はよそ者なのだと思った。

ところが他の子どもと同じように、顔は黒いが印象の違う少年が一人いる。それが武夫だった。武夫少年は村の子どもたちの中でも何かが少し違って見えた。それが何なのかは分からなかったが、サキは武夫少年に対してだけは、他の子どもたちに感じる距離を感じなかった。

これが互いの最初の印象だった。それからは武夫もサキも、互いを遠目に意識しながら年月を経てきた。そして今では、武夫は十五歳になり、サキは二十歳になっている。

武夫にとって、美しく成人したサキは眩しい存在だった。色白の肌に、はっきりとした目鼻立ち。静かな翳りを秘めて見える瞳。すんなりと伸びた脚。その華奢《きゃしゃ》な全身……。それらが、陽に焼けて畑仕事をこなす村の娘たちが一様に感じさせる、逞《たくま》しさとは無縁のものを感じさせたのだった。

思春期の少年にとっては、それらは紛《まが》うことなく新鮮だった。眩しかった。全てのものの中で最も美しかった。

サキにとっての武夫も、また同じだったのだろう。何かの時だった。サキが武夫にその好意を打ち明けたことがあった。

年上なのに恥ずかしそうに、サキは小さな声で武夫に耳打ちした。そのとき、朱に染まったサキの頬を見て、打ち明けられた武夫の心臓はどくどくと血を噴いたのだった。だが武夫は十五歳である。恥ずかしさが先に立った。照れて視線を外す他に方法を知らなかった。だから気持ちを伝えられずに来た。

それだけに自分の中で、サキの黒い瞳や、白いうなじや、柔らかそうな唇が、幻影として増幅し続けたのだった。それは日を追って強くなり、サキを抱きしめている夢を見て、気がつけば夢精していたことも一度や二度ではなかった。

そのサキが健三の大きな躰に隠れるようにしてそこにいる。健三の頑丈さのせいか、サキの細身の躰はしなしなとして見えた。武夫はほのぼのと緊張した。

「わしが先にいく。二人とも遅れずについてこい。今日は奥の山までいくつもりだ。ええな」そして健三は、言い含めるように言った。「早くここを離れよう。誰かの目につくとうるさいからな」

武夫とサキは黙って頷いた。もとより山は素人である。それに健三のウサギ撃ちに惹かれてきている。健三の指示に従うのは当たり前だった。それに早くここを離れた方がいいというのもその通りだと思った。

村はずれの畦を抜けた山裾から、健三は武夫の知らない山道に入った。二人もその後に続く。雑木もまばらな、高低差のある山を抜けると、最初の低い尾根に出た。平気な顔の健三に反して、武夫とサキの呼吸は激しく乱れている。山を歩く鍛え方が違うのだ。

「何だ！　もうばてたのか！」

「な、なんだと。これくらい、へ、への河童だ！」弱腰とは思われたくない。武夫は気負いこんでみせた。笑いながら健三は、遠くに見える高い山を指差して言った。

「あの山の、もう一つ向こうの山が奥の山じゃ。今日はその奥の山まで行く。しっかりついてこいよ。大丈夫だな、武夫、サキ」

武夫もサキもまだ心臓が喘《あえ》いでいる。呼吸も整っていない。目を見合わせてから黙って頷いた。

えらく奥深いところまで行くものだ。しかし考えれば当然のことだった。山深く踏み込まなければ鉄砲を撃てるはずはなかった。規則もあるに違いないし、獲物の獣もいるはずがなかった。

三人は登ってきた斜面の、反対側の雑木林を下った谷の、細いせせらぎに出た。武夫にとってこんな深山は初めてである。獣だけが生きる、人間とは無縁のところだ。それほどに辺りは深閑《しんかん》として、上流から下ってくる空気が肌にひんやりと感じるのだった。

今度はその細いせせらぎに沿って山の中腹まで登りきった。何度も足をとられた。心臓は更に喘いだ。歩を止めたそこでは、せせらぎの水流もなくなって、ほんの一筋の清水が山肌の窪みから垂れていた。

「この水は飲めるぞ。飲んでみい」健三は手本を見せるかのように、滴る清水を両手いっぱいに受け溜めると、うまそうにゴクゴクと喉を鳴らして飲んだ。そして言った。

「うまいっ！　やっぱり、山の水はうまいっ！」

健三を真似て、武夫もサキも垂れ落ちる清水《しみず》を両手に受けた。この季節なのに水は指を切るように冷たい。急いで二人は掌を覗き込むようにして口をつけた。清水は切り裂くような刺激とともに、渇ききった二人の喉を潤した。

それは軽い痛みすら残して胃の腑に落ちていったのだったが、やがては五体の隅々にまで滲みていく実感があった。噴いていた汗が退いて生気が甦ってくる。それは自然に育まれる人間の命を感じさせた。

一呼吸おいてまた登った。それからはそれほど苦しいとは思わなかった。健三の足について歩くことができる。徐々にだが山に馴染んできたな、そんな自覚が武夫に芽生えてきた。サキも同じだった。

「ようついてきたな」目的地までにはまだ途中の、先ほどの休憩地点から遠望した山の、尾根に着いてから健三が言った。

「あの山が奥の山じゃ。これからあの山の腹を回っていく。そのうちウサギにも出会うじゃろう、これからは音をさせんといてくれや」

ここに至るまでにも深山の気に触れたような気がして、ある意味の征服感に浸っていた武夫だったが、ウサギの話を聞いていよいよだと胸が高鳴った。何度も頷いてから健三の後に従った。

そこからは獣道に入った。十メートルほど先を、獲物を探しながら健三が用心深くゆっくりと歩いていく。その背からは張り詰めた緊張感が伝わってくる。それを受けて武夫の全身もにわかに緊張していく。

サキは恐々《きょうきょう》だった。こんな山奥に踏み入るのは初めてである。二人についてはきたものの強い不安に襲われていた。四方からは穏やかな鳥のさえずりが聞こえてきているのに、包む空気は張り詰めていて息苦しい。腐りかけの倒木を越える時や、滑りそうな窪地を抜けるときは、武夫の手を借りなければならなかった。


サキの手を取ってやる……、そのことが武夫に、ある種の余裕を持たせる作用をした。頬を染めて打ち明けてくれた頃のサキを思い出し、ただ恥ずかしくて目をそらすしかなかった自分を思い出した。しかしそれは既に過去のことだ。今は男としての自覚もある。サキを助けてやることができる優位な位置にいる。

サキの手の柔らかさは、成人した独りの女性を意識させた。のみならず、それは手の感触だけなのに、サキの全身の感触を想像させたりもした。

突然、先を歩いていた健三が手を挙げて二人を制した。はたと止まって健三が指さす方を見た。そこには一匹の白い野ウサギが草を食んでいた。草を食みながらも、時々は視点を挙げて周囲を見回している。野ウサギもまた警戒しているのが分かる。

健三がゆっくりと鉄砲を構えた。あのウサギを撃つのか、武夫もサキも一気に緊張した。頬が強張る。わずかに鳥肌がたつ。

炸裂音が静寂を切り裂いた。と同時である。白い塊は三尺ほど飛び上がったかと思いきや、直ぐさまドスンと地に落ちた。驚いて飛び立った数羽の鳥の、けたたましい羽音がざわめく。

「命中だ」健三の自慢げな顔が振り向いた。武夫は息を飲んで声も出なかった。サキは小刻みに震えている。ウサギが撃ち殺された目の前の事実はやはり衝撃だった。

近寄ってみると弾はウサギの横腹を貫通していた。鮮血が白い毛並みから滴っている。健三は、血の匂いを消すのだと言って浅い穴を掘り、落した首から血抜きを済ませて腰縄で縛ると、それを武夫に持たせた。ずっしりと重い。なるほど、こうするのか。初めてのことだが、その一つひとつに理があると思った。その堂々とした手際のよさから、武夫は健三に逞しい大人を見ていた。

それからどのくらい更に奥に踏み入っただろう。小さい粗末な猟師小屋に行き着いた。

「武夫、サキが疲れておる。一緒にここで休んでおれ」そして意味ありげに言った。「誰も、ここにはこんけえな……。わしはもっと奥に入ってキジを撃ってくる」

「わしもいく」慌てて武夫が言う。

「あかん、サキを看てやれ」

武夫はサキを見た。サキの顔には血の気がない。無理もないことだった。

「ん、わかった」

すぐに返ってくると言い残して、健三は独り奥に踏み入っていった。健三の背を見送ってから、武夫は小屋の木戸を開け、サキの手を引いてそれをくぐった。

微かな、かび臭が鼻をくすぐった。普段あまり使われていない証拠だった。薄暗い内部も目が慣れると様子が分かってきた。塞がれてはいるが窓もある。床は板敷きだ。真ん中に囲炉裏が切ってある。囲炉裏の周りには筵が敷き詰められてもいる。

雨戸を開け、つっかい棒で止めた。明かりは入ってきたが、深い木立の中だけに陽射しまでは届いてこなかった。

武夫にとって猟師の寝泊り小屋は初めてだった。目が慣れて驚いた。粗末ではあるが不自由のないように出来ている。隙間風を防ぐために、壁板と壁板の隙間は硬く埋められている。木戸の内側には囲炉裏用の薪が積んであり、簡単だが炊事道具まで揃っている。冬場の雪の中を猪撃ちにきて、猟師が山籠りする小屋なのだ、暖をとり煮炊きする備えがあるのも当然であった。

しかし武夫にわずかな不安が湧いてきた。健三は、誰もこんから安心して休んでおれ、と言ったが、この小屋は一体誰の小屋なのだろう。いきなり誰かが踏み込んできて責められることはないのだろうか、という不安だった。巡らなかった思いが巡ってきて、健三に確かめておくべきだったと悔やんだ。

しかし考えてみれば、これまで歩いてきた道は、この小屋に向かっての道だったようにも思える。これほどの備えをした他人の小屋を健三が自由にするわけもない。恐らくここは留吉の小屋ではないか。猪撃ちという仕事は何日間も山に籠る。やはり留吉のそのための小屋だ。健三も留吉に連れられて、何度もここにきていたに違いない。

だが留吉はどうだろう。いきなり踏み込んでくることはないのだろうか。母親には嘘をついてきている。留吉だってサキが一緒とは知らないはずだ。サキと一緒のところを留吉に見られでもしたら、何と弁明すればいいのだろう。武夫にとっては、この小屋にサキと二人きりでいることが早や秘密めいたことだった。

だがやがて武夫に安堵感が生まれてきた。昨日留吉に会ったとき、山に入る様子は窺えなかった。ああ、勝手に行ってこいや、そんな風だった。それに木戸を開けたときのかび臭や囲炉裏に盛られた灰は、永いあいだ、人が入っていないことを証明している。留吉がこの季節この小屋を使うことはないに違いなかった。

武夫はサキを莚《むしろ》の上に横たわらせ、自分も背を向けて横になった。背中にサキの視線を感じたが無意識を装った。躰中を巡りはじめていた熱い血をサキに気付かれたくなかったからである。

深閑《しんかん》として音はない。まるで静寂の底に沈んでいるようだった。だが耳を澄ませば何かが聞こえてくる。風が木々の枝を渡る音だ。遠くで鳴く小鳥の声だ。どこかで滴っているのだろう水滴の音もする。

武夫は背中に柔らかい感触を感じた。サキが指でなぞっているのだった。それとすぐに分かったが、武夫は気づかない振りを装った。振り返る勇気がなかったのだ。しばらく続いた感触はいつの間にか感じなくなった。武夫が眠りに落ちたからである。

　サキもウトウトしていたのだろう、いきなり木戸が開いた音で飛び起きたのは同時だった。健三だった。手にはキジが一羽ぶら下がっている。

「なんや、二人とも寝入っとったのか？　いきなりではあかんと思うてな、わざと音を立てて開けたんやが、びっくりさせて済まんな。……まあええ、わしはまた行くからな」健三は、特定の関係の二人なのだから、何をしていようと邪魔はしないと言わんばかりだった。十五歳の少年の心はこそばゆかった。

「よし、わしがウサギとキジをさばいてやろう。サキ、囲炉裏に火を焚いてくれ。武夫、おまえはわしを手伝え。そこの戸を開けて、鍋と包丁を出してくれ」

　棚の奥には、鍋と釜、包丁が二、三本ぶら下がっている。推測に間違いはなかった。やはりこの小屋は留吉の小屋で、健三もよくここに来ていたのだ。

　武夫は健三について小屋を出た。裏手に回ると水辺があった。もちろん井戸はない。山肌の窪みに打ち込んだ竹筒から、わずかな水量だが清水が滴り落ちている。いわゆる調理場である。

　健三は実に器用に獲物をさばいた。何度も留吉に連れられてきて、見習って覚えたに違いない。振り返れば小屋の軒から煙が上がっている。サキが囲炉裏に火をつけたのだ。米も備えてあった。飯を炊き、ウサギの肉を焼いて、キジ鍋を作った。若い三人の腹を満たしても肉は余った。健三は笑った。

「どうや、ここもええやろ。飯もうまいし、なぁ武夫」

「ん」

武夫は不思議な感覚に魅せられていた。飯はいつも母親が作ったものを食ってきた。すなわち親の保護下での飯しか知らない。もちろん今も全て健三の采配の中にいるのだが、獲物を撃ち、野趣に満ちた飯炊きに参加したせいで、大人の男に近づいたような気がするのだった。一端《いっぱし》の存在感そのものを感じる。健三が撃った獲物だが自分も健三と一体になっていたのだった。

満腹を抱えてため息をついたところで、また健三が言った。

「もう一回いってくる。今度はキジを二、三羽、撃ってやる」

「わしも」そう言って武夫は健三ではなくサキを見た。サキは黙っている。

「いやあかん。おまえはサキと一緒におってやれ。そうでなければサキが寂しがるじゃろう。それにちょっと危険やでな」

「危険？」

「ああ、一寸な。キジ撃ちは慣れとらんとな」

だまって武夫は健三とサキの顔を交互に見た。

サキは二人の会話をうつむいて聞いていた。頬に朱が射したのだったが武夫は気付かなかった。

健三はそんな武夫とサキを交互に見ながら相好《そうこう》を崩している。健三は堂々として、やはり大人びて見える。この際はサキを守る他に役目は無いようにも思われた。それでいてサキと一緒に残ることを思えば胸が騒いだ。なぜか躰も熱くなる。キジ鍋が躰を温めたせいもあるが、どくどくと湧く熱い血のせいだった。

健三は出掛けに何やらサキに耳打ちをして、振り返りもせずに消えていった。留吉に似たのか、猟師らしい無骨な消え方だった。深山のおよそ世間とは無縁の小屋に、武夫とサキが残された。

囲炉裏の薪は既に燃え切って熾《おき》になっている。鉄瓶の口からは湯気がなびいている。深い木立の中の静寂が、再び小屋ごと二人を包みこんだ。音のない時間は止まっているようだった。

二人は腹這いになって囲炉裏の熾《おき》に見入った。真っ赤なそれは互いに燃え合っていたが、競うのでも争うのでもなく、互いに互いの熱を保ち合おうとしているかのように見える。小さく揺らぐその炎はいくら見ていても飽きなかった。

そんな武夫をサキは優しく見つめていた。いつの間にか、二人は静寂にいざなわれて、再び浅い眠りに落ちていたらしい。天山鳴動して目が覚めた。春雷である。

山の春雷は村で聞くそれとは違う。天を引き裂き、山を揺らす強力さである。サキは怖がった。武夫とて初めて知る自然の猛威であった。

やがて黒雲が覆い土砂降りの雨になった。小屋には天井などというものは無い。三角型に組まれた梁の上に、トタン板を張ってあるだけなのだ。屋根を打つ雨の響きはけたたましく、小屋の空気を激しく震わせ続けるのだった。

通り雨は間もなく止むに違いないと思ったが、逆に激しさを増すばかりで、一向に止む気配をみせなかった。これではここに潜んでいるしか手はない。

「健三は、大丈夫だろうか？」雨脚の余りの激しさに健三のことが気になった。

武夫は、降り込む雨を防ぐために閉じていた雨戸を、少し開けて外を見た。午後の三時か四時ごろに違いないのだが、外はもう暗がりに近い。なおさらのこと、山奥に入った健三が気になった。

「健三さんは」消え入るようなサキの声が、後ろから聞こえた。「二番小屋に入っているから大丈夫。出掛けにそう言っていた。雨がくることもわかっていたみたい。今日は二人で泊まれって、そう言ってくれたの……」

「二人で、泊まれって？」

「私が頼んだの、武夫が好きだから何とかして欲しいって」と、言ってサキは俯いた。

「健三さんは、二番小屋に泊まるって、言っていた」と、一呼吸おいてから言い足したのだった。

　やっと武夫も解せた。健三の物言いがおかしいとは思っていたが、まさかこんな手はずとは思いもよらなかった。

　こんな仕掛けをする健三には男気を感じもするが、それ以上にサキの思いを知って武夫はたじろいだ。この場の意味するところは想像がつく。男と女なのだ、これからの成り行きにも想像がつく。獣道でサキの手を取って自覚した余裕は何処かに消えていた。どくどくと湧いた血も鳴りを静めてしまった。

雨も降らず、帰り道も知っていたら、どうすべきかもっと迷っただろう。だがこの奥の山の、この天候では他に選ぶ道はなかった。この小屋で過ごすしかない。

夢の中でサキを抱いて、夢精したことは何度もある。だが武夫はまだ女を知らない。迷路に迷い込んだ時のような、たじろぎと未知への不安が、突き上げてきた。しかし少年の逞しい想像は、異性に対する冒険に、初心な血を駆り立てていくのも事実だった。

「武夫、困っているの？」

「……」武夫の言葉は出てこなかった。

雨戸を持ち上げたまま、夕暮れの暗がりに視線を泳がせていた武夫に、背後からそっとサキが近づいた。

柔らかい細い手が遠慮気味に肩にかかる。躊躇《ためら》いの一呼吸をおいてから、サキの胸が武夫の背に密着した時、武夫は初めて女の躰の柔らかさを知った。確認できてはいないが、この柔らかさは胸のそれ以外にはない。

「……、うちが嫌いか？」

「……、いや、好きや」

「……、ほんまか？」

「……、ほんまや」

「……、うちは武夫が好きや！　ほんなら、うちを……あげる」術も分からず武夫は動けずにいた。

「うちを……抱いてっ！」細い声だったが、閉じ込めていた思いを吐き出したサキの叫びだった。胸の鼓動が柔らかく武夫の背を叩いた。

「……、わしは、わしは、まだ女を知らん。……おまえは男を知っとるんか？」

「……、うちも、知らん」

「ほんまか？」

「ほんまや、……ほんまに、知らん」細い声が応えた。

武夫に熱い勇気が湧いた。サキの行為に反射的に応えられなかったのは、術を知らなかったこともあるが、サキは大人の女で、自分はまだ十五歳だという意識に取り込まれていたからだった。血に逆らってたじろいだのもその為だった。

ところがサキもまた川を渡ったことがないという。これが武夫を解放した。それに外は春雷に導かれた土砂降りの雨である。しかもここは村落から遠く離れた、奥深い山中の小屋である。その隔絶された空間に二人はいる。

突き上がってきた衝動に煽られて、武夫は振り返りざまにサキを抱きしめた。背中に感じたサキの胸の柔らかさを、今度は正面から胸で感じ取った。それはどくどくと激しく鼓動していた。未知の行き先に慄《おのの》き、切ない息を吐く半開きの唇がそこにあった。武夫の全身に電気が走って抜けた。

「ちょっと、……待って」熱い息を継ぎながらの細い声だった。

「……」

サキは、武夫からゆっくりと離れると、入り口の木戸につっかい棒をかけ、雨戸にも用心のための棒をかまし、そして暖をとるための薪をくべ足したのだった。やがて囲炉裏の炎はゆっくりと燃え上がって、赤い柔らかい光が満ちた。

揺らめく炎に照らされながら、サキはかがみ込むようにして裸になった。武夫は息を止めて見つめていたが、やがて振り返ったサキの訴える瞳を見て、あわてて衣服を脱ぎ捨てたのだった。

仄青《ほのあお》いものと仄白《ほのしろ》いものが一つに重なる。揺らぐ赤い炎がそれをゆっくり赤く染めていった。

翌日は打って変わって晴天になった。健三が武夫とサキのいる小屋に戻ってきたのは、もう陽も高く上ってからだった。手には撃ち落としたキジを三羽もぶら下げていた。三人はそれから山を下りた。

武夫の口実は春雷と土砂降りの雨である。留吉が一緒だと言った嘘は叱責されたが、戻れなかったことは止むを得ない仕儀だと説得することができた。もちろんサキが一緒だったとは口が裂けても言えない。武夫とサキと健三の、誰にも言えない秘密だった。

〔2〕

逢いたい。サキに逢いたい……。

瞬時も、武夫の頭から山小屋でのことが離れることはなかった。それはサキも同じだった。だが二人ともに自制せざるを得ない。人に知られてはならないのだ。

一つには、武夫がまだ十五歳と若かったことがある。二つには、サキの父親の浜田清一が、村人から疎外されている男だということがある。いずれを考えても、父の岳太夫が二人の関係をを許すはずがなかった。

それからの二人の逢瀬《おうせ》は、浅い山中であったり、あの奥深い猟師小屋であったりした。中持ちは健三が果たした。

今日も二人は山の猟師小屋にいた。人目を避けて朝早くに家を出たせいで早い時間に着いた。気を利かせてか、健三は今日も奥の二番小屋にまで踏み込んでいた。

二人は一緒にいれば幸せだった。気持ちが充満した。衝動が突き上げれば互いに抱き合った。雨戸を開けた窓からは鳥の呼び合う声や、爽やかな山の空気が流れ込んでくる。

武夫は火を入れた囲炉裏に薪を足し、サキは沸いた湯で茶を淹れ、寒くもない五月の炎を見ながら寄り添って過ごした。

「武夫、悔やんどると?」ひと時をおいて、サキが言う。

「そんなことあらへん」

「ほんまか?」

「ほんまや」

「もういちど訊くけど、うちのことほんまに好きか?」

「ん、好きや」

「ほんまやな?」

「ほんまや」

サキには不安がある。武夫に対する思いは現実になった。だが現実になればなったで、その不確かさに不安が湧いてくるのだった。

それは武夫も同じだ。サキに流れ込んでいく気持ちは日増しに強くなっていく。しなやかな躰の柔らかさが記憶から消えることがない。抱き合えば抱き合ったで、それは更に強くなって記憶に浸みこんでいく。限りなく高まっていく一途な気持ちに、ある種の怖さえ感じる。

それに、もう一つの不安がある。将来サキを嫁にしてやれるだろうか、おそらく岳太夫は許してくれないだろう。許してくれなければどうなるのだ。

「サキを、お嫁にしてくれる？」

「ん、する」訊かれれば、武夫はそう答えた。

「ほんまのこと？」

「ん、ほんまや……」

さ迷いながらの不確かな世界である。二人ともに崩れそうな砂の上に立っていた。それでも確認し合う行為そのものが二人を繋いでいた。

「武夫は、浄瑠璃が好きか？」

「ん、好きや」

「ほんなら、太夫になるんかな？」

「ん、太夫になる。太夫になってサキを嫁にする」

「うれしいこと」

不確かではあってもお互いの気持ちに嘘はなかった。今日も静かな山の気に包まれて、どちらからともなく抱き合った。柔らかな躰と、一人前となった男の躰を、互いに感じ合った。邪魔をする者は誰一人いないのだ。

その時である。開け放った窓から突然に冷気が吹き込んできた。ほんの一瞬だったがその冷気の中を、白いものが横切って跳んだような気がした。先に気がついたのはサキだった。促されて武夫も窓を見た。

「何かが……」

「……、何もないぞ」

震えるサキに武夫が答えたその時である。白いものが、今度は逆に反対側から横切って跳んだ。

「あっ！」「わっ！」

二人の口から同時に悲鳴が飛んだ。心臓が止まりそうだった。飛び起きて木戸を開けた二人の目にその正体が飛び込んできた。神婆《かみば》ぁだった。

この老婆《ろうば》は生い立ちも年齢も不詳だ。村人の誰一人その正体を知らない。神婆ぁは武夫やサキがその存在を知った子どもの頃から既に老婆だった。神《かみ》が淵《ふち》と呼ばれていた滝つぼの端に、粗末な庵を組んで住んでいた。白い衣をまとい、さんばら髪を振り乱して、訳のわからぬ祈祷のようなことをやっていた。

「神がきた。神がきた。とうとう二人に神がきた」仰天している二人に向かって神婆ぁが言った。

激しく騒ぐ心臓を抱えて、武夫とサキは顔を見合わせた。自分たちに神がきたと言われているのだ。

「武夫、サキ、二人に神がきた。神がきた」

「???」

「武夫、サキには神がついておるのじゃ。今度は、おまえにも神がきた」

「???」

唖然とする二人に奇怪な笑みを残して、神婆ぁはどこかへ去っていった。去っていったと言うよりも跳んで消えていったという方が正しい。神婆ぁに知られてしまった。きっと噂になる。父親の岳太夫にも知れるに違いない。

二番小屋から戻った健三は、いきさつを聞いて、心配するなと笑った。だが武夫もサキもそうは思えなかった。ところが健三の言うように村で噂になることはなかった。岳太夫からの小言もない。神婆ぁは口外しなかったらしい。

それからというもの、武夫とサキは、更に二人だけの世界に深く踏み込んでいくことになる。無理もない。武夫は十五歳で女を知り、サキは二十歳で目覚めたのだ。火のついた若い二人に節度など生まれる余地はなかった。

武夫は一里ほど歩いた隣村の中学に通っていたが、授業中もまるで上の空で、いつもサキの躰の妄想に取り憑かれていた。唇や躰の感触が忘れられないのである。今なお鮮明に覚えているが、何と言っても、恥じらいながら喘いだあの切ない表情が忘れられないのだ。

サキもまた、武夫を切り離しては日常を持つことができなくなっていた。通学路の峠で目立たぬように武夫を待つことが多くなった。その度に二人は、人目をはばかって、道からそれた山中に入り込んで時間を持った。

　雨の日などは、武夫がサキの家に身を忍ばせた。最初にサキの家に行ったのは、山中で逢引をした別れ際に、サキが指定した日の指定した時間だった。そのとき家にはサキしかいなかった。

　だが二回目の時には、留守のはずの父親の浜田清一がいた。武夫はギョッとした。躰が凍りついた。殺されるかも知れない。頬のこけた陰険な顔は、武夫が計ることのできない深く危険な何かを秘めて見えたのだ。

　ところが清一は、歓迎もしなかったが、一言の小言も言わなかった。それだけではない、無言のまま二人を置いて、どこかへ消えていったのだった。サキと武夫の二人だけにしたのである。

「お父う、怒ってないか？」飾りとて無い殺風景な莚敷《むしろじき》の部屋の、向き合った小さな卓袱台の夕餉《ゆうげ》の後で、恐る恐るサキが清一に聞いた。

「何を、だ？　武夫のことか？」

「……、ん」

「怒っても仕方があるめえ、男と女だ」サキにはほとんど視線を向けずに、清一は低い声で返した。

「……」

「好きにすればええ」

「……」

普段の父親からは信じられない。初回は目をつむってくれたが、忍んできた武夫と鉢合わせしてしまった時には覚悟を決めたサキだった。

だが父親は黙って家を空けた。何を思っているのか。義理であるがゆえに、サキの脳裏は不気味ささえ覚えた。

武夫にとっても不可解であった。痩せこけた顔には、意地悪さを秘めた企みがあるようにも思われたが、現実としては何も起こらなかった。二人はつかみどころのない陽炎の中にいた。

［3］

夏が過ぎて村には秋が訪れようとしていた。五派で争う浄瑠璃の例会も迫っていた。刈入れが終われば村をあげて競い合う。それだけに各派の太夫は一派をあげての鍛錬に余念がなかった。

岳太夫もまた連日のように、弟子を集めて夜遅くまで鍛錬に傾倒していた。武夫も弟の喜一も、下段ではあるが舞台には名を連ねなければならない。当然のごとく父親の作造に、浄瑠璃の世界では岳太夫と呼ばねばならないのだが、高弟子に混じって連夜のごとく仕込まれていた。したがってここのところは、武夫もサキには逢えずにいる。

そんなある日、サキの父親である浜田清一から、武夫の母親である山田登世《とせ》に密かに使いがきた。

登世はにわかに蒼ざめた。清一から使いがあるなど思いもよらないことだった。今さら何故に、清一は使いをよこしたのだろう。何の用があるというのだ？

村から消えた清一が娘を連れて再び戻ってきたと知った時、何事も起きなければいいがと、登世は祈るような気持ちで聞き止めたものだった。一時は安眠できないほど胸騒ぎがした。だが登世の不安や心配をよそに何事も起きなかった。登世は過ぎていった時間が解決してくれたのだと、人知れず胸をなでおろしてきたのだった。それなのに今更、どうして？　何の用事があるというのだろう？

無視しても事は済まない。呼び出しを断る手だてもない。満月の蒼い光に照らされた神社の、本堂の裏で、登世は待っていた清一に会った。

「登世さん、……久しぶりだ」清一の声は意外に穏やかだった。登世が予見した危険性は感じさせない。

頬のこけた顔は、蒼い光を受けて尖って見える。清一が村から消えてから幾年たっただろう。随分と久しい。自分もだが清一もまた時の流れには逆らえない。その顔に刻み始めている皺は、寄る歳を思わせた。

「今更、なんの用で？」少し強い語調で登世が言った。あってはならない密会である。牽制の気持ちがその語調に出た。

登世は作造の妻である。一派をなす竹本岳太夫の妻なのだ。あの頃とは違う。今更こんなことが知れれば、今度こそただでは済まないだろう。登世の顔が蒼ざめて見えるのは、秋の月の光のせいばかりではなかった。

「逢いたくなって、な」

「なんで、今更……。昔のことなのに、それに……」

「あんたは終わっていても、わしはまだ終わってはおらんのだ！」清一はさっきとは打って変わって、語気を荒げて言い放った。

登世は本能的に身構えた。月に照らされた痩せた頬の、深いところに浮いている秘めた企みを見て取ったからだった。しかし遅かった。荒々しい力が、身構える登世をいきなり本堂の縁に押し付けたのだった。

「登世！　逢いたかった！」こけた頬もだが、呼び捨てられたことに登世はぞっとした。

「清一さん、何を！」

肉を貪り合ったのは遠い昔のことだ。後悔もした。今では忌む気持ちの方が強い。それなのに呼び捨てにするということは、清一が登世を未だに自分の女としてみている証拠だった。登世の背に戦慄が走った。蒼い光を受けた清一の顔に、陰惨で病的なものを感じたからだった。

登世は咄嗟に身をよじった。その腕から逃げようとした。だが痩せてはいても男の力には抗すべくもない。ふくよかに盛り上がった乳房を、その荒々しい手で、鷲掴《わしづか》みにされてしまったのだった。捩《ねじ》れた乳房に激痛が走った。登世は小さな声で呻《うめ》いた。うなじにかかる清一の息を避けてのけぞることが、登世にとっては精一杯の抵抗だった。

清一の荒々しい手は、そんな登世の襟を容赦なく引きはだけていく。そして飢えた唇が溢れ出た乳房に吸い付いた刹那、登世は小さな悲鳴を上げた。だが聞き耳を憚《はばか》って声にはならなかった。登世は必死に足掻《あが》いた。ならない。こんなことはならない。会うことすらならないのに、身を許せば今度こそ作造に殺される。

「子どもができた」か弱い力で抵抗する登世の耳元で、清一が囁いた。

「？？？」

「サキが、子を孕《はら》んだ」

この人は何を言っているのか。見当すらつかない。サキというのは連れ帰った義理の娘だとすぐに分かったが、そのサキが子を孕んだとてそれがどうだと言うのだ。何の関係があるというのだ。

「武夫はわしの子か？　それとも作造の子か？」

ますます意味が分からなかった。清一はいったい何を言っているのだ。ひょっとしてこの人は、武夫が自分の子の可能性がある、とでも思っているのだろうか。荒々しい力に肉が戸惑う一方で、登世は想像したこともない思いがけない言葉に混乱した。

押し付けられた胸が苦しい。だが密着した清一の腰に力が加わる度に、登世はあることに気付いた。躰に突き上げてくるものがある。信じられないことだが、過去の不埒《ふらち》な熱の残りに違いなかった。

裾をはだけて、清一の手が股間を侵略しようとする。それだけはならない。決してそれだけはならない。朽ちかけた堂の、縁側に押し付けられた登世の躰が必死に足掻いた。昔のことは昔のことだ。今この身には許されるはずもないのだ。

「サキが子を孕んだ。武夫の子だ。武夫はわしの子かっ？　それとも作造の子かっ？」

登世は耳を疑った。サキに武夫の子ができた？　清一の言わんとしていることが、やっと飲み込めた。

だが嘘だ。そんなことがあるはずがない。この人は嘘を言っている。昔もそうだった。十五年前に私を捨てたが、それまでこの躰を焼き続けた言葉もみんな嘘だった。

＊

登世と作造とはもともと又従姉弟《またいとこ》である。登世の方が十歳も年上だった。清一はその登世より二歳上で、三人共に幼馴染である。

ともにトンボを追い、焚き火の焼芋を食って、遊んだ仲だった。子ども心に清一は登世に好意を抱いた。登世もまた作造より歳の似合った清一に近い親愛を感じていた。登世の当然の自意識だったと言っていい。

登世と清一は山遊びの最中に、人気のない茂みの木漏れ日の中で、裸になって抱き合ったことがあった。

たった一度の疑似体験は、仄《ほの》かに男を意識した登世よりも、実は清一の方に強い印象を残した。それからというもの、焚き火を囲む時も、栗拾いをする時も、いつも登世の隣には清一がいた。登世にとっても清一にとっても、抵抗のない自然な位置だった。

作造と清一が特に仲良しだったのは、幼馴染という以外に、派は違ったが共に浄瑠璃修行の仲間だったということがある。例会の前座として、それぞれが舞台に乗ったこともある。そんな関係が登世を交えて近しく位置づけてもいた。

ところが、四季の移ろいとともに狭い山村の情勢は、運命を引き連れて変わることになった。運命が三人を引き離したのである。清一の属していた派は潰れ、作造は当代きっての浄瑠璃師だった祖父に見込まれて、派の後継として育てられていくことになったからだった。

やがて太夫だった祖父が死んで、作造がその後を継ぐことになった。二代目竹本岳太夫一派の誕生である。

それを機に親が決めた許婚として、運命に縛られるかのように、登世は作造のもとに嫁いだのだった。この時代は又従姉弟《またいとこ》同士を許婚とするのも珍しいことではなかった。確か作造が二十五歳で登世が三十五歳だった。

岳太夫家では、後継した派を守る為にも、裏方をまとめる年上の登世が必要だったのである。生活に根ざした浄瑠璃一派の継承とは、多くの場合そんなものだった。

岳太夫家では、他派の太夫を招いて盛大な婚儀が行われた。篝火《かがりび》に照らされ、風になびく家紋入りの門幕の、その奥から聞こえてくる宴席の喧騒を、ひとり清一は暗がりの物陰で聞いていた。

嫁いだ登世は三十五歳である。初めて抱き合った時の裸身は、まだ硬い娘のそれであったが、清一の脳裏では成熟した今の登世と一本に繋がっている。今の登世の裸身が脳裏ではっきりと像を結んでいる。その登世が作造に抱かれる。嫁いだとは言え、清一にとっては吹っ切れない幕の内の喧騒だった。

婚儀から一ヶ月ほどが過ぎた頃だった。二人は山道で出くわした。実は清一が機会をうかがい、待ち伏せしていたのだった。その清一が登世に詰め寄る。

「登世……」

「……清一さん」

清一の出現は登世にとっては意外なものではなかった。いずれは逢瀬《おうせ》がある、そんな気がしていた。

有無を言わせぬ運命は、作造との結婚という形に帰着していたのだったが、登世の意識の内には清一との記憶をとどめる隙間が残っていたのだった。

「なぜ、嫁にいった？　お前を嫁にすると言ったはずだ。約束したはずだ」清一が登世に詰め寄った。

確かにそんなやり取りをしたことがあった。好意と好意はその言葉で確かに繋がってもいた。だが親が決めた許婚《いいなずけ》の関係には抗しきれなかった。

しかしいま正直に吐露すれば、抱きしめられて甦ってくるものがある。この瞬間では作造の嫁になったことがむしろ意外な感じもする。その一方では犯しがたい確かな現実がある。作造の嫁になったことは事実なのだ。

「許婚だったことは知っていた。じゃが、わしは……」

「……」登世は胸がつまった。

三十七歳になった男の浅黒い顔に、深い嫉妬と落胆の皺が浮いたからではない。細い一筋の涙が伝って落ちたからだった。

登世はこれまで男の涙を見たことがない。父にも涙はなかった。一派を継いだ岳太夫こと、夫である作造の涙も見たことがない。そこにはいつも怒声しかない。

あの頬をつたった一筋の涙は、熱い感情がなす真実の涙だ。登世の胸の内から熱いものが噴き上がってきた。

「堪忍、……」胸にも喉にも熱い何かが詰まって、それだけ言うのが精一杯だった。

二代目岳太夫こと作造に嫁ぎはしたが、従わざるを得なかった宿命によるものだったと言ってもよく、燃え滾《たぎ》るもののない静かに凪《な》いだ結婚だった。そこには燃えるような高まりはなかった。家系と家系を守るための、浄瑠璃一派を守るための、実に規格的な収まり方だったのである。

抱きしめられた登世の心には、人妻としての罪悪感を超えて、背徳感よりもむしろ同体感すら芽生えていた。人目を憚《はばか》りながらも二人の密通は重ることになる。その結果として登世には制御できない醜悪《しゅうあく》なものが宿った。それは倫理や道徳とは別次元の躰が覚えてしまった官能だった。

それが登世の躰を縛った。赤黒く濁って渦巻く官能の世界は蟻地獄でもある。女の性はその女をして六界をさまよわせてしまう。

そんな清一とのことが作造の知れるところとなった。神婆ぁによって全てが作造に告げられたのだ。作造は激怒した。

血を吐く折檻《せっかん》は、登世をして死ぬのではないかと思わせた。しかし作造は登世を殺しはしなかった。殺しはしなかったが、夫としての表情は失せ、眼光に許しがたい憤怒が秘められるようになった。

ある日、土間の薄暗がりで作造が鎌を研いでいるではないか。手桶を横において片膝をつき、背を丸めて鎌を研いでいる。農作業用の鎌を研ぐ姿は日ごろ目にはしてきた。しかし違う。その背には秘めた憤怒が立ち上がっている。

私の首か清一の首か、それとも二人の首か、研いだあの鎌で斬りおとすつもりだ。背から立ち上る気は、殺意を秘めて見えた。登世は戦慄を覚えた。諤々と震えた。

運命の裏側に貼り付いていた闇の性が肯定されるはずはない。こうなってしまえば、清一と二人で逃げるか、それとも座して作造に殺されるかしかない。追い詰められた登世は密かに使いを出した。

「おまえはわしの女だ。一緒に逃げてくれ。明日の晩、わしの家にきてくれ」紙切れにたった一行の、清一からの返事だった。

登世にとっては清一を拠り所にするしか道はない。ところが事態は、こともあろうに意外な展開をして、静かに蓋を閉じたのだった。

深い闇に乗じて身を寄せた清一の家には、すでにその姿はなかった。どうしたというのだ。一人で逃げたのか。一人で逃げたのなら見限られたことになる。捨てられたことになる。まさかそんなことがあるはずはない。しかし夜が明けても清一の姿は見つからない。村から消えていた。

浜田清一の家は、古来村八分の家だった。その昔に何があったのかは知れない。作造とも登世とも幼馴染ではあるが、村八分の本質は変わってはいなかった。

登世と清一の不義密通は密かに蓋をされ、太夫家一統の力によって排斥されていたのだった。村から強制的に追い出されていたのだ。その事実を登世が知る由もない。

登世は、首を吊るしかない、さもなくば作造の鎌の犠牲になるしかないと思った。ところが作造はそんな登世を許したのである。

作造にも太夫襲名という一派の領袖《りょうしゅう》となる世間体があった。それはどうしても守らなければならない体面だった。作造もまた宿命が持つ糸に縛られていたのである。宿命の糸は作造をして許さざるを得ない道を選ばせたのだった。花道からではなく裾道から舞台を下がるのに似ている。

事件は村中にも知れていたが、陰口こそ叩いても、表立ってそれを口にする者はなかった。作造は二代目竹本岳太夫である。岳太夫が地位を利用して村人を意識づけたか、太夫仲間が岳太夫の面子を守るために村人を意識づけたかは定かでないが、不義を働いたのは清一で登世はその犠牲者だということになった。表向き岳太夫は懐の広い男として評価される一方で、清一は世を憚《はばか》る姦通男《かんつうおとこ》としてさらに村八分になったのだった。

しかし登世に対する世間の冷たい視線が消えることはなかった。だが登世には耐えて生きる道しかない。肩を細くして岳太夫の懐に隠れて生きるしかないのだった。

清一をあらぬところで見かけた、という風の噂があった。後に清一に女が出来たという噂も聞いた。ところが間もなく別れたらしいという噂が取って代わった。噂は本当だったらしく、独り身の躰で連れ帰ったのがまだ幼いサキだった。その年恰好からみて清一の子でないことは誰の目にも明らかだ。別れた女の連れ子であったに違いなかった。

＊

「嘘！　そんな、とんでもないことが！」

「嘘じゃない！　サキは武夫の子を孕んだ！　間違いなく武夫の子だ！」

この人は嘘をつく。清一の言うことは絶対に嘘だと思った。なぜそんな嘘を言う。言ってどうするつもりなのだ。万が一それが本当のことなら、いやいや万が一ということは絶対にない。あるはずがない。武夫はまだ十五歳なのだ。

「武夫はまだ十五歳、そんなことが、あるはずがない！　あるはずがないっ！」登世は叫ぶように言い放った。股間を侵《おか》す清一の手よりも、頭は武夫とサキのことだけに占められていた。

「嘘じゃないっ！　武夫に訊いてみろっ。ほんまの話じゃ！」

そういえば先ごろ武夫が見えなくなっていた。母親としてその自覚はあった。絶対に嘘だと否定しながらも、その自覚と清一の話とが二つの歯車のように、不思議と頭の中では噛み合っていく。かすかな不安が頭をかすめて過ぎた。まさかとは思うが……。

登世の突っ張っていた力が糸を引くように抜けたその刹那をついて、清一の手が鋭く股間を犯してきた。

我に戻って登世はうろたえた。許されることではない。逃げなければならない。この清一と二度までも……、決して許されることではない。

「武夫はわしの子かっ？　それとも作造の子かっ？」

清一は登世の耳を舐めるようにして再び訊いた。吹きかかった熱いそれは、清一との過去をはっきりと思い起こさせた。力の抜けた登世の股間で、清一の手がまるで過ぎた昔を取り戻すかのように忙しなく泳いでいく。

登世は死んでも守らなければならない堰が綻《ほころ》びていくのを感じた。綻《ほころ》びが生じた堰は徐々に崩壊を拡げていく。滲み出した水は徐々にその量を増やしていく。それと同じように、女の躰に閉じ込めていたものが一気に噴いて流れ出そうとしていた。

秋の月の冷めた光が射し込む堂の一角で、五十歳に届いたばかりの登世は、貪るかのような清一の情欲に砕かれて果てた。甦った静寂の中で登世が訊いた。

「武夫の子がサキにできた、というのは……」

「ほんまの話じゃ。武夫はわしの子か？　それとも、作造の子か？」

「……」

「作造の子か？」

登世は黙って頷いた。それは間違いないという断定の頷きだった。

十五年も前、作造の妻でありながら、清一との逢瀬に暮れていた暗い過去が登世にはある。消すことのできない醜悪な傷である。だが武夫は間違いなく作造の子だ。

「そうか、作造の子か。……なら、いい。サキを嫁にやる」

「嫁？　武夫はまだ十五歳で、サキは確か二十歳だったと……」

「かまわん。おまえが武夫を生んだのは三十五、六のときで、作造は十も下の二十五、六の時じゃった。あまり変わらんことじゃ。そうじゃろう。ハハハ、ハッハッ」

清一は皮肉を込めて笑った。棘も恨みもある。登世は黙った。

「ええな、サキを嫁にやる。そうすりゃぁ、親戚同士じゃ。わしもおまえにいつでも逢える、こうしてな。作造にも抱かれ、わしにも抱かれたらええ。おう、そうじゃ、作造に抱かれる前の日にわしが抱いてやる。忘れるなよ、登世、ええな。無論、作造は怒るじゃろうが、怒ったとしても、どうすることもできんわ……、ハッハ」

だまって聞いていた登世は、躰中の血が抜けていくのを感じた。清一とのことはもう過去のことだと思っていたが、そうではなかった。終わってはいなかったのだ。それならばなぜあのとき一人で逃げたのだ。なぜ私を捨てたのだ。恨みがましく思いたくもなるが、そんなことを今さら繰り戻しても詮無《せんな》いことだった。

それよりも、武夫とサキのことや今宵のことが、いずれは作造の耳に入る。作造も今度こそは収まらないだろう。鎌を研ぐ作造の姿が脳裏をよぎった。眩暈《めまい》が登世を襲う。

清一は登世の躰を中々離さなかった。愛情などといったものは欠片もない、ただ登世の躰を蹂躙《じゅうりん》する、そんな扱いだった。嫉妬や恨みや憎しみを糧に、地を這って生きてきたのだろう、積年の生き様は潤いを失い枯渇し切った生き物に清一を変えていた。

登世に地獄の毎日が始まったと言っていい。清一の言うことが本当なら、武夫とサキをほっておくわけにはいかない。何としても真偽のほどを質さねばならない。だが武夫にそれを訊く自分の立場があるとは思えない。作造に相談する立場とてない。それに作造は例会に向け血を吐きながら鍛錬を重ねている。

しかし、いくら考えても、思案は浮かばない。思い余った登世は作造に相談する場面を想像した。

「登世、武夫とサキのことを誰に聞いたのだ？」と、作造はきっとその出所を問い質すだろう。それが清一だと知れば、なぜ清一に会った、何処で会った、それでどうした、と詰問されるのは日の目をみるより明らかだ。結局は一切を告白せざるを得なくなる。告白すれば破滅しかない。

日を追って暗く重いものが、幾重にも登世の肩にのしかかってきた。そればかりではない、ひっきりなしに清一からの密会の使いがくる。無視すれば使いの内容が露骨な脅迫に変わってもいく。

脅迫は混乱した女をしばしば常軌から外してしまう。正常な思考を失わせてしまうのだ。行き詰った登世は、ついに闇に乗じて家を出た。清一さんも、ひょっとしたらこの苦境を理解してくれるかも知れない。そんな一縷《いちる》の期待が頭の隅をかすめていたのだ。

今の清一は、もとよりそんな相手ではなかった。ズタズタに切り刻まれた登世が、物陰に身を隠しながら戻る途中、こともあろうにあの神婆ぁに出くわしたのは不運だった。出くわしたのではない。神婆ぁが待ち伏せしていたのである。そして登世に言った。

「神がきた。サキに神がきた。登世、サキに神がきた。おまえと清一には死に神がくる、いずれ死に神がくる。登世、これ以上の因縁を作るでない。早よう因縁を断ち切るのじゃ！　ええな、因縁を断ち切るのじゃ！」

腰を抜かしながら、登世はわが身の置き所のなさを今更に思った。

岳太夫家での稽古会は、例会に向けて連日連夜行われていた。今宵も血の滲む声が響いている。この分だと朝方まで続くと思われた。

当然のことながら太夫の妻は茶や酒の供応をしなければならない。だが登世の姿がどこにもない。岳太夫に怪訝《けげん》が湧いたが、案じる余裕もない。武夫や喜一に茶を淹れさせ、自らは扇子を叩いて「たたき指導」に余念がなかった。

弟子たちが引き上げた朝方、呆然と台所にうずくまっている登世の姿が、疲労の色濃い岳太夫こと作造の目についた。

「登世、そこで一体なにをしている？　茶も淹れずに何処へいっていたのだ？」

登世が清一と会っていたことなど、作造には思いもよらない。例会を前にしたこの時期に、太夫家の妻が茶も淹れずに何処へいっていたのだ。と、そのことを怒っているのだった。だが登世は、いくら怒声が降り落ちても、まるで夢遊病者のように、定まらない視線を宙に泳がせているだけだった。

五派の例会発表は盛大に執り行われた。武夫も喜一も、岳太夫一派の前座を勤めた。演目は武夫が「壷坂観音霊験記、沢市内から山の段」、喜一が「菅原伝授手習い鑑、寺子屋の段」であった。下段であるために一部を省略した短版である。

少年の声では人間の苦渋の深みは出せない。しかし二人は岳太夫の素質を間違いなく受け継いでいた。年をふれば、人間の喜怒哀楽と、その深みがその声にもこもるだろう。そしてその哀切さは、聴衆の心の襞《ひだ》の奥の奥にまで届いていくに違いなかった。二人はそんな生まれながらの非凡なものを早くも予見させていた。

最近武夫には自覚するものがある。浄瑠璃そのものに血を感じるのだ。登場する人間と現実に生きる自分とが、一体に重なっていくのである。

まだ裃に紋もなければ見台も質素なものだが、廻り舞台に乗ればたちまちにして床本の登場人物の一挙一動までが目に浮かんでくる。いや浮かんでくるのではなく融けて一体となるのだ。その登場人物に置き換わるのである。感極まって涙に咽《むせ》ぶ時もある。不思議な実感だった。浄瑠璃に天性の素質というものがあるとすれば、まさに武夫にはそれがあったと言えるだろう。

他派に次代の語り手がなかったことも、岳太夫一派を目立たせることになった。今年の例会は間違いなく岳太夫一派が押さえたと言っていい。

慣例でもあるが、竹本岳太夫派では慰労の酒宴が催された。弟子たちの妻女や近所の妻女が寄ってその酒宴を支える。勝手は膳作りや燗作りに慌しい。仕切り役の登世は、猫の手を借りたいほどの忙しさだった。

そんな時、酒に酔った一人の男が裏木戸から勝手口に現れた。立ちはだかるようにして大きな声で女を呼んだ。

「登世っ！　登世はおるかっ！」浜田清一だった。

妻女たちが騒々しく立ち働いていた勝手は、一瞬凍りついたようにしんとなった。男が大声を出したからではない。物言いたげな風で、清一が登世のいる山田家の勝手に現れたからである。知る者は過去を知っている。

「登世！　お～い登世、逢いとうなって、来たぞ！　来たぞ！」

勝手とは言え、妻女達の衆目がある。ほって置ける場面ではない。手伝いの老婆が清一をなだめようと前に出た。ところが清一は、その老婆を土間に叩きつけたのである。難を逃れようと、妻女たちは一斉に奥に引いた。こうなれば登世が出ていくしかない。

「まぁまぁ、清一さん、例会を祝って来てくださったか」

「おう、登世。違う、違う、登世、おまえを抱きとうてきた。こないだの晩のお前の躰が忘れられんのでのう。それにサキに武夫の子ができたことを、作造に伝えるためじゃ！」

な、なんと言うことを言う。ここは衆目の面前ではないか。登世は足が竦み、膝がガクガクと震えた。

清一の言葉は登世を震撼させただけでなく、勝手中を異常さの中に叩き込んだ。妻女達にすれば、登世と清一の過去については言わずもがな口を閉ざしてきたことである。それなのに清一は「こないだの晩の、お前の躰が忘れられない」と言っている。まさかそんなことが、妻女達の視線が登世に集中した。

目に映る登世は、もはや尋常な登世ではなかった。顔面は蒼白、しかも清一の暴言を一蹴する気配もない。身の置き所をなくしてうろたえているばかりだ。

何ということだ。あの清一のことだから口から出まかせかとも思ったが、登世の様子からはまんざら根も葉もないことではないらしい。こともあろうに、いまだに続いていたとは……。

妻女達が唖然としたのは登世のことだけではなかった。サキが武夫の子を身籠ったと聞かされたからだった。勝手中の妻女達の誰もがギョロ目を剥いて、顔を見合わせたのも無理からぬことだった。

こうなるともう幕の引きようがなかった。収めどころもない。登世は清一を引っ張るようにして黙って外に出た。これが生きた登世の顔を見た最後である。

終宴となっても戻らない登世を誰もが案じた。案じたが妻女達の中でいきさつを作造に告げる者はいなかった。そんなことができようはずもない。

登世と清一の死体が崖下で発見されたのは、翌早朝のことである。死んだのは「向こう背の崖」と、呼ばれていた所だった。

はるかな昔、落人が集団で腹を切ったという言い伝えもある。誰かがそこで誰かを殺したという噂もあった。したがって村人たちの誰もが普段は近づかない所だ。それに通じる道はいつも草に覆われ、ある場所から突然に切り立った崖になっている。崖の下は河原だが、今では流れる水もなく刺々《とげとげ》しい岩場になっている。いずれにしても陰湿で妖気の漂う所である。

その崖下の岩場で二人の死体が発見された。損傷からみて崖から落ちて死んだことに疑いはなかった。

登世が飛び込んで清一が後追いしたか、二人一緒に飛び込んだか、あるいは因縁を断ち切るために登世が清一を突き落として自分も後から飛び込んだか、そのいずれかに違いないのだが真相は分からなかった。暗く陰湿な怨念を孕《はら》んだ暗雲が、晩秋の村落をにわかに覆い尽くしたことは言うまでもない。

登世の葬儀は実に陰鬱《いんうつ》な葬儀になった。いつの世も葬儀そのものは暗く陰気なものである。だが登世の葬儀はそんな意味での陰鬱さや暗さではない。

作造が岳太夫一派を率いていたから多くの村人が集まったが、登世の死を心底から悼む言葉は聞かれない。作造とても弔問者に応じる言葉はない。無言で腰を折るだけである。死者を抱えたから葬式を出す、葬式があるから参列する、そんな渡世の義理だけに縛られた葬儀である。

あの平面の奥で、さぞかし俺を嘲笑《あざわら》っているに違いない、そんな卑屈な思いが腰を折るたびに作造を襲ってきた。五臓六腑に苦渋が垂れる。しかし太夫家としての威厳は保たなければならない。作造にとっては断腸の闘いだった。

時を同じくして浜田家でも清一の葬儀が行われた。サキと二、三人の棺を担ぐ男だけで済ませる葬儀である。実に孤独で処置的な葬儀だった。埋葬する墓地が異なったのがせめてもの幸いだったと言えよう。

表立って口にする者はいないが、登世と清一との二度目の関係は、村中の周知の事実となった。サキが武夫の子を孕んだことも、今では知らない者はいない。埋葬の終わった夜、岳太夫こと作造が、武夫を問い詰めることは避けようがない。新仏をまつる白木壇には登世の位牌がある。

「武夫、噂で話はできん。ほんまのことを言え。サキに子を孕《はら》ませたのか？」作造の言葉は低く穏やかだった。しかしその奥で滾る黒い血が浮いて見える。

武夫には作造の腹の奥までは読めない。だが事態が事態である。作造が激怒していることは分っている。

「なぜ黙っておる。ほんまのことを言え。どうなんだ？」

「……」武夫は何も言えない。

既に少年の心は、悪魔の鉄拳で粉々に打ち砕かれていた。清一おじさんと姦通して母があんな死に方をした。少なからず自分とサキとのことも原因になっている。清一おじさんが家を空けてサキとの逢引を助けたのは、母と父に対する意趣返しだったのだ。薄汚れた因縁と思惑が絡み合っていた。そこに自分も加担した。

少年の脳裏に、屈辱に耐えて腰を折りつづけていた葬儀の時の父の姿が、繰り返し繰り返し甦ってきた。苦渋にゆがんだその顔は少年にも理解できた。少年にとっても、それは耐え切れぬ重さだった。

「武夫！　なぜ黙っておる！　言え！　ほんまのことを言え！」ついに苛立ちが作造の顔に滲んだ。

「……」返す言葉を少年が持っていようはずがない。恐れおののき頭を垂れるだけだ。

「サキを孕《はら》ませたのか！　孕《はら》ませたのか、ッ！」ついに怒声に変わった。

父の顔は今や父の顔ではない。罪が作らせた憎悪の顔である。そこには妥協など一分もない。失禁しそうになりながら、武夫はガクガクと頷く他なかった。

「この阿呆が！　ガキの癖に！」

頷く武夫を見て、岳太夫の怒りは爆発した。だがその爆発は直ぐにしぼんでいった。まるで風船が割れるように、あっけないものだった。

「こともあろうに、清一の娘に……」怒声は、吐き捨てるような、唸るような呟きに変った。そして作造はうな垂れたのだった。

作造は怒りをはるかに超えた、失望と憎悪と悔恨《かいこん》に襲われていた。浅黒い眉間が痙攣して深い皺《しわ》を刻んでいる。


武夫が女に子を孕《はら》ませることがあってもそれは許せる。武夫も年頃になった。過ちなら過ちとして許せる。好きな女なら一緒にしてもやる。だがサキは別だ。許すことはできない。サキに罪はないが、許せる道理がない。それに登世だ。清一と再び関係していたとは……。

向こう背の崖から飛び降りて二人が死んだその夜、それは例会の終わった日だったが、清一が勝手にきて妻女達の前で豪語したといういきさつを耳にしても、作造はとっさには信じることができなかった。

だが登世の死がそれを裏付けた。決定的だったのは神婆ぁから、登世と清一の密会を聞かされたことだった。胸を掻きむしられるとはこのことだ。煮え湯を飲まされるとはこのことだ。血を噴きながら、作造の胸がもがき苦しんだことは言うまでもない。

二人には過去にも煮え湯を飲まされた。怒りを飲み込んで登世を許したものの、心底には溶けることのない澱《おり》が、何層にも淀んでいた。黒いこだわりも消えることは決してなかった。

しかし武夫が生まれ喜一が生まれるに及んで、赤子を抱く登世が哀れになった。出生にも疑いはない。澱もこだわりも、もう消し去らなければならない、と思った。だが澱はことあるごとに、やおら頭をもたげてきた。

その度に自分に鞭を打った。過ぎたことなのだ、自分が許した登世なのだ、と。だが澱もこだわりも、消しきれるものではない。だから蓋をしてきた。

蓋をしても清一に対する感情は、黒い渦を巻いてずっと増幅し続けてきた。それは骨髄にまで滲みている。顔を見ずにいたから済んでいただけのことだ。顔を合わせて「登世を寝取った」という嘲笑《ちょうしょう》の視線を感じたら、恐らく殺していただろう。

登世がその清一とまたもや過ちを犯した。過ちかどうかも今ではわからない。騙され続けていたのは自分だけだったかも知れぬ。

その清一の娘に、武夫が子を孕ませたという。光のない墨絵のようだった頭の中で、蓋をしてきたものが、真っ赤な血とどす黒い血を混濁《こんだく》させながら再び噴き上がってきた。作造の眉間にすさまじい痛みが渦を巻いた。

「サキの胎から子をえぐり出せ！　えぐり出して、殺してこい！」

呻《うめ》きにも似た低い声が、武夫に叩きつけられた。地の底から吐き出された魔の声のようだった。

だがまだ父の理性は残されていた。作造をそこでとどめたのは、残っていた僅かな理性に他ならない。それを超えていたらおそらく、武夫を絞め殺していただろう。

武夫がサキに逢ったのは、作造から胎の子を殺してこいと言い渡されてから、十日ほどたったころだった。その間に武夫は、実は二度ほどサキを訪ねている。一度は清一に線香を上げるためだった。清一のためにではない、サキのためにであった。二度目はどうすればいいか分からぬままに、ただサキの顔を見ずにおれなかったからである。いずれも闇に乗じての刹那《せつな》的な逢瀬だった。

晩秋もいつの間にか背を向けて、直ぐそこに寒が立ち止まっていた。武夫がサキと逢ったのは、そんな朝から冷え込んだ日の、どんよりと曇った昼下がりだった。

今となっては逢う場所とてない。サキの家は踏み入ってはならない家である。そこには清一の位牌がある。それは登世とも繋がっている。やむなく武夫は人目に触れにくい、神婆ぁの庵のある、神が淵でサキと逢った。

淵の端の一本の寒椿には真っ赤な花がいっぱいについていた。二人の気持ちに椿の赤い色はそぐわなかったが、せめて二人に赤い血が流れていることだけは思い起こさせた。滝の水も細く淵は淀んでいた。

「……」

「……」

二人に言葉はない。ただ佇《たたず》んでいた。四十ガラが虫でも取ったのだろう、水面を叩いてどこかへ飛んでいった。

「……、サキ」

「ん、……」

武夫が何か言おうとしたが、言葉は続かなかった。

「お父にしかられたか？」気遣ったのはサキの方だった。サキが訊いた。

「胎の子を殺してこいと言われたか？」

武夫はびっくりした。作造の言葉をなぜサキが知っているのだ。確かに父の作造にはそう言い渡された。だが、そうだと口にできるはずもない。

「そうやろなぁ。父ちゃんと、あんたの母ちゃんとのことは、知らんかった」

「わしもや」

「どうしたら、ええ、やろか？」言ってサキは大きな溜め息をついた。思案の闇と深い孤独が浮いている。

登世と清一のことを知らなかったのは、武夫とて同じだ。思いもよらないことだった。父の心の内で滾っていた黒い血が、胸の内に流れ込んできて、武夫はサキ以上の闇の中にいた。

その時である。前方にひらめく白い塊が目に入った。白装束の神婆ぁだった。風もないのに白装束は風になびいているように見えた。

「神がきておる。武夫、サキ、神がきておる」と、神婆ぁは言った。

このくそ婆ぁめ、またしてもいい加減なことを言う。武夫はそう思った。猟師小屋でサキと忍んでいる時にも神婆ぁに会った。そのときも同じことを言った。神がいるならこんなことになるはずがないのだ。

「聞いておるのか武夫、神がきたのじゃ！」

「神なんかおらん！　助けてくれる神なんかおらん！　おるわけがない。このくそ婆ぁめ、ええかげんなことを言いおって！」武夫が怒鳴った。

「いや、神はおる。おまえの中におる。おまえの中におるのじゃ！」

「俺の中に？　神が？」

「そうじゃ、神はおまえの中におる」

神なんかいるものか、いれば清一と母の登世があんなことになるはずもない。自分とサキだってこんな運命に嬲られるはずがない。この気狂《きぐる》い婆々ぁめが。

「子どもを殺さなあかん。サキの胎の子を殺さなあかんのや！」武夫は叫ぶように言い放った。

「殺すな！　神の子を殺してはいかん！　ええか、神の子を殺してはいかんぞ！」それだけ言い残して神婆ぁは消えていった。

もちろん、神婆ぁの言うことの意味が武夫にわかるはずもない。ただ呆然とそこには虚無があるだけだった。二人に空白の時間が流れていく。

「殺そう」真空から湧き出たような細い声でサキが言った。

「サキ」

「殺そう。胎の子を殺そう。それしかない」淵の何処かに視線を止めたまま、サキが繰り返した。顔には胎の子を殺す未知の怖れと絶望が浮いている。

前進のための選択をしているのではなかった。それしか道がないと、追い込まれての選択だった。寒椿の色に似たサキの赤い血が、サキにも胎の子にも流れているに違いなかったが、サキの顔に血の気はなかった。

武夫も何処を向いても壁しかない心境だった。応えられずにいる武夫を残して、サキは滝つぼに向かおうとした。引き止める武夫に言う。

「武夫、おまえの子じゃぁない。だから気にするな！」

「わしの子じゃないと、どういうことじゃ？」

「わしの子じゃ。おまえの子じゃない。胎の子はわしの子じゃ！」言い捨てるようにして武夫の手を振り払ったサキは、滝つぼに向かって一気に走りこんでいったのだった。

バシャバシャとはじける淵の水は身を切るように冷たい。山を流れてここに落ちる水は、そこまできている冬の凍冷に満ちていた。

　やがてサキの頭で、細いがしかし確かな滝の水が飛沫を上げた。水の中に立つ細い躰は飛沫と一体になった。冷たい、痛い、寒い、震えながらサキは耐えた。足元からものすごい速さで凍りついていく。だがやがて痛みは消えようとしていた。冷たさも感じなくなった。神経がどこかへ抜けていったに違いなかった。

「サキ、戻ってこい！　サキ、戻れ！」

「くるな！　くるな！　武夫、おまえの子じゃない、わしの子じゃ。くるな！　くるな！」

「サキ……」と、武夫は叫んだ。

　このままだと、胎の子だけでなくサキも死んでしまう。淵に飛び込んだ武夫と、飛沫の中で二つの頭が揉め合った。だがサキは戻ろうとしない。ずぶ濡れでもサキの両の目から涙が噴いているのがわかる。武夫も同じだ。

　二つの頭は足元を取られて何度か壷に沈んだ。逃げる道のない若い男と女の決死の姿を見守るのは、寒椿の赤い花だけだった。

　サキの凍りついた躰を、引きずるようにして滝つぼから引き出した時には、既にその顔からは血が失せていた。武夫はサキを神婆ぁの庵に担ぎこんだ。どうすればいいのだ。どうすればサキを助けることができるのだ。

「神婆ぁ助けてくれ！　くそ婆ぁとなじったが、神の使いならサキを助けてくれ！　頼む、助けてくれ！」武夫は叫んだ。誰でもいいから助けて欲しかった。

するとどうしたことだろう。信じられないことだが、庵の囲炉裏にあった薪に火がついたのである。

火はたちまちの内に燃え上がった。やがて庵の中に暖かい光が満ちてきた。武夫は必死にサキの躰を暖めた。死ぬな、死んではならん。綿の破れ出た神婆ぁの布団をかけて、必死に名前を呼び続けた。悲愴な叫びは囲炉裏の炎を揺らしてもなお止まない。

神の加護はあった。半刻ほどしてサキの頬にわずかに朱が甦ってきたのである。生き返った。サキは助かった。ホッとしたのもつかの間だった。サキの下半身がおびただしい鮮血に染まっている。

「わしも死にたい！　わしも死にたい！」嗚咽《おえつ》を噛みながらサキが叫んだ。

武夫に言葉などない。ただサキを抱きしめてやるだけだった。

サキの胎の子は死んだ。事実認識はあるのだが、武夫にはその実感はなかった。だがサキには悲愴な虚無感がある。その一方で不思議にも妙な安堵感も宿っていた。

ちょうどその頃、神婆ぁは岳太夫こと作造のところにいた。

「岳太夫、サキの胎の子は死んだ。おまえは神を殺した。神を殺した！」

「何を言う、婆ぁ、神などおらん。この世は腐った奴ばかりじゃ！」

「宿った神は死んだ！　おまえは神を殺した！　岳太夫、おまえは神を殺したのじゃ！　岳太夫、おまえは、おまえが背負った悪因縁を断ち切れずに、新たな因縁を残してしもうた……。岳太夫、因縁を断ち切るのじゃ……、早うな」

「黙れ、婆ぁ、黙らんか！」

思わず作造は、足元にあった稽古用の見台を振り上げて、神婆ぁ目掛けて投げつけたのだった。だが神婆ぁの姿は消えてもうそこにはなかった。

作造に悲愴な虚無感が襲ってきた。サキの胎の子を、えぐり出して殺してこいと言ったのは自分だ。どうしても武夫の子をサキに産ませるわけにはいかなかった。その胎の子が死んだという。正直それは本心から望んだことだった。それが現実になった。間違っていたとは思わない。道はこれしかなかったのだ。それなのにこの虚無感は一体何なのだ。

その夜サキは庵を離れられなかった。武夫も同じだ。何かに引き止められていた。それが何なのかはわからない。

三日三晩、武夫とサキは庵にいた。

時々姿を現した神婆ぁが、食い物や熱い茶を供してくれた。魂の抜けた武夫とサキの二人は、神婆ぁによって命を永らえさせられたのである。神が淵の寒椿の小さな赤い花が一輪、枝から落ちて、いかにも寂しそうにその根元に散っているのに気づいた者はいない。

第二章　因縁

〔1〕

竹本岳太夫こと山田作造が、同じく浄瑠璃一派を率いていた竹本秀太夫こと岡部秀夫を訪ねたのは、連山から吹き下ろす木枯らしが音を立てて村落を通り過ぎる、寒い日のことだった。村にも山々にも命の息吹は何一つない。

岳太夫はマントを脱ぎ、首に巻いたマフラーを取って、深々と秀太夫に頭を下げた。まぁまぁと促されて、奥の間に踏み入った岳太夫は、座布団をはずした畳の上で再び頭を擦りつけるようにして秀太夫に頼み入った。

「秀太夫さん、このとおりだ。この間の話、武夫のため、いや、この大刈り浄瑠璃のために聞き届けてもらいたい。でなければ、岳太夫一派は潰すしかない」

「……」秀太夫は、応えよどんで沈黙した。

数日前に秀太夫は、岳太夫からある話を頼み込まれていた。だから岳太夫が訪ねてきた訳も、頭を擦り付けて頼み込んでいる主旨もよく承知している。だが秀子は可愛い一人娘だ。それに歳もまだ五つである。

この村落は小さく狭い社会である。家督を守りあるいは太夫を継承するために、総領息子の嫁を、早くから許婚として親が決めることは決して珍しいことではなかった。その意味では、岳太夫が秀太夫に秀子を武夫の嫁にくれと申し入れたのも、あながち不自然なことではなかった。

だが山田家、すなわち岳太夫家は因縁に取り憑《つ》かれた家である。加えてサキに子を孕ませた武夫の嫁にという話なのだ。胎の子は死んだというがサキは生きている。秀太夫にとってはおいそれと承服できる話ではなかった。

秀太夫は時機をみて、岳太夫に因果を含め、断るつもりでいた。秀子の将来を考えれば妥当な判断と言えよう。

「秀太夫さん、あんたの気持ちはわかっている。逆の立場なら、わしもきっと断るじゃろう。だがここは、わしの頼みを聞いてくれ」

「岳太夫さん待ってくれ。事情は分からないでもないが、こっちにはこっちの事情というものがある」

「いや無理を承知だ。無理を承知で、こうして頼んでいるんだ」

「そうは言っても、秀子はまだ五つだ。嫁にやる歳ではない」間を置きたくて秀太夫は煙管《きせる》に煙草を詰めた。次の理を考えようとしているのだった。

「それもわかっている。許婚《いいなずけ》でいいんだ。頼む秀太夫、このとおりだ」

なんとしても秀太夫の同意が欲しい。流れる全身の血を止め、息すらも止めて、岳太夫は畳に頭を擦り付けた。その姿からは鬼気《きき》が立ち上っている。

「分かる、分かるがしかし、犬や猫の話ではない。一方的にそう言われても」

窮《きゅう》した秀太夫は再び煙管《きせる》の煙草に火をつけ、細い煙を頼りなげに吐き出してから、岳太夫に視線を戻した。

「秀太夫さん、そんなことは百も承知だ。秀子さんを軽々しく思っているわけでは決してない。命をかけて頼んでいるのだ。恥ずかしい話だが、知っての通りのいきさつだ。それしか道がない」

岳太夫は平々と頭を擦り付け続けた。凍てついた部屋には熾《おこ》った火鉢があったが、冷気が寒々と二人を包んでいた。その冷気が時折ビシビシと音を立てた。岳太夫の気迫が冷気を震わせるのだ。

「秀太夫さん、あんたも知ってのとおりだ。皆、わしの不徳の致すところだ。恥はこの上ない。だが一派を潰すことはできん。武夫を鍛えて一派を継がせたいのだ。それにはあんたに頼るしかない。武夫を何とかしなければならんのだ。このとおりだ」

岳太夫の話はもはや相談ではなかった。要請とも違う。貼り付いて離れない、一方的な執着といっていい。そこには一歩も引く気配がないのだ。秀太夫に、とうとうたじろぎが生じた。

「笹《ささ》、笹《ささ》っ！」秀太夫は妻の笹を呼んだ。独りではどうにも計らいきれない。

笹がおずおずと顔を出した。襖の向こうで聞き耳をたてて、事態を見守っていたに違いなかった。

事態を説明しようとする秀太夫の口を制して、岳太夫が言葉をつないだ。

「笹さん、このとおりだ。秀太夫さんに頼み込んでいる。助けてくれ！　助けて欲しい！」

岳太夫と秀太夫とは派が違っても同胞の志である。それぞれが一門を抱える一方で、兄弟のような付き合いをしてきた。助けられたことも何度かある。笹もまたそれをよく知っている。さりとて笹に返事ができようはずもない。

岳太夫は繰り返し繰り返し、二人に同意を得ようと必死になった。秀太夫も笹もいよいよ困り果てた。

清一と登世との一件を考えれば、岳太夫は哀れという他ない。それには同情する。だが問題は武夫である。サキの胎に子を作り、そして葬ったと聞いている。

運命に同情もするが、山田家自体に巣くった因縁を思わずにはおれない。呪われていると揶揄する者もいる。

因縁か呪いかは分からないが、いずれにしてもそれが、そう簡単に解消するとは秀太夫にも笹にも思えなかった。その武夫に、まだ五つの秀子を許婚にするなど、秀太夫も笹も決心がつかないのは無理からぬことだった。二人は思案に暮れ、顔を見合わせ、畳に視線を落として黙した。

だが、最後の岳太夫の言葉が、ついに二人の心を動かしたのだった。

「勝手は承知している。わしは若い頃、清一に登世を寝取られた。登世に因果があったことは認めるが、二度も同じ目に遭った。その上、二人は死んだ。息子の武夫は、清一の娘のサキと、知ってのとおりのいきさつだ。何でこれが認められよう。なんとしてもサキと別れさせて、武夫を秀子さんと一緒にさせたい。わしにはそれしか道がないのだ。それしか太夫として生きる道がないのだ……。存念は一方的なものだ。百も承知している。だがここは何としても力を貸してくれ。頼む秀太夫。叶わなければ、わしは死ぬしかない、いや叶わなければ、わしは死ぬつもりだ……」

重い、激しい、切羽づまった言葉を最後に、岳太夫の口は閉じられた。口角が痙攣《けいれん》していた。

秀太夫は岳太夫が哀れだった。激しい決意は末期の叫びのようにも思われた。断れば岳太夫は本当に死ぬつもりだ。いや間違いなく死を選ぶだろう。確かに岳太夫にはそれしか道はない。

しばしの沈黙の後、秀太夫が重い口をこじ開けるようにして応えた。

「岳太夫さん、あんたの気持ちは分かった。立場も理解する。秀子もまだ五つだ。秀子の気持ちを訊くこともできん。わしらが判断するしかない。あんたがそこまで言うなら、秀子をやろうじゃないか。だが、サキさんのことはどうするつもりじゃ？　そこのところをはっきりしてもらわんと、秀子の立場がないが……」

秀太夫の言葉を聞いて、射抜くような岳太夫の視線が秀太夫の目をとらえた。

「おおきに、秀太夫。おおきに、秀太夫。そのことはわかっておる。わしに任せてくれ」

岳太夫の大きな目から、涙がポタポタと落ちて畳に滲みた。

岳太夫の目は、じっと秀太夫の目に語りかけた。同じ皺《しわ》を刻んだ秀太夫に、岳太夫の苦悩と秘めた決意が滲み入るように伝わった。秀太夫の目が潤んだ。笹は何も言えなかった。こうなればそうするしかない。

「疑うわけではないが、秀太夫、杯をくれ」

「ん、わかった」

この世界には、約束事を裏付けるための杯の慣例があった。秀太夫は笹に準備を命じ、自らは裃を着け、床の間に太夫名の入った軸と紋章の入った見台を飾り、笹の用意した杯を岳太夫に与えた。一方的なことでことは済まない。いずれ岳太夫も自宅に秀太夫を呼んで逆杯を上げることを約した。

岳太夫には覚悟があった。秀太夫と杯を交わしたものの、肝心の武夫が同意するかどうかまだその確証はない。万一武夫が拒否すれば、最早や岳太夫一家のことでは済まされない。秀太夫一家に対してこの上ない非礼になる。なんとしても武夫に同意させなければならない。万が一にも武夫が従わなかった場合は、刺し違えて自分も死ぬ覚悟を腹の底で決めていた。もう後がないのである。杯を求めた岳太夫に、秀太夫もまたその覚悟を見て取っていたことは言うまでもない。

その翌々日である。師走の寒風が山おろしとなって村落を吹き抜けていた。山の木々には霜が降って、今年初めての樹氷が冬景色をなしていた。

武夫は一睡もできずに白けていく朝を迎えた。前夜岳太夫に「明日の朝、話がある」と告げられていたのだ。喜一も同席せよとのことだったが、もとより喜一より自分のことが主題であることは分かっていた。

父の裁定がいつかは来ると思っていた。非情な形ながらもサキの子が死んで、父の問題の一つは消えていたが、それで終わるとも思えなかった。父と子として生きていくこと自体が許されるのかどうか、それさえもおぼつかない。反抗のしようとてなく、その力もないのだ。

その父の裁定がついにきた。そのことが眠りを阻《はば》んだ。吹き抜ける木枯らしの音に誘われるようにして、眠りの遠い瞼に、母の死に顔やサキの裸身が、繰り返し甦ってくる。びゅうびゅうと吹き抜ける木枯らしも、地の果てに自分を連れ運ぶために吹いている風のように思われた。それは死をも連想させる。母と同じように自分もまた死ぬ道しかないのかも知れない。

朝が白みはじめると同時に、起き出した岳太夫こと作造は独り沐浴をつかい、太夫名の入った軸と紋章の入った見台を飾り、裃に身を正した。この世界の正式な居住《いず》まいである。そして武夫と喜一を呼んだ。

武夫と喜一は、座敷に入るなり息苦しい緊張に襲われた。見るからにただならぬ空気が満ちていたからである。小さな震えが二人を襲った。

岳太夫は軸と見台を飾った床の間を背に、二人の息子に相対して座すと、家宝でもあり代々太夫が証として継承する、銘入りの短刀をその膝元に置いた。

「武夫、心して聞け。昨日、秀子をお前の許婚にする約束を、秀太夫と言い交わした」低い凛とした声だった。

武夫は仰天した。サキをどうすればよいか思い悩んでいる最中である。二人のことを簡単に許してもらえるとは思っていない。だから眠れない闇の中で死をも連想した。ところが五つの秀子を許婚にしたと言うのである。生きてサキを見放せと言うのである。

「武夫、わかったか？」

わかったかと訊かれても困る。と言っても反論する器量はない。慄くばかりの父の形相が目の前にあるのだ。

膝もとの短刀が武夫の目に入った。まさかそんなことはあるまいが、その切っ先が喉元を切り裂く想像が武夫を襲った。行き着く先を見失って、死も連想した武夫だったが、現実となればやはり恐怖だった。

「不服か！　武夫！」

訊かれても、応えよどむ武夫を見て、父はいきなり短刀を引き抜いた。父の作造ではなく、最期の覚悟をもった浄瑠璃師岳太夫がそこにいた。

武夫はもちろんだが、喜一の顔にも色はない。全身が硬直し、凍てた電気が背筋を走りぬけた。三つの影がしばし固まったかに見えた。

「秀太夫には了解してもらった。了解というより、譲歩してもらった。命を掛けて約束までした。武夫、喜一、よく聞け。この父の言い分に従わなければ、おまえたちを刺してわしも死ぬ覚悟だ。喜一には済まぬが連座させるしかない。これが世間に対するけじめというものだ。ハッタリではない、わしの腹は決まっておる」

父でもあり師でもある岳太夫の性格は、武夫も喜一もよく承知している。もはや選択する道は残されていない。武夫は思った。生かされたとしても、殺されたとしても、サキはどうなるのだ。

父には逡巡《しゅんじゅん》する息子の心は元より読めている。武夫には、まだ死んだ子への情感は分かるまい。だが成人前とは言え、肉を重ねた女への未練や執着や、愛しい情感には、武夫も胸をつぶしていることだろう。父として、それは痛いほど分かる。その意味では不憫《ふびん》ですらある。

だがそれでは済まない。済まないのだ。サキも不憫だが、これだけは譲ることができない。過去を捨てるのだ。過去を捨てて、秀子と三代目竹本岳太夫を継ぐのだ。岳太夫の思いはこの一点しかなかった。

柱時計の鈍い音が心無い時を刻んでいた。火鉢の熾《おき》も緊張した冷気に気押されて、その熱すら止めている。動かぬ三つの影を引き止めて、無言の、重い、淀んだ時間が垂れるようにして流れていった。一刻はとうに過ぎただろうか。

岳太夫は、ぎりぎりの思いに立っていた。父としての体面、岳太夫としての体面、一派としての体面、登世にかかわる体面を、武夫が理解できるはずもない。残された道は武夫を筋書きにはめ込むしかない。

岳太夫は覚悟を新たなものとした。ついに、引き抜いた短刀を振り上げたのである。子を殺してまで事態の解決を果たそうとする父の苦渋は、二人の息子にもそれなりに伝わっていた。理不尽であろうとも同調するしかない。襟首を掴まれた武夫はしぼり出した声で叫ぶように答えた。

「わ、わかった！　わかった！　助けてくれ！」

武夫が正常に判断したわけではない。それは父にも分かっている。息子の悲愴な表情を見て父は短刀を落として泣いた。

こんなことまでする自分に泣けたこともある。だがやはり父親だ。武夫が哀れでならない。それに胎の子まで殺させた罪は自分が作った。いつかは因縁として降りかかってくるだろう。因縁に牛耳られる運命が岳太夫の頭を占めた。

連座していた喜一は、失禁したのにも気づかずにいた。

岳太夫は、竹本秀太夫こと岡部秀夫のもとに使いを走らせた。浄瑠璃界の儀式にのっとって許婚の儀を執り行うため、明朝の来宅を招請したのである。

武夫としてはサキに事の次第を告げねばならないのだが、今はその手段もなく叶うことでもなかった。

またこうした太夫家の総領息子の許婚の儀式には、それも相手が秀太夫の娘であるならなおさらのこと、当家同士だけで済ませるのではなく、岳太夫一派の太夫を招待するのがこの世界の慣わしである。従って通常であれば、岳太夫家から各太夫家に知らせが行われる。それも祝い事だけに、日を選び、日数の余裕を持って執り行われるのが、礼儀でもあり筋でもある。

だが岳太夫にはその余裕がない。とりもなおさず武夫と秀子の、婚約の既成事実を作らねばならないのだ。加えて武夫を後継者として位置づけることも必要だった。それが秀太夫に対する礼儀でもある。

仕方なく岳太夫は、秀太夫家との間だけで急ぎ事を運ぶつもりだった。したがって他の太夫家への連絡はしていない。このことについても、サキのことについても、世間の非難は充分に予想された。だが後のことは何とでもなる。それが岳太夫の考えだった。

竹本秀太夫こと岡部秀男夫婦は、まだ幼い五歳になったばかりの秀子を伴い、招請に応じて竹本岳太夫の家を訪れた。

玄関に通じる石畳は打ち水で清められている。寒中のこととて薄氷となったそれは、雪駄の下でキシキシと小さな音をたてた。祝い提灯の間を抜けて、家紋入りの吊り幕をくぐり、開け放たれた玄関に踏み入った。

そこからは、襖を取り払った家内中が見通せた。床の間のしつらえが秀太夫の目に入った。二間はある床の間には見台が飾られ、太夫名の入った軸も下げられてある。奉書を巻いた祝い酒も二本立っている。いわゆるその世界での正式な迎えしつらえである。万端整えて迎えているのがわかる。

声はださない。脱いだ雪駄をそろえ、秀太夫は無言のまま座敷に踏み入った。部屋の中央には大きな火鉢が置かれていたが、火は熾《おこ》っていても飾り程度の効果しかなく、厳寒の凍てついた空気はビシビシと音を立てて部屋中に満ちていた。

秀太夫は静かに音もなく座して主を待った。様子の窺《うかが》える別の間で見計らっていた岳太夫は、武夫と喜一を伴い、呼応するかのようにこれまた声もなく座敷に踏み入ると秀太夫と向かい合って座した。

おもむろに岳太夫が挨拶を行い、それに秀太夫が応える。互いに約定に墨を入れ、契り酒を交わして一連の儀式は終わった。こうして、竹本岳太夫一子である武夫と、竹本秀太夫一女である秀子との婚約が正式に相整ったのであった。

その時である。玄関口から「たのもう。」あるいは、「おたのみもうす。」と言う声が聞こえてきた。

岳太夫派の太夫はもちろんだが、紋付袴に正装した他の派の太夫たちも自派の高弟子を伴い、祝いの言葉を述べながら来宅したのだった。今から行われる岳太夫と武夫の後継の儀式に、祝儀を持って参集してきたのだった。秀太夫がふれを回したに違いなかった。岳太夫は畳に額を擦りつけて涙した。

こうして婚約の儀と、後継の儀式は正式に執り行われた。武夫は実質的に岳太夫一派の後継者として、かかる派に喧伝され認知されたのである。ところが思わぬことが起きた。

儀式の終わったところで、一派をなす竹本富一太夫が、岳太夫に向かってこう言ったのである。

「岳太夫さん、この度のことは誠にめでたい。これで竹本岳太夫派は安泰じゃ。いや実にめでたい。そこで頼みがあるのじゃ。わしのところじゃが、まだ後継者が決まっておらん。聞けば娘の富子が、ハハハ、喜一さんに惚れておるらしい。喜一さんも同じのようじゃ。日を改めて喜一さんと富子との縁組も願いたいのじゃが、どうじゃろうか？　喜一さんの才能はわしも認めるところじゃ。その暁には喜一さんに、うちの派を継いでもらおうと思っとるのじゃが……」と言って、富一太夫はまるで射るような鋭い視線を岳太夫に向けると、その目の奥を窺《うかが》った。

岳太夫は目を剥いた。それ以上に驚いたのは喜一である。喜一と富子とが好き合っていることは嘘ではなかったが、互いに十三歳のまだ子どもである。惚れたとか腫れたとか、婚約とかなんとか、そんなことを言える歳でも段階でもまだない。幼なじみの間の好意程度のことである。

富一太夫は後継に悩んでいた。事情があったとはいえ、岳太夫が五歳の秀子を武夫と婚約させるのを見届けて、自派の後継としてこの機に約束を取り付けようと仕掛けたのだった。岳太夫は、強引に秀太夫を説き伏せてその意を通した。当然のこととして自分の申し入れも断れないと踏んでいた。

岳太夫は絶句した。「まだ年端がいかない」とは言えない。富一太夫一派はとかく問題が多い派だが、下手な断り方をしては溝ができてしまう。それは避けなければならない。しかも太夫たちの衆目の面前なのである。

「喜一、富一太夫さんの話は本当か？」

喜一への確認も必要だったが、岳太夫には話の振り所がなかった。一言「そんなことはない」と喜一に言わせたかったのだが、そんな岳太夫の腹が読めるはずもない。喜一はただ顔を朱に染めただけだった。

「ハッ、ハッ、ハッ、喜一さんが照れておる。岳太夫さん、重ねがさねのおめでたじゃ。めでたい、めでたい」と、どこかの太夫が声を発した。気を利かせたつもりだったのだろうが、岳太夫を引くに引けないところに追い込むことになった。

結局、岳太夫は富一太夫の申し入れを受けざるを得なかった。こうして正式ではまだないが、喜一もまた富一太夫の娘富子と、いずれ婚約することが約されたのである。

祝いの酒宴は、二晩続いた。これらのことは、たちまちの内に村中の周知するところとなった。当然のことながらサキの耳にも入った。

〔2〕

武夫にはサキに逢う手立てがなかった。岳太夫が許さなかったからである。生活もその監視下に置かれていた。通学期であれば、サキが待ち伏せしてくれることもあり得たが、学校が休みに入っていたことが逆に災いした。

逢いたい。サキに逢いたい。逢ってどうなるものでもないことは分かっている。だが逢いたかった。逢ったとて言い訳できる言葉はない。それも分かっている。それでも逢いたかった。そんな追い詰められた武夫の思いは日毎に募っていった。

重なるようにして、ある負担が武夫の肩に被さっていた。岳太夫一派の後継者として演目を決め、舞台を務めなければならないのである。それも正月二日の荒神様の縁日と決められている。

これは一人武夫の立場だけのことではなかった。首尾上々に演じられなければ、岳太夫一派の面子にもかかわる。武夫の心の迷いなど立ち入る隙もなかった。

「喜一か？」襖の向こうに、気配を感じて武夫が訊いた。

「ん、起きておるか？」闇の襖が開いて喜一が忍んできた。

「眠れんのじゃ」半身を起こした武夫が呟いた。

「ん……、武夫が行けんのなら、わしがサキに逢ってこようか。ほおってはおけんことじゃで……」少年であっても兄弟である。弟は兄の気持ちを汲んでいた。

「お前が、か？」

「ん、事情だけでも、話しておかんと」

「頼めるか」

「ん」

「じゃが、何と言うたら……」

「ん、……何と言うたらええかのぅ？」

「とにかく、事情だけは耳に……」

「ん……」

　凍てつく闇の中での、策のない兄弟の短いやり取りである。ただそこには二つの純粋な思いがある。


　サキは、困惑と不条理な孤独感に苛《さいな》まれていた。胎の子を殺したという意識はずっしりと重い。殺した命が哀れで息苦しい。後悔にも襲われている。躰の一部を抜き取られた虚脱感もあった。

　それだけではない。唯一の希望である武夫との距離が、段々と遠くなるのではないかという不安が押し寄せてくる。先が見えない。先の自分が見えない。運命の輪郭が崩れ、霞んでぼやけていくのだった。

　どうしてこんなことになったのだろう。どこが間違っていたのだろう。なぜこんな災厄が襲ってくるのだろう。私がどんな悪いことをしたと言うのだろう。武夫を好きになったことがそんなに罪なことだったのだろうか。納得できない不条理と、孤独感がサキを混沌とした闇の中に引きずり込んでいた。

　そんなサキの心に、武夫の許婚の噂が追い討ちをかけた。そんなはずはない。まさかそんなはずはない。岳太夫が武夫との仲を許してくれるとは思っていないが、さりとて武夫が他の女と許婚になるなど、そんなことがあるはずがない。

　しかし、否定は肯定としばしば背中を合わせてしまう。噂は本当かも知れない。否定しては肯定し、肯定しては否定し、肯定と否定とが交互にサキを襲うのだった。キリキリと胃が痛んだ。

　その一方で、サキは僅かな頼みの綱を握っていた。噂が本当だとしても、許婚となった秀子はまだ五歳だと聞く。それならば形だけのことかも知れない。そう思えば詰まった胸にもわずかに空気が通った。不条理と孤独の闇もいつかは晴れるのではないか。

トントントン。吹き殴る冷たい雨の夜だった。雨音に混じって木戸を叩く音がした。サキは電灯を落とした部屋の、煎餅布団の浅い眠りから目を覚ました。

誰かが訪ねてきている。だがこの夜更けに誰かが訪ねてくるはずもない。気のせいだ。雨か風の音を聞き間違えたに違いない。いやひょっとして、武夫さんが夜這って来てくれたのかも知れない。

サキは、高鳴る胸を抑えて耳を澄ました。だが耳に届くのはやはり雨と風の音だけだった。やはり幻覚だった。高鳴った胸が沈んでいきかけたとき、今度は小さな声が聞こえてきた。

「サキさん。サキさん」声は風に一部を消されている。だがはっきりと人間の声だった。

「武夫さんか？」思わずサキが訊いた。

「わしじゃ、喜一じゃ」

サキは急いで木戸を引いた。ずぶ濡れの喜一が立っていた。震える短い言葉が、凍りついた唇をついて出た。

「武夫は、来られん」続けて言った。「武夫は、来られん」

サキは、喜一の言葉を二度聞いて、掴みどころのない平べったいものが、貼りつくように心に広がっていくのを感じた。

「武夫は、来られん」喜一は同じ言葉を繰り返した。

「ん」細い一言を洩らして、サキが応じた。

喜一もサキもそれ以上の言葉を持ち合わせていない。事情だけは伝えようと厳寒の雨をついてきた喜一だったが、それ以上の言葉を伝えることは出来なかった。それだけ言うと少年はまた雨の中を駆け戻っていった。

サキは、「武夫は来られん」という言葉の意味と事態を想像した。不条理な孤独感に苛まれながらも、自己納得が欲しくて、希望に繋がる糸を探してきた。そして細い糸を見つけた。しかしそれも、根拠も骨組みも持たない勝手な思いだった気がした。


サキに、安眠は無くなった。浅い眠りの中で見る夢にはいつも鬼と蛇が出てきた。鬼と蛇でないときは、きまって自分が火炎の中で死と直面して足掻いていた。傷もないのに血が噴出していることもある。真っ黒い呪詛《じゅそ》の女が出てくることもある。眠りが訪れないときは、膝を抱えて夜が白むのを待つしかなかった。

時には、虚空の彼方から誰かが呼んでいる気もするのだが、誰が呼んでいるのかは分からない。病んでいた。心身ともに病んでいた。幻惑にさ迷うサキに、現実に声をかける者がいた。神婆ぁだった。

「サキ、秀子を殺せ。秀子を殺せ。食いちぎって殺せ。で、なければ許せ。犠牲になって許すのだ。お前たちのことは、どちらかが犠牲にならなければ、解決せん。怨念を残すな……、因縁を切れ！」

続けていった。

「哀れなサキよ。もうよい、もうよい。神が呼んでおる。神が呼んでおる」

神婆ぁの声は、しょせん辻褄の合わないものだ。サキに理解できる世界ではない。元よりサキには、それが神婆ぁであることすらも分かってはいないのだった。

空気までが氷のように凍てついた正月二日の夜だった。神が淵に垂れた松の枝で、サキが首を吊った。武夫が、荒神社縁日の篝火《かがりび》に照らされ、お披露目の舞台を勤めている最中のことであった。

武夫の出し物は奇しくも、運命に嬲られた女が狂乱の末に命を絶つ、という壮絶なる演目だった。哀切な演調が、陰に陽に、境内の闇に吸い込まれていく。哀れだけでなく鬼気さえも境内に漂った。

少年の声なのに少年の声ではない。聴衆の誰もが鳥肌を立てた。しわぶき一つない中で篝火だけが時折パチパチと音を立てた。

演じ終わって長い沈黙が支配した。誰かが一度だけ手を叩いたが、再び沈黙が支配した。割れ響く拍手に賞賛されたのは、聴衆が我に返ってからのことだった。

その喧騒もたちまちの内に静まった。一瞬は篝火に照らされたものの、闇から闇へ白い何かが長床の舞台を横切ったからであった。神婆ぁだった。

「サキは死んだ！　神が連れていった。サキは神になった！　サキは、神になったぞ」

誰もがまさかとは思わなかった。この神婆ぁの一言は、その場のすべての人たちに容易に事態を認識させたのだった。誰もがさもあろうと、自分の予感が当たっていたことを思った。

しかし不思議なことに、首を吊ったサキを見つけたのは、山から下りてきた村人だったが、知らせを受けて駆け付けた村人たちがそれを発見することはなかった。サキが消えたのだ。

因縁に翻弄《ほんろう》された登世と清一は死んだ。そしてサキも死んだ。思えば三人は生き地獄を生きていたのだった。死は与えられた唯一の道だった。しかし彼らの死が事態を解決することにはならない。一方の岳太夫はもちろんだが、武夫も喜一もまた、因縁に縁取られた現世に生きているのである。

第三章　新種の米作り

【1】

「お父うが、喜一さんのこと、誉めてた」

喜一がだまっていると、「ねえ、お父うが」と続けて言う。

五年が通り過ぎていた。許婚の喜一と富子は、共に十八歳になっている。能動的な富子の誘いにのって、二人は山桜が群生する村はずれの小高いこの丘にやってきた。

桜の枝が満開の重みで二人を被うように垂れている。段差をなしてそれは一帯にも広がっている。並んで腰を落とした二人に、ひらひらと花びらが舞い落ちる。春の息吹は満ち満ちて、田にも畑にも溢れていた。

富子が恥じらいを浮かべて話しかけた。父の富一太夫が、喜一の浄瑠璃を誉めていたのが嬉しかったのだ。

いずれは夫となり、富一太夫一派を継承する喜一には、浄瑠璃の才がある。誰もが認めてくれている。それにいっぱしの青年らしさも身についてきた。陽焼けた風貌、逞しくなった腕。

十八歳になった富子は、当然のことながら、喜一に確定した関係での男を意識していた。女心が今も全身から発散している。

まだ肌を合わしたことはない。ないが求められればいつでも裸になれる。そのことを想像して、乳房がキュンと痛くなることもある。眠れないこともある。だが喜一は一向にその素振りをみせない。はやる心を抑え、こんなに我慢をしているのに……。

富子の言葉は聞こえたはずなのに喜一の反応がない。喜一が一帯の、こぼれるように咲き誇っている桜に気を奪われていたからではない。

喜一が捉われていたのは、富子のはち切れそうな若い躰でも、色を流したような桜の連なりでもなかった。浄瑠璃でもない。別の何かだった。だから富子の言葉が耳に響かなかったのだ。

春の陽射しは長閑で暖かい。富子は喜一に寄りかかるようにして、萌える躰から湧く熱の高まりに耐えていた。幸せな時である。

「ねえ、聞いているの？」

「なんだ？」

「なんだ、だって？　喜一さんの浄瑠璃のことよ。お父うが誉めていた」

　この日逢ってから初めて、喜一は真っ直ぐに富子を見た。健康な色香が目の前で滴っている。その全ては自分のものでもある。全てをもぎ取って牛耳りたい衝動に突かれることもないではない。だが頭を占めているものは他にある。それが頭を占めて離れないのだ。

「……」

「……」

　富子は不満だった。返事をしてくれなったからではない。全身で寄り添いたいのに、喜一が萌えるこの躰を受け止めてくれないからだった。どこに向いているのか、気は冷めて素っ気ない。

　富子のそれは喜一にも分かっていた。もともと無骨で照れ性の喜一だが、それくらいのことはもう分かる。

　だから富子に打ち明けるべきかどうか迷っていた。頭を占めているそれは決して中途な思いではなかったが、まだ確信にまでは至っていない。富子の不満気がそれを破った。思い切って言う、そんな感じで喜一が口を開いた。

「富子、わしは、浄瑠璃をやめようと思う」

「えっ！　やめる？　浄瑠璃を？」

「ん、浄瑠璃を、やめようと思うとる」

富子は耳を疑った。父から何度も聞かされ、自分もそう思っていた富太夫一派を継ぐのではないのか。

「やめるって、どうして？」

「わしは今、農業高校にいっているだろ」

「ええ、それはわかっているわ」

「米作りをしようかと思っているんだ」

「こめって、お米？」

「ん」

「……？」富子の理解が喜一に及ぶはずはなかった。

富子は顔を曇らせた。それは富一太夫一派を継がないということなのか？　婿にならないということなのか？

「米といっても、色々ある。考えているのは新しい米なんだ」

「新しい米？」いよいよもって富子には分からない。

「そうだ。まだ勉強しなきゃならないが、作れそうな気がする」と言って、喜一は視線を遠くの一点に投げた。瞳は何かを秘めている。

しばしの沈黙の後、富子は不安な瞳で喜一を見た。それまでの春の長閑さはどこかへ消えてしまった。描いていた人生図が大きく違っていきそうなのだ。

富子は深く物事を考えない性格だ。突飛にも聞こえた喜一の言葉に一旦は驚いたが、あそうなのかと直ぐに思い直した。許婚としての確かな約束がある。富一太夫は反発するだろうが、浄瑠璃でなくてもそれはそれでいいのではないか。浄瑠璃を婿にするのではない。この喜一を婿にするのだ。富子はそう思った。

短絡な性格ゆえに、富子は簡単な納得を得た。不確かな夢を描く喜一と、小さな思惑で仄々《ほのぼの》とした女の本能に走る娘がそこにいた。

膝を崩して喜一のひざに頬を乗せていた富子が、ゆっくりとその顔を上げた。喜一の視線はまだ遠くにある。その視線を富子の上気した顔がさえぎった。上気した顔のそれ以上に、瞳が恥じらいを含んで光っている。

「喜一、私が好きか？」

「ん、好きや」喜一も十八歳である。健康な女の色香に惹かれていて当たり前だった。

「キスして！」

「ここでか？　今か？」

「ん、いまして」

喜一は咄嗟に辺りを見渡した。春の陽炎の向こうに農作業らしき人影が見えたが、周辺に人影はない。

富子の唇に触れたことは今までにも何度かある。初めてのことではない。だがそれらは闇の中であったり、富子の家の中であったりした。こんな昼日中の、しかもどこに人の目があるか知れないところではやはり気が引けた。

「いいじゃないの。婚約してるんやから」

富子はそう言ったが、喜一にとっては違うのだった。膝に富子の頬を受けているだけでも人目をはばかる緊張感がある。開放的な富子の性格とは違う。

「意気地がないのっ！」

「そんなこっちゃない！」

じれったそうに、富子は自分から喜一の唇に唇を近づけていった。合わせられてみれば柔らかな唇の感触だった。チロチロと泳ぐ甘く滑らかな女の舌だった。喜一は酔った。だが喜一が能動的な行為に及ぶことはなかった。

視界から富子の顔が消えた時、思わず喜一は急いで周囲を見回した。他人の視線を気にしたのだ。だが辺りにそれらしい人影はなかった。

喜一と富子が許婚であることは村中が周知している。岳太夫家での武夫と秀子の婚約披露の折に、富一太夫が岳太夫に仕掛けたという事実も知らぬものはいない。富一太夫らしい狡猾《こうかつ》さだと批判もあったが、そんなことは風と消えて、二人の成長に輪をかけるようにして既成事実だけが二人を見守ってきた。

富一太夫も口実を作っては事あるごとに喜一を家に呼び、食事が済めば、どちらかと言えば意図的に喜一と富子を二人だけにした。

喜一は農業高等専門学校に進んでいたが、村落では中学を出ると家業の農業に従事する者が少なくない。どこの家でも働き手の中心である。また彼らは村の青年団に属して村祭りの中心的存在にもなった。祭りを借りて互いに相手の尻を追い、既成の関係にのって、嫁取りや婿取りをするというのも平時のことだった。

その意味では、許婚でもある喜一と富子が互いの躰を知ったとしても、あながち不自然な年頃ではなかった。富一太夫にはそんな思いがあったのだろう、二人を既成の事実に嵌《は》めようとするところがあった。

実のところは富一太夫には別の心配があった。富子もまた高校に上がっていたが、日増しに成長していく娘を見て、闊達《かったつ》な性格の富子だけに、気の迷いから喜一以外の男と過ちを犯すことになってはという心配だった。富子の性格からすれば充分あり得る。

そんなことにでもなれば岳太夫との約束を反故にすることになる。それだけはあってはならない。その意味で富一太夫は気を揉んでいたのだ。実際に富子は、学校の若い教師や同輩の青年に憧れていたふしもある。口実をつけて帰らなかった日もあった。

知ってか知らずか、岳太夫も富子をよく家に呼んでは、富一太夫と同じように喜一と富子を二人だけにした。だが喜一には喜一の性格がある。二人で宵祭りや蛍を見に行くことはあっても、それ以上には踏み込むことはなかった。

「この意気地なし！」

闊達な富子には多少気の荒いところがある。喜一に向かってそう言うと、いきなり喜一の股間に手を入れた。喜一自身をその手で掴んだのだ。喜一は真っ赤になった。

「喜一、本当にうちが好きかっ？」

「ん」

「いこ。うちにいこ。今日は誰もおらん」

富子に促されて同時にその場を立った。だが結局のところ喜一は富子の家には行かなかった。


山桜が咲き乱れる季節になっても、山間の村落の夜は冷える。小さく盛った熾きに鉄瓶を掛けた囲炉裏で、岳太夫こと父親の作造と喜一は二人だけの夕餉《ゆうげ》に向き合った。裸電球の薄暗い光の中で、鉄瓶が細い湯気を頼りなげに吐いている。

武夫は二十一歳になっていたが、許婚の秀子はまだ十一歳であったし、しばらくは土地を離れた方がいいということで、家を出て大阪に住んで大学に通っていた。したがって山田家は作造と喜一の二人住まいだった。賄《まかない》は隣の老婆が面倒をみてくれていたから三度の飯に不自由はなかった。

「頼みが、あるんやけど」喜一が改まった口調で切り出した。

「何や？　富子んことか？」作造の顔がほころんだ。

老婆が作りおいた惣菜で濁酒を傾けていた作造は、頼み事というのはてっきり富子のことだと思った。

富一太夫家では訪ねてきた喜一を富子と二人きりにしてやっていると、富一太夫から聞かされている。同じように富子が来た時も二人きりにしてやっている。二人の関係ができていても不思議はない。喜一の頼みというのは、卒業したら一緒になりたい、くらいの頼みだろう。それならそれで納得できることだった。

時の流れは人を変えていく。今では陰湿な因縁に振り回されていた頃の、あの作造の邪険な形相も消えていた。振り向いた顔は、凛々しく成長している息子を見るにつけ、その成長ぶりに酔っている父親の顔だった。

「いや違う」

「違う?」

「ん」

「なら、何や?」予想は違った。だがいい。喜一もこの歳になった。考えることも色々あるに違いない。作造は期待しながら丼に濁酒を注いだ。

「畑を貸して欲しいんや」

「畑？　畑を貸して欲しいって？」

「米を作ってみたいんや」

「米を作るって？　いつも、作っとるやないか？」

作造は喜一の考えを知らない。その夢を知らない。これまでも、家の農業を手伝わせてきている。苗付けから秋の収穫まで、米作りは一から十まで教えてきた。見よう見まねで喜一も承知していることではないか。作造ははたと考えた。わずかの時間をおいて作造の頭で閃くものがあった。

「おう、そうか！　武夫が戻ってくることも考えて、田畑を分けておいて欲しいんやな。富子をもらうことやし、先を考えておるのか？　ん、それもそうや。よっしゃ、二人に今から分けといてやろう」作造は、こりゃあ気がつかんかった、とでも言いたげな風である。

「いや違う。そんなことではないんや。新しい米作りの実験をしてみたいんや」

「実験？　米作りの？」

「ん、新しい品種の米や。まだ勉強不足やが、できそうな気がする」

「……」

濁酒《どぶろく》の丼《どんぶり》を手にしたまま、作造は狐に包まれていた。新しい品種の米を作るなど予想外のことだったのだ。

自分も家督を継いで、農業の傍ら祖父の作った浄瑠璃一派の太夫を務め、今では村の主要な立場に立っている。いずれは喜一も富子と一緒になって、富一太夫一派の跡取りになる。それが作造に見えていた道筋だった。

新しい品種の米を作る？　作造には想像だにできない。自分の生き様と重ねてしか考えられない作造には、思いもかけない喜一の申し出だった。

だが作造は思った。喜一の言う実験がどんなものかその中身は分からない。だが農業の一環であることに変わりはなさそうだ。富一太夫一派を引き継ぐとしても飯の糧に農業は続けなければならない。それは自分も同じだった。喜一とて同じだろう。婿に入って富一太夫の田畑を譲り受けるとしても、田畑は多い方が良い。家督は武夫に譲るが、一部を喜一が求めたとしても不思議なことではない。それに若い者は夢を追いたがる。喜一の言う実験も一つの夢を追っているのだろう。それも悪いことではない。いずれは夢と知って現実に戻ればそれでいいのだ。

「おう、ええとも。この際じゃ、武夫と二人に分けておこう。おまえは富子の家も継ぐのだから、あっちの田畑もある。うちの田畑を三つに割って一つ分をおまえに、二つ分は武夫にやろう。それでええな」満足そうに言って、箸に摘んだ菜を口に放り込み、丼を一気に傾けた。ゴクゴクと喉が音を立てた。

父の理解は全く違っている。だが喜一にとってはどっちでも良いことだった。とにかく自由に米作りの実験ができればいいのだ。

それからの喜一は、富子に逢うことも忘れたようだった。下校するや否や自分の部屋に籠るようになった。専門書を積み上げて何かに熱中していった。夜が更けても灯りが消えることはなかった。

やがて幾種かの早苗《さなえ》を芽吹かせ、六月の梅雨の季節に、作造から分け与えられた畑にそれを植え込んだのである。水田ではない。畑にである。

見た目は同じ早苗だった。見た目は同じ稲のように育った。だが夏を過ぎても実がつくことはなかった。実験畑はまるで萱畑《かやばたけ》のようになった。

畑をいくつかの区画に分け、それぞれに違った苗を植え付けたのだったが、いずれの区画も結果は同じ有様だった。半年かけた喜一の実験はもちろん失敗である。

「喜一、田んぼを譲ったのに、なぜ、田んぼでなく畑に早苗を植えるのじゃ。そりゃぁ、実がつく道理がないぞ」

今年の収穫を終えた黒い顔が、濁酒を舐めながら怪訝《けげん》そうに訊いた。優しく叱るような諭すような声音だった。遠くから鈴虫の透けるような声が届いてくる。

「いいんだ。そのうち、できる」箸の味噌を舐め、口にかき込んだ麦飯を飲み込んでから喜一が呟いた。

父の言うことは正しい。村で作る米は水稲《すいとう》だ。水のない畑に植えれば実がつくはずがない。ただの萱になるのは道理だった。

だが喜一の目指す米は水稲ではないのだ。喜一は沈黙した。父に説明しても理解できるとは思えない。

作造は、まあええ、失敗をしてこそ身につくというものだ、そんな顔で喜一に微笑んだ。

いつの間にか鈴虫の声は消えている。秋の月の冴えた光が遮断したのだ。

〔2〕

秋晴れならば幾分心は違ったかも知れない。昨夜遅くから降り始めた糸を引くような細い秋雨は、今もしとしとと村を濡らしていた。窓を開ければ肌寒い。霧霞《きりかすみ》の景色も余計に気持ちを塞いでしまう。

日曜日だというのに富子は朝から鬱屈《うっくつ》していた。編みかけの糸と針を引き出してきてもすぐに飽きてしまう。一向に、はやる気持ちが湧いてこない。ここのところの富子には充実感といったものがなかった。

咲いてみたい躰も、ときめいて跳ね回ってみたい気持ちも、持って行き場がない。喜一が一向に相手をしてくれないのだ。

許婚なのに喜一は相変わらず遠いところにいる。今まではいつでも喜一に逢うことができた。訪ねることも家に呼ぶこともできた。二人きりで過ごす仄《ほの》かにときめく時間が、今まではそこかしこにあった。ところが昨今はそれが全く無い。

富一太夫が気を揉んで夕餉に招いても、喜一が跳んでくることも無くなった。いったいどうしたというのだ。雨の日曜日、定まらない気持ちをもてあまして、思い余った富子は喜一を訪ねた。

「喜一さ〜ん」玄関で声をかけても返事がない。声を高めてもう一度呼んでみたがやはり返事は返ってこない。

やはり留守なのか、雨の日曜日なのに、どこに行ったのだろう。久しぶりに逢いたいと胸を焦がしていただけに、富子はがっかりした。

「富子さんではねえか」踵を返したところで、戻ってきた岳太夫こと作造に出くわした。

「おじさん」

「訪ねてきてくれたのか、喜一と逢うたか?」

「返事がないの。留守みたい」

「いや、おるおる、ささ、上がってくれ」作造は先に玄関に入り、富子を手招いた。富子はすすめられるままに下駄を脱ぎ、囲炉裏の端に腰を下ろした。

「お茶も淹れんで悪いな。喜一は二階の部屋におるから行ってやってくれ。ああ、ついでに茶も持って行ってやってくれや」階段を下りて来た作造はそう言って、やかんを火にかけた。

喜一さんはいる。それなのに返事をしてくれなかった。なぜだろう。私に逢うのがいやだったのかしら。富子にこもごも思いがめぐった。

それでも作造が淹れた茶を手に、富子は二階への階段を、音を立てないように気遣いながら上っていった。ときめいて跳ねるのではなく、なぜか気兼ねしながら歩を運ぶ、そんな感じだった。重い空気を吸う窮屈《きゅうくつ》さがある。

喜一は机を前に背を向けて座していた。「喜一、さん」その背に小さな声で富子が声をかけた。

「おう、富子、さん」初めて気付いた喜一が、振り返って富子を見た。

開いた専門書が何冊も机の上にある。よほど調べものに熱中していたらしい。それでも喜一は膝を回して富子に向き直った。対座して二人は茶を飲んだ。

それだけだった。茶を飲みながらも喜一は、富子の言葉に一応の反応はするのだが、注目は何処か他のところにあった。冗談もない。大声で笑い合う盛り上がりもない。ときめく感情の流れ合いも作れない。富子は早々に腰を上げざるを得なかった。喜一がそんな富子を引き止めることもなかった。

戻る道で富子は虚無感に襲われた。邪魔にはしなかったが歓待もされなかった。訪問を心待ちにしてくれていた風もなかった。

視野に入るようにして膝を崩してもみた。胸の高まりを誇張しても見せた。最近使うようになった化粧水の、仄かな香りが届く位置まで顔を寄せてもみた。しかし富子が期待した能動的な反応が、喜一に生まれることはなかった。喜一の心は自分にもこの躰にも向いてはいない。どこか他に向いている。淡いものに焦がれる富子には、だから物足りない。空しかった。

数日後、富子は再び喜一を訪ねた。富一太夫が気を利かせて口実を作ってくれたのだが、期待する進展が起きることはなかった。富一太夫から言い付かった、岳太夫への用件のみを伝えて戻ってくるしかなかったのだった。

喜一は自分に関心を失ったのだろうか。女っ気には自信があるつもりだ。それが証拠に許婚のいる身と知りながら声をかけてくる村の青年もいる。学校の教師だってそうだ。他の娘達と同じように萌える青春に跳び回ってみたいのに、それが一向に叶わない富子は訳のわからない鬱憤《うっぷん》のさなかに迷い込むようになった。


喜一の実験区画の萱のような稲刈りが終わった頃だった。一つの事件が起きた。気丈夫な富子には我慢ならない事件だった。だが富子が収拾できることでもない。その腹立ちと抵抗感が、溜まっていた鬱憤を余計に増幅させた。

それは富子の父の富一太夫こと藤原富太郎が、師範代を勤めていた弟子の女とねんごろになっていることが表沙汰になったのだ。

女は松代という。五十歳になったばかりの未亡人である。どことなく男好きのする顔をしていた。松代には、肉感的な女によくある、男をとろけさせそうな成熟した雰囲気があった。実はそれが弟子の集まる理由の一つでもあったのだが……。

富太郎との仲がひとたび明るみになると、松代はむしろ堂々と振舞うようになった。富太郎との関係を公然と認めて、世間を憚《はばか》らなかったのである。

富太郎も富太郎である。秘密が公になったそれからは、松代の家にしばしば浸りこむようになった。夜は当然のごとく松代の家にいた。弟子の稽古も自宅ではなく松代の家でつけるという始末だ。

富太郎夫婦の痴話喧嘩《ちわけんか》は後を絶たない。血を見ずに収まりはしたものの、妻が包丁を持って乗り込む事件も起きた。しかし一派を率いる富一太夫こと富太郎のことであったから、陰口はたたいても正面切ってものを言う者はいない。

収まらないのは富子である。もともと闊達な富子には、気性の荒いところがある。父親の富太郎に我慢がならない。もちろん松代には特に我慢がならない。男と女の痴情《ちじょう》には一応の理解もするが、今の富太郎と松代の在りようには我慢がならなかった。富子は松代を掴まえてはしばしば噛みついた。だが松代もしたたかな女である。富子の歯が立つ相手ではなかった。

だから富子はその都度、富太郎にも噛みついた。だがこっちも暖簾に腕押しだ。母親も泣いてばかりで埒《らち》が明かない。喜一に相談しようにも逢うこともままならない。

喜一との間に生じている距離も、父親と松代の関係が原因の一つになっているのかもしれない。婿に行く家が崩壊して、痴話喧嘩が絶えなければ誰だって嫌になるだろう。いつの間にか富子の中では、父親と松代との一件が、喜一との疎遠の原因になっていった。

富子の鬱憤はつのる一方だった。その帰結《きけつ》として、萌える女のひび割れ始めた性は、他に向き始めていくことになった。掴まえた相手は出稼ぎから戻った村の青年だった。

ほんの気まぐれのつもりだった。だが出稼ぎ渡世に嬲《なぶ》られてきた青年は、許した肌に吸い付いて富子を離そうとしなかったのである。

富子は田畑もある富太郎の娘だ。喜一と許婚であることも知ってはいるが、もともと富子から仕掛けてきたことだ。できた関係は婿入りの蔓《つる》にもなりうる。その青年はそう思ったのかも知れない、富子の自覚が戻ってからも、清算の余地を与えなかったのである。

やがて村中に知れるところとなった。もちろん喜一にも知れた。青年が意図的に噂を流したのかも知れなかった。

結局、喜一と富子の許婚の約束は反故になった。岳太夫こと作造は自分の面子よりも、息子の喜一を哀れんで富太郎に噛みついたが、富太郎はただ謝るばかりだった。松代との因果を引きずる富太郎に根本的な解決が出来ようはずがない。

喜一は心に癒えない傷を残した。原因は自分にもあるとは思う。しかし富子が他の男に肌を許すなど思いもよらないことだった。

躰の領域に踏み込んだことはなかったが、ままごとのように抱き合った肌が恋しくなった。嫉妬も募った。一時はやり場の無い気持ちを持て余しもした。しかし喜一には打ち込むものがあった。夢があった。いまだ兆しは見えないが目指す新しい米である。

富子とその出稼ぎの青年が村を逃げ出したという噂を喜一が耳にしたのは、正月も過ぎて、山おろしの寒風が吹き晒《さら》す二月に入ったころだった。もちろん喜一が富子と逢うことも無かったし、許婚を解消した以上は、富太郎からその後の経緯を知らせてくる道理もなかった。

帰省していた武夫が、喜一に頼まれて買い求めてきた専門書を手渡しながら言った。

「喜一、これで良かったのか？」訊いたのは専門書のことではない。富子のことである。

「……」

「つらいだろう」

「……」

「米はできるのか?」

「わからん。じゃが、作るしかのうなった」

「そうだな……」

二人が交わした言葉は二言三言だった。他に何の言葉を見つけられよう。

喜一の目には、久しぶりに見る武夫が、一回り大きく成長して見えた。サキとの癒《い》えない傷を受けた経験がそうさせたに違いなかった。武夫の傷は生半可に癒える傷ではない。しかも陰湿で悲惨なものだ。胎に宿った子を殺し、そのサキを殺している。宿命だったとは言え余りにも悲惨な結末だった。

しかし今では許婚として秀子がいる。武夫は今度こそ秀子を幸せにしなければならないだろう。しかし秀子を幸せにするということは、夫婦として武夫も幸せになるということでもある。それはサキや胎の子の犠牲の上に成り立つ幸せなのである。

武夫のこれからの人生は、陽の当たる南面と、陽の当たらない北面の、両面を持つ分水嶺に生きて行く人生である。喜一はそんな兄を同体的に感じた。こんな心境は初めてのことだった。

第四章　それぞれの道

〔1〕

幾星霜《いくせいそう》が流れていったことだろう。武夫二十五歳、喜一二十二歳、そして秀子は十五歳になった。岳太夫こと作造は今では齢五十を迎えている。

大学を終えた武夫は二十二歳の春に村に戻ってきていた。武夫は岳太夫一派の後継者として、各派に認知された立場である。その儀式も終わっている。また毎年の秋の例会には必ず帰省して、その立場で舞台にも立ってきてもいる。

だが一派の長はいまだ岳太夫である。武夫は家督を継いでいたから一応は当主であったが、浄瑠璃の世界では一派の師範代の地位にいた。

弟子達への稽古の多くは師範代の武夫がつける。岳太夫はそれを補完する。当然のごとく武夫の立場は日を追って厳然と確立しつつあった。それは岳太夫が望んだ姿でもある。従って岳太夫にとっては、気持ちの上ではゆとりのある日々となっていた。

秀子も十五歳である。わずかだが少女からの脱皮を見せつつあった。いずれは武夫と結婚する。そんな自覚が余計に秀子を成長させていた。学校を終われば武夫との祝言が待っているのだ。

変化がないのは喜一だけだった。いまだに米ができない。作造から田畑を譲り受けて実験に明け暮れてきた。だがまだ目指す米はできない。その兆しも見えてはいない。

今とは時代も文化も違う。しかも山村である。温室などという気の利いたものは無く、実験の成果を確認できるのは、年に一度の秋の収穫の時期しかないのだった。畑をいくつかに区分けして何種類もの実験を同時に行っているのだが、それらはいずれも失敗に終わっていた。

そんな喜一を村人たちは揶揄《やゆ》して恥じなかった。心無い噂の種にした。「喜一が気狂《きぐる》いしている」と言うのだ。山村のしかも土着の人間ばかりの狭い世間である。訳のわからないことをやっている喜一が、そう見えたとしても不思議はなかった。

喜一に対する村人達の評価は、いつの間にか富子や登世のことにも繋がっていく。「そんな喜一だから富子が愛想をつかした」とか、「登世の血を継いでいるから仕方がない」とか、聞くに耐えないことを言う者までが出た。

しかし喜一は気にも留めなかった、といえば嘘になる。二十二歳の青年期は多感だ。耳に入る一つひとつが深いところで傷になって残った。人格まで否定されているような気がした。

そればかりではない。富子とのことは色褪せて今では記憶も輪郭を失いかけていたが、若い女が目に入る度に捩《ねじ》れた痛みが喜一を襲うようになった。

青年盛りの男が、異性に対する欲望をもつのは当然の現象である。しかし喜一のそれは変形したものになっている。

気狂《きぐる》い男と言われている自分が、若い女に相手にされるはずがないという劣等意識がそうさせたのだ。客観的に見つめてもやはりその資格があるとは思えなかった。劣等意識と融合することのない男の欲望は、抑えられ、変形し、歪んだ形で喜一の心の底に淀んでいった。

道ゆく女とすれ違う時は目を伏せた。端に寄って歩いた。自分の米を作りたい。米を作って認められる男になりたい。きっとできる。きっと作ってやる。不確かな栄光だけが頼りだった。その不確かな栄光も、もしかすると永遠に訪れることがないのかも知れない。確信を持つ一方で、昨今ではふと不安と焦燥がかすめることがある。

武夫が村に戻ってからは、秀子が時々遊びに来るようになっていた。許婚でもあったし二人の認識をより確かなものにさせようと、両家の親が仕向けていたこともあった。その度に祝言が話題にあがった。当然だった。武夫も秀子も既定の路線として、その時期を待っているだけなのだ。

しかしそのことは喜一の心の、奥底に淀んでいる澱を揺り動かして止まない。その度に澱が薄黒く濁っては拡散していくのだった。

才において武夫に及ぶべくもない浄瑠璃。夢をかけた米なのだが、手がかりすら掴めていない不透明な現実。富子に逃げられた過去。気狂《きぐる》いと噂される現実。つのる欲望を翳りで隠すこの現実。それらが相まって、喜一は闇の中にいた。

女とすれ違う時、武夫と秀子の二人が約束された未来を見せる時、それは更に深い闇となって広がっていくのだった。道行く女や、武夫や秀子に責任があるわけではない。ひとえに喜一の劣等意識によるものである。

しかし因果なことだが、喜一は仄かな楽しみを見つけてしまう。武夫を訪ねてくる秀子が喜一の目を射るのだ。溌剌とした容貌、隆起し始めた胸、額に光る汗、それらの悉《ことごと》くが如何ともしがたく喜一の目を射るのである。

前途の見えない闇の中にいるからこそ、余計に秀子が輝きを持って見えたのかもしれない。それで終われば問題はなかった。だが喜一の屈折した欲望は、闇の中で成長し変形して、憧憬《しょうけい》となって秀子に向いていったのだった。

分かっている。秀子は兄の許婚なのだ。今や一緒になる時期を待っているだけの二人なのだ。それは分かっている。分かってはいるのだが、しかし座をはずす時など、喜一は思わず振り返って秀子を見てしまうのだった。

秋の収穫の後の、浄瑠璃例会が間近に迫っていた。岳太夫は連日連夜、弟子達と血の出るような稽古を続けている。武夫もまた、後継者として、師範代として、有責の身である。岳太夫とともに弟子達の鍛錬に終始していた。

「喜一！　あかん、あかん！　もっと、もっと深く、おまえがその人間になりきらにゃあかんのや！」扇子では事足りず、岳太夫は床本まで投げて喜一に怒鳴った。浄瑠璃の世界に入れば師は鬼に変わる。

喜一はここのところ何度も血反吐《ちへど》を吐いている。それほどに厳しい稽古をしても岳太夫の意には添えないのだった。やはり自分には浄瑠璃の才はない。そう思い詰めてきた矢先でもある。つい口が滑った。

「わしは、浄瑠璃を……、やりとうない」

「なんやと！　この阿呆が！　富子が何や！　富一太夫一派を継げなかったからと言うて、何たるなまくらや！」岳太夫には、富子に裏切られたことで喜一の気が削がれていると見えるらしかった。

「そんなんと違う！　わしには才能がないんや！」喜一は立ち上がった自分の膝を、その扇子で打って言い返した。思わずそうしてしまった。

「黙れ！　この阿呆が！」

「頼む、今回は辞退させてくれ！」

「黙れ、喜一！　そんなことやから、富子を取られるんやないか！」つい岳太夫の口が滑った。

富子の一件は喜一に傷を残している。

「うう、う」親父に突っかかる性格は喜一にはない。悔しさが洩れて落ちた。

そんな喜一を、武夫も弟子たちも慰めることができない。稽古の場面は血反吐を吐くほどの真剣勝負なのである。岳太夫の鬼の顔と弟子の悔し涙は、今まで何度も激突しては火花を散らしてきた。何も喜一に限ってのことではない。

「健三！　今度はおまえの番や！　やってみぃっ！」

名指しをされたのは、猟師である山中留吉の息子の健三である。本来ならば健三はここで稽古をつけてもらえる立場ではなかったが、肩身の狭い自分と違って、健三だけは男にしてやりたいと留吉が頼み込んだのを受けて、岳太夫が許していたのである。

健三は、留吉について鉄砲を撃っていたから、その腕は相当のものである。だが浄瑠璃の才は鉄砲の才とは全く別のものである。語り部として登場する人物の心の襞と同調しなければならない。そのしがらみの喜怒哀楽を、その声や調子に込めなければならない。そこには繊細な表現力が必要なのだ。表現力といえるものではまだ果たせない。自らが登場人物と同化しない限り、語り切れないのが浄瑠璃である。

健三は、留吉について入った猟師小屋でも、忠実に岳太夫の命令を守って、ひたすら練習に励んできた。山のこだまを相手に鍛錬を重ねてきたのである。しかしそれだけで浄瑠璃の才を超えることはできない。

健三はまだ見台を持っていない。武夫が自分の見台を健三の前に置いた。健三は丁寧に礼を言って、薄いまだ初段階の床本を、その上に広げたのであった。姿勢を正し、咳払いを一つして、にわかに声を張り上げたのだったが、たちまちにして岳太夫の怒声がそれを制した。

「違う！　違う！　健三、違うじゃないかっ！」岳太夫の激しさに健三は目を剥いた。違うはずはない。教えられたとおりに練習を重ねてきた。それなのに師匠は違うと言っている。どこが違うのか健三にはわからない。

気を取り直して再び声を張り上げるのだったが、またもやたったの一言で制された。弟子達の前では健三にも面子がある。だが岳太夫にそんな稽古中の優しさはない。

「健三、わからんか？　ここが違う！」

岳太夫が手本を見せる。健三がそれに従う。また制される。手本を見せる。それに従う。たちまちにしてまた制される。岳太夫には一分の妥協もなかった。

「健三っ、やり直してこいっ！」

仕方がない。健三にはその才がないのだ。

健三に代わって武夫の番になった。さすがである。武夫に対しては岳太夫も言うことがない。師は静かに瞑目《めいもく》してそれに聴き入った。岳太夫ばかりではない。座の弟子たちも、たちまちにして、人間の情感をうたい上げる武夫の名調子に引き込まれていった。

こうした世界は鍛錬による上達が常識である。だがそればかりではない。その天性の才には叶わないのだ。そこには誰もが認める武夫の浄瑠璃の世界があった。

「ここまでだ」夜も日付が変わろうとする頃、岳太夫の言葉で今日の稽古は終わった。

武夫と喜一と健三は、枕を並べて朝白みの中で煎餅布団に入った。この時期の稽古の後のいつものことだった。

だが健三は眠れない。喜一もそうだ。健三は才能の限界を感じ、喜一は目指すものの違いからくる限界を感じていた。

「浄瑠璃を辞めようかな」健三が、ぼそりと闇の中で呟いた。武夫も喜一もまだ眠ってはいない。

「ん、俺も辞めようと思う」喜一が呟いた。

「浄瑠璃だけが能ではないだろう」薄目を開けて二人のやり取りを聞いていた武夫が頷いて言った。

「喜一には米がある。健三には鉄砲がある」

おもわず二人の枕に涙が落ちた。喜一も健三も、薄い蒲団を、頭が隠れるまで引き上げた。浄瑠璃から決別した瞬間だった。


遅い朝餉《あさげ》の席である。収穫は終えていたし、この頃になれば、夜を徹した稽古はいつものことだ。遅い朝餉も常である。健三もいつも一緒に朝粥をすする。

「太夫、わしには浄瑠璃の才がないと思う。だから浄瑠璃はここまでにしたい。この際、身を引きたいと思う。永い間お世話になりました。ありがとうございました」と言って、健三は深く頭を下げた。太夫に礼を尽くした申し入れだった。

「わしも辞めようと思う。お父う、許してくれ」

健三と喜一とは立場が違う。二人に対する岳太夫の思い入れも違う。十分に分かっているが、喜一は健三の申し入れを追いかけるようにして言った。

恐らく一括されるに違いないと覚悟はしていたのに、射し込んでくる弱々しい晩秋の陽射しの中の、朝粥を啜る岳太夫の穏やかな表情は変わらなかった。弱々しい陽射しに溶け合った老師の顔には老いの影が漂って見える。

岳太夫は粥椀《かゆわん》と箸を置くと、黙って奥座敷に消えていった。座蒲団の温みも消えないうちに再び戻ってきて言った。

「健三、これをやる。……受け取れ」囲炉裏越しに差し出されたのは岳太夫の紋章入り扇子であった。

せめてこの扇子を記念に持って行け、という意味に違いなかった。健三と喜一は顔を見合わせた。

「お父う、わしは？」喜一が言った。

「お前は、続けろ」持ち直した粥椀に視線を戻したまま、岳太夫は呟くような一声だけを返した。後の言葉はない。

岳太夫の穏やかな表情に変化は無い。頑《かたく》なさだけが見て取れる。囲炉裏の鍋の粥の湯気が、代わって優しく喜一の顔を巻いて流れた。

岳太夫には未だ拘《こだわ》りが残っていた。富子にも富一太夫にも、惜しいことをしたと思わせねばならない。その為にはどうしても、喜一を浄瑠璃で大成させねばならない。それが岳太夫の考える、面子と意地の守り方だったのである。武夫にはそれが分かっている。

だが喜一の心は変わらない。浄瑠璃よりも新種の米の開発の成否こそが、むしろ本質なのである。すべての情熱を米にかけたい。

「お父う、わしにも、扇子をくれ」老師の顔を窺いながら、喜一が食い下がった。

「ならん、喜一、お前は続けろ」老師の声は少し険を帯びた。喜一は黙った。父作造、老師岳太夫の性格は、喜一なりに承知している。

武夫が笑いながら言った。

「親父、いいではないか。浄瑠璃はわしが続ける。わしに任せろ。喜一には浄瑠璃の才能もあるが、今は米に夢中だ。待ってやろうじゃないか、成功するまで。そうすれば親父の面子も立つだろう」

しかし、岳太夫の返事はなかった。代えて茶を啜る細い音をたてた。

「兄貴、すまん」

「阿呆。何もわしに謝ることはあらへん。親父の気持ちを汲んでやればいいのだ。大切なのは浄瑠璃だけじゃない。米も大切じゃ」これでいい、父も承知する。そんな目で武夫が喜一の視線に応えた。

今では誰もがその立場を認める武夫である。説得力があった。岳太夫は黙って茶を啜るだけだ。

武夫は、家督についても浄瑠璃についても、後継としての立場を貫いていたが、決してサキとの一件から開放されていたわけではなかった。死んだサキを記憶から消すことはできない。消せるはずもない。そのサキと胎の子を殺したのは父親なのだ。師の岳大夫なのだという拘りも消えることはない。

許せるわけはないのだが、しかしめっきり歳をとった岳大夫である父の、その時の苦悩はそれなりに解せるようにもなっている。今さらこの父を責めても解決はしない。背負っている罪と因縁は自分の宿縁と思う他はない。一生をかけてサキに許しを請うしかないのだ。と思う度に、喜一を縛るべきではない、自由にやらせてやるべきだ、武夫はそう考えていたのだった。

いよいよ三日後に浄瑠璃例会が迫った。武夫にとっては正念場である。最後の仕上げに余念がない。朝から見台と向き合い、血を吐きながら一節一節の抑揚の最終確認を続けていた。気付かぬ内に陽も落ちようとしている。そんな武夫のもとに息をせき切らせて村人が飛び込んできた。

「えらい、ことじゃ！　えらいことじゃ！　たっ、武夫はん、えらいことじゃ！」

「どうした？」

「たっ、太夫が、いの、猪に襲われたっ！」

「なにっ！　猪に襲われただと！　どこでだ？　どこでだっ！」動転した村人の話はまるで要領を得ない。それでもやっとのことでそれらしい場所を訊き出した。

「喜一に、伝えてくれっ！」飯炊きにきていた老婆に喜一への伝言を頼むと、武夫は勢いよく外へ飛び出した。

気がつけば裸足だった。かまわず走った。走る武夫の頭によぎっていくものがある。岳太夫が猪に襲われたという場所へ行くには、サキが首を吊って死んだ神が淵を越えていかねばならない。サキはそこで死んだのだ。

武夫のせく気持ちとは裏腹に、暮れかけた畑で藁を焼く煙がゆっくりと、真っ直ぐに、しかものんびりと立ち昇っていた。藁の火元が薄暗い中でひときわ赤く見える。

＊

その時、岳太夫は山を越えて、二里もある部落へ独りで出向いていた。三日後に迫った例会の三味線の師匠との打ち合わせのためだった。岳太夫に言わせれば一派の三味は何が何でもその師匠のバチでなければならなかった。

暮れかけたその帰り道、近道をしようと途中から獣道《けものみち》に入った。猪の出没は聞いていたが帰路を急ぎたかった。まさかと思った。だがそのまさかに出くわしてしまったのだった。それも並みの猪ではない。

岳太夫も土地の人間である。いままでも猪と出くわしたことは何度もある。子どもの頃は産まれたばかりのウリボウを餌付けたこともあった。だが出くわした猪を見て、岳太夫は目を疑った。

あれは本当に猪か？　こんな大きな猪がいるのか？　それは、今まで見たこともない図体の、人間の倍はあるかと思われる野生の禽獣《きんじゅう》だった。足がすくみ、腰の辺りに冷たいものが走った。

岳太夫が気付くと同時に、猪もまた岳太夫に気付いたらしい。期せずして視線が合った。それは弱い視線ではない。普通なら獣のほうが危険を感じて逃げる。だが岳大夫に向いている視線には逃げる意志など微塵もない。とっさに岳太夫は身の危険を悟った。

岳太夫はくるりと踵を返すと、元来た道を走り出した。逃げなければやられる。岳太夫は必死に走った。石に躓《つまづ》いて激痛が走った。生爪を剥がしたに違いないが、そんなことに構っている場合ではなかった。必死に走った。

だが所詮は人間の足である。しかもここは獣道である。猪の足には及ぶべくもない。ドッドッと、地を蹴って追いかけてくる禽獣の、鼻息が後ろに迫ってくるのが分る。逃げなければならない。早く逃げなければならない。

足の限界だった。息を切って走る岳太夫の視界に突然闇が走った。それと時を同じくして、黒い大きな塊が後ろから覆いかぶさってくる気配を感じた。その瞬間、背中に激痛が走った。禽獣の爪が岳太夫の背を引き裂いたのだ。

それでもなお岳太夫は必死に走ろうとした。今度は左足のふくらはぎに激痛が走った。奴の爪がふくらはぎの肉をもぎ取ったのだった。

ついに岳太夫は自由を失った。動くことができない。背と足の痛みが、大波のように襲ってくる。気が遠くなりかけた岳太夫の目に、少しの距離を置いて窺《うかが》っている、黒い塊が映った。荒い息を吐き、涎を垂らした猪の、獰猛《どうもう》なその目は敵意に満ちて射すように光っている。

敵も警戒している。何か武器はないか。岳太夫は必死に辺りを見回した。しかしそこには手に取る棒もなければ小石もない。期せずして手に触れたのは、しな垂れた雑木の枝だった。とても対抗できる代物ではなかったが、岳太夫は必死になってそれを引っ張った。枝はしな垂れても根は硬い。とても抜けきれるものではない。ただしなしなとたわむだけだ。

岳太夫のそんな力なさが、禽獣を決断させた。後ろ足で砂を蹴り上げたかと思うと、岳太夫めがけて一気に突進してきたのである。黒い塊はみるみる大きくなって、岳太夫の眼前にのしかかってきた。もう駄目だ。あの爪で腹を割り裂かれるに違いない。岳太夫は思わず目を瞑《つむ》った。その刹那である。一発の銃声が轟《とどろ》いた。

黒い奇怪な塊はつんのめったかと思うと、岳大夫の足元で、ドオッと音を立てて二転した。全力疾走中にいきなり両足を切り取られたような転がり方だった。銃弾が見事に背中から猪の心臓を撃ち抜いたのだった。

「大丈夫かぁっ！」

霞む意識の中で、岳太夫は人間の大声を聞いた。助かった！　一瞬そう思ったがそれもはっきりとした自覚ではない。飛んできたのは健三だった。

健三は、猟の帰り道だった。偶然にも人間が猪に襲われている場面に出くわした。見るところ猟師ではなさそうだ。何ということだ。素人がしかもこの夕刻、この獣道に踏み込むとは。

健三は今まで猪を撃ったことがない。いつも留吉が撃った。一発で撃ち殺せればいいが、的が外れて手負いに終われば、逆襲を受ける危険があるからだった。従ってもっぱらキジやウサギを撃ってきた。

それに獲物はいつも単体で存在した。しかしこの場面は獲物だけではない。的が人間と重なっている。外れれば弾が人間に当たる危険がある。撃つか？　撃てるか？　引き金に指をかけたまま健三は逡巡《しゅんじゅん》した。脇の下から汗が滲みて垂れているのが分かる。

しかし逡巡する余裕はない。撃つしかなかった。いまや主のような禽獣は、人間を裂き殺そうとしているのだ。

健三は思い切って引き金を引いた。轟音が響いて、間違いのない手ごたえが、返ってきた。当たった！　その瞬間は頭が空白になった。撃った弾が猪ではなく人間を殺したかも知れないのだ。

冷汗がじっとりと脇を流れた。息をするのも忘れていた。だが飛び出した銃弾は、黒い塊の背中で確かな血しぶきを上げていた。確かに猪を撃った！

膝が震えて、健三の躰から一気に緊張が抜けていった。健三は震える膝で走り寄った。そして見た。再び衝撃が健三を襲った。何ということだ。爪に裂かれた血まみれの人間は岳太夫ではないか。

「太夫っ！　太夫っ！」「太夫っ！　太夫っ！」

健三は大声で叫んだ。気を失いかけている人間を、そのままにしておくのは危ない。急いで気を引き戻しておかなければならない。猟の事故では、そうしなければならない、と健三は留吉から教わっていた。

岳太夫には健三の声が遠くに聞こえた。背の鮮血はドクドクと噴いていたが、岳太夫にはそれさえも分からなかった。

＊

武夫は、神が淵を通り過ぎる時、晩秋の暮れの冷気が満ち満ちているのに、生温かい風がまるで帯のように顔を横切るのを感じた。不思議な風だった。風というよりも気と言う方が当たっている。それが何であるかは分からない。その時、地の底から響くようなしわがれ声が聞こえてきた。神婆ぁの声だ。

「走れっ、武夫！　サキが、岳太夫を助けた！　サキが、助けたっ！」神婆ぁの声を聞いて、生温かい気はサキの気だと直感した。背を襲う悪寒と、噴出してくる興奮とが入り乱れて武夫を包んだ。それは奇怪な実感だった。その時である。薄暗い視野の向こうに人間の影が見えた。黒い影が叫んだ。

「たっ、武夫かっ？」

「健三かっ！」

黒い影は健三だった。武夫は走りよった。健三が背負ってきた岳太夫の背からは血が噴いている。健三の背もまた血に染まっている。しかし、かろうじて岳太夫は細い息の中で脈を保っていた。

健三の、緊張と激しい息遣いはまだ収まらない。岳太夫を背負った道は重労働だったに違いない。荒い息を吐く表情は蒼いままだ。

危機一髪で岳太夫は一命を取り留めたのであった。偶然と言うべきか、サキのお陰と言うべきか、それは武夫しか知らない。

後日、健三が武夫に言った。あの道は、いつもは通らない道だ。猟師仲間でも、薄暗くなったあの道は遠回りしてでも避けていく。

薄暗くなった獣道ほど怖い道はない。それは獣も同じだ。だから人間と出くわした時、逃げるのではなく攻撃に走る。猟師はそれを知っている。だから日暮れにはあの獣道には絶対に踏み込まないのだ、と。

だがあの日、岳大夫が猪に襲われた日だが、あの獣道に入った。どうしてなのか自分でも分からない。無意識に、何かに引きつけられるように分け入っていた。太夫がわしを呼んだとしか考えられない、と健三はつけ加えた。

健三の話を聞いて、武夫はやはりサキに違いないと思った。岳太夫を助けるために、サキが健三を獣道に分け入らせたのだ。サキにそんなことができるのなら、意図的に岳太夫をその獣道に仕向けることもできる。なにせ死ぬ羽目になったのは岳太夫のせいなのだ。

本当のことを言えば、サキの恨みは岳太夫を殺しても飽きたりないはずだ。その恨みが消えるとは思えない。

だが岳太夫は助かった。神婆ぁの言うように、サキが健三をして岳大夫を助けたとしたら、恨みを超えての所業である。

今更のように、サキとの一件や、母親の登世とサキの父親の清一との一件が、重く暗くどんよりと脳裏に甦った。

健三にとってはこの一件が、父留吉の後を継いで、鉄砲一筋に生きる決心をする動機になった。鉄砲に対する自信を与えたのである。一時は留吉の意を受けて浄瑠璃に取り組んでみたが自分にはその才がなかった。才がないことが判っても納得までは行き着いていなかった。混沌としていた。

だが危機に遭遇して放った一発の銃弾は、動く標的を、正確に背中から心臓に至って撃ち抜いた。やはり猟師の子は猟師だ。俺には鉄砲しかない。いや俺には鉄砲がある。健三はそう確信したのである。二十八歳の健三、ここにきて確かな自分を自覚した。夏の陽に焼けていまだ茶褐色の顔は、既に猟師の顔だった。

その年の恒例の浄瑠璃例会は予定通りに行われた。荒神社の境内にしつらえられた長床は、闇の中で赤々と篝火に照らし出された。

ここには人形はない。各派の太夫以下その弟子たちが、演目を掲げて、三味にのって浄瑠璃を演じるだけである。浄瑠璃師の喉と、三味線師のバチが作り出す世界である。バチに乗った声の抑揚で、人間の喜怒哀楽と情感を謳い上げるのだ。

それだけに聴衆を引き込むには技が要る。いずれの各派も鍛錬を重ねてきただけのことはある。それぞれに演じる世界があった。

竹本岳太夫一派は、負傷した岳太夫の代わりに師範代でもあった武夫がしんがりを勤めたのだが、これの妙が博した。

武夫の舞台になってからは、パチパチと燃える篝火が、哀調には細く揺らめいて消えんが如くに沈み、激情には噴き上がるかの如くに激しく燃え上がったのである。演目の情感さながらに武夫の横顔を浮き上がらせてやまない。

闇の中で浄瑠璃の世界を篝火が演出した。いや武夫の浄瑠璃が、その情感が篝火をも揺り動かしたと言った方がいい。

聴衆は声もなく聴き惚れた。老若男女を問わず、情に泣き、悲哀に揺れ、希望に胸をときめかした。その才は独自の世界を披瀝《ひれき》するのみでなく、聴衆の心と一つに呼応したのである。こうしてこの年の例会は終わった。

木枯らしは間近に迫っている。まもなく初雪が降りるだろう。例会の、とりわけ岳太夫一派の成功を聞いて、動けぬ躰を持て余しつつ、岳太夫は雪見障子のガラス越しに庭につくいばむ雀を追った。

〔2〕

雪の季節は去った。田や畑にはすみれが咲いた。土手ではタンポポの毛帽子が緩やかな風に揺らいでいた。山の木々も一斉に芽吹いて、春の陽光が穏やかに村落を包み込んでいる。自然界の生気は人間の生気をも誘引する。そんな季節である。

「こんにちは。こんにちは」

庭から流れ込んでくる春の風にまどろんでいた岳太夫の耳に、玄関から細い女の声が聞こえてきた。

岳太夫も「おう」と応えたが、玄関までは届かなかったようだ。

岳太夫はあの負傷以来、床に伏した生活を送っていた。傷は日を追って癒えていると医者は言うのだが、その痛みが消えてくれない。背中と足のそれぞれ別の傷なのだが、時おりその痛みが連鎖して全身を襲ってくる。起き上がることはもちろんのこと、大声も出せない始末だった。

一向によみがえってこない生気のことを思えば、逆に躰は日を追って衰弱しているのではないかとさえ思えた。この床は死への道に繫がっているのではないかと、そう思うこともある。弱気な予感が岳太夫につきまとって離れない。仁王のような形相も鬼気迫る気迫も、今ではすっかり影を潜めていた。

　来訪者は庭に回ってきたらしい。しなやかな若い女が、ぼんやりと庭を見つめていた岳太夫の視野に立った。秀子である。

「おじさん、こんにちは」

「おう、秀子さんか」老婆がかけてくれた薄手の布団を捲って、岳太夫は応えた。

「ええ、お加減は？」

「ん、変わらずだが、武夫なら裏におると思うが」

「呼んでこようかな、おはぎを持ってきたの」

「そうか、ありがとう」

「おじさん、ちょっと待っててね」秀子は弾む声でそう言い置くと、お重の風呂敷包みを縁側に置いて玄関に戻り、畑のある裏手に回った。

　畑の中央にかがみ込んだ麦藁帽子の頭が見える。武夫さんだ。秀子は声を立てずに走り寄った。気配に気づいて振り返った麦藁帽子の男は、武夫ではなく喜一だった。

喜一は目を見張った。音もなく人間が現れたからではない。春の陽射し以上に目の前の女がまばゆかったのだ。全身が躍動している。内面から弾け出すような躍動である。表情にはまだ幼さを残しているが、きらきら光る若い色気が滴っている。弾けてしまう前の膨らみきった蕾のような新鮮さだった。

*

秀子はこの春、と言ってももう間もなくだが、中学校を上がる。父親の秀太夫は秀子を高校から大学に上げ、それを終えてからでも遅くはないと考えていたが、岳太夫は中学の卒業を待って武夫との祝言を執り行うことを強く望んだ。喜一と富子のように長い時間をおきたくなかったのだ。

秀太夫も意固地な反対はしなかった。女として成長しているせいか、許婚としての自己意識が高まっているせいか、秀子が武夫に強い思慕を抱いていることに気付いていたからだった。

秀子の生活は武夫の存在に大きく占められていた。学校でも武夫のことが気になる。下校しても気になる。浅黒い顔の笑顔からこぼれる歯の白さが目に浮かんで離れない。あの人が私の許婚の人、やがて私の夫になる人、この躰をいつか抱きしめてくれる人、秀子の中では連想が連想を呼んでいた。そのたびに胸がキュンキュンと鳴いた。秀子はもう十五歳である。

友達仲間も、冷やかして言う。

「武夫さんは、浄瑠璃を背負って、いずれは岳太夫一派の太夫になる人よね。貴女はその子どもを身ごもるのね」

「ねぇ、式はいつなの？　初夜が待ち遠しい？　それとも、もうしちゃったの？」

「ううん」

「ねぇ、キスした？」

「ううん」

若い女達は誰しも春情には興味が深い。いつもそんなことが話題になる。世俗の中の秀子には、男としての武夫が限りなく増幅していくのだった。

先駆けること、秀子が中学の三年に上がった正月、武夫は秀子を連れて初めて初詣に遠出をした。そんな遠くまで行く必要もなかったのだが、わざわざ秀子を連れ出して、その帰り道には大学時代に住んでいた下宿を見せ、大阪の街並みを一緒に歩いたのだった。

その時、武夫は秀子に新しい発見をした。村で生まれ育った印象しかなかった秀子が、街の雰囲気に上品に馴染んでみせたのである。

幼さの残る顔には化粧もなかったが、やがては熟れていく女らしさを武夫に予感させた。枝についている青いりんごに、ほんのりと赤味がさして、やがては蜜を溜めていく連想を湧かせたほどだった。

その日は、「友人と久しぶりに逢って、泊めてもらうことになった」と家人には口実を作り、武夫は秀子と大阪のホテルに初めての外泊をするつもりだった。街並みの人の流れの中で秀子はそれを聞いた。緊張した。咄嗟には返事もできなかった。

許婚としてもう直ぐ結婚するのだから、求められればそれでもいいのではないか、とも思った。まだ十五歳なのに、そんなことをしてはいけない、という躊躇いも湧いてきた。でも断ったら武夫さんに嫌われてしまうかも知れない、とも思ったりした。動悸がして躰中が熱くなった。

初めて入ったホテルは煌びやかで豪華だった。正月らしく振袖姿の女性もいて、着飾った男や女で混み合っていた。無意識に自分と比較した。自分には田舎臭さが染みついているのではないかと気になって、爪先からの全身を洗面所の鏡に写して見たりもした。

だが雰囲気には馴染むことができた。歩き方も、その時々の品も、街の女と変わらないようにできたと思う。武夫さんの目にも田舎くさくは映っていないはずだ。化粧や着ている物は十五歳のそれ以上ではなかったが、いずれは街の女以上に装いも中身も備えることができる。そう思うと密かな自信が気後れを振り払ってくれた。

ホテルのレストランで食事をして、初めてのカクテルを飲んだ。すすめられて確か二杯は飲んだと思う。部屋に戻ってシャワーを浴びたところまでは覚えているが、その後の記憶が定かでないほど酔って、その後はぐっすりと眠ってしまった。

息苦しいほどの強い力で抱きしめられたような、どうしようもなく硬直して躰が激しい震えに見舞われたような、そして唇も塞がれたような、それは硬いようで柔らかったような、熱いようで冷たかったような、そんなおぼろげな記憶が朝目覚めてから甦ってきたが、はっきりとしたものではなかった。ただなんとなく、震えた実感だけは躰が覚えていた。

初めてのカクテルに酔ってしまったが、躰に異常のないところを見ると何事もなく一夜が過ぎたには違いないけれど、それは武夫さんをどんな気持ちにさせたのだろうかと、そのことの方が気になったが、いつもと変わらない武夫さんを見て安心した。

*

「秀子さんか！」

喜一は眩しそうに目を細めて言った。逆光の中だったが、武夫ではなく喜一であることに秀子も気がついたらしい。

「あっ！　喜一さん」

「兄貴を、探しているのか？」

「ええ、おはぎを持ってきたの。喜一さんも一緒にどう？」

「おはぎ？」

「ええ、母さんと一緒に作ったの。お爺ちゃんの命日で、おはぎが好きだったからって」

「そうか。兄貴は健三と山に入った。夕方までには帰ると思うが」

「えっ！　山？」

「がっかりだな、折角なのに」

「じゃあ、喜一さんとおじさんと、三人で食べちゃおうかな」

秀子の声を聞いて、心の底にある潜在的な意識が喜一を刺激した。だがそれは一瞬のことだった。歳は自分の方が上だが、義姉になる秀子に喜一は愛想を崩した。

喜一と秀子は連れ立って母屋に戻った。岳太夫は寝床で変わらぬうつろな瞳を庭に投げていた。

「おじさん、武夫さんは山だって。喜一さんと三人で食べようよ」言って秀子は風呂敷包みに手をかけた。

「武夫は山にいっているのか？　独りで、か？」相変わらず岳太夫はうつろな瞳である。

「いや、健三と一緒だ。キジかウサギを撃つつもりだろう」喜一が応えた。

「そうか、健三と山か」

「ん、山だ」

武夫が山に入ったと聞くと、岳太夫は武夫とサキとのことを思い出してしまう。心の底に淀んでいるものがそうさせるのだ。連鎖して登世や清一への憎悪が、気持ちを濁らせてしまう。今もそうだった。

成長する秀子を目にするにつけて、武夫との祝言を意識し、その反動としてサキを思い出し、登世や清一のことを思い出すのだった。新しく築かれるものと蓋をして閉じ込めたものとが、何かを動機に連鎖して、未だ岳太夫をして葛藤と苦悶《くもん》の世界から脱皮させきれずにいた。

勝手を知った秀子が、台所から茶を淹れて縁側に戻ってきた。喜一は、秀子が淹れた茶とおはぎの乗った皿を持って岳太夫の枕元にひざまずくと、「よいしょ」と岳太夫の上半身を起こして茶を手渡した。

岳太夫は、ふうと吹いて、まるで唇と口中を湿らすことが目的のように、力ない感じでほんの一口それを含んだ。おはぎの乗った皿を手渡すと、喜一は縁側に戻って秀子と並んで腰を落とした。

春の穏やかな陽射しは隈なく縁側に満ちている。寝床の岳太夫の目には、二人が二つの影になって見えた。喜一が、喜一か武夫か分からなくなりそうだった。

岳太夫には武夫と喜一のことがよく交錯する。武夫は秀子とまもなく一緒になる。喜一と富子の許婚の約束は反故になった。武夫は秀子と一緒になって再生できるだろうが、喜一は先行きどうなるのか。浄瑠璃を捨てて米に明け暮れているが、それらしいものができたとは、まだ聞かない。皺《しわ》の増えた岳太夫の顔に不憫《ふびん》さが滲んで消えた。

「秀ちゃんは、来月卒業か？」喜一の影が訊いた。

「ええ、卒業よ、ついに」やっとよ！　そんな声音で秀子の影が応えた。

「兄貴とは、いつ一緒になるんだい？」

「さあ、いつかしら？　武夫さんが決めてくれるでしょ」

「二人で決めれば、いいじゃないか」

「いいの、武夫さんが決めるのを待っているの、みんな」

「秀ちゃんは、何でも兄貴の言うとおりなのかい？」

「ええ、そう」

「おやじ、もう決まっていることだし、兄貴に早く段取りをさせなきゃあな」喜一の影が振り返って岳太夫に言った。

「おう、そうだな。秀太夫と早々に相談しよう」岳太夫が慌てて応えた。

「もう、親同士もないだろう。兄貴と秀子さんで決めればいいんだ。秀太夫さんとの相談ではなく、兄貴に早くしろって言えば済むことだ」

言われてみればそのとおりだった。武夫も二十五歳になり、今では当主であり師範代でもある。秀子も十五歳になった。仕事は進んでいるようには見えないが、こういうことを言う喜一ももう一人前になったということだ。

「ほんまにそうだな、今夜、武夫に言ってやろう」

ポッと頬を赤らめた秀子が、しばし俯《うつむ》いていた顔を上げて喜一に言った。

「喜一さんは？」

「なに？」

「お嫁さんよ」

「お嫁さんか？　俺はまだまだだ。米ができなきゃぁな」

秀子はいずれ姉弟になる喜一に話題を転じたつもりだった。だが悪いことを訊いたと後悔した。

喜一の米のことは武夫から聞かされていた。「できるのか、できないのか、多分無理だろう」と武夫は言っていた。あいつは訳のわからぬ人生を過ごすことになるかも知れない、とも言っていた。

悔やんで俯いた秀子が、喜一の目には、別の意味をもって映ったのは皮肉なことだった。この心の中は、秀子にも岳太夫にも、ましてや武夫には決して気づかれてはならない。喜一はひそかに心に蓋をした。

武夫の分だと言って、秀子はおはぎを三個皿に盛ってお勝手の水屋にしまい、空のお重を風呂敷に綺麗に包み直して帰っていった。

健三が撃ったキジを持ち帰った武夫は、その夜、鍋にして岳太夫に食わせた。本当かどうか、キジ鍋が傷にいいのだと武夫は言った。その武夫の前に秀子が持ってきたおはぎの載った皿がある。

「そうか、秀子が持ってきてくれたのか」

「おう、武夫、それでいつにするつもりじゃ」

「なにを？」

「なにをじゃない。秀子さんを、いつ貰うつもりじゃ」馬鹿、分からぬか、そんな岳大夫の口調である。

「おやじの怪我が治らんと、無理じゃろ」

「わしの怪我？　そんなもんどうでもええ。座ることとぐらいできるのだから、式はできる。早うせんか？　で、ないと……」喜一と富子のようになっては困ると言いかけて、岳太夫は言葉を飲んだ。

「そうか、そんなら、この秋の刈入れと例会が終わって、来年の春にでもするかな。それまでには親父の傷もよくなるじゃろうから」

「来年の春？　何もそこまで待つこともあるまい。明日でもいい話だ」

「そんな訳にもいかん。何かと準備もある。早くとも例会の終わる秋か」

「なら秋にせい。早速に明日、秀太夫に申し入れてこい」

「よっしゃ、わかった」

早い方がいいと岳太夫に言った喜一だったが、二人のやり取りを聞いて、本当はそんなに急ぐ必要はないのではないか、と言ってやりたかった。喜一が何をか言う立場にはないのだが、あの溌剌としたまだ固い秀子が、武夫に砕かれてしまうことに理由のない抵抗を感じた。

「兄貴、おはぎを一つ食ってもいいか？」

「ああ、ええとも」

武夫が一つ摘んだのを見て、秀子の作ったおはぎを、なぜか喜一は自分も食わねばならないと思った。心の中の何かが思わず行動に駆り立てた。キジ鍋の味よりも、おはぎの味が甘く喜一の口中に広がった。

翌日、武夫は正式に秀太夫にその旨を申し入れた。秀太夫も待っていたことだ。何の異存もない。話はとんとんと進んで秋の祝言が決まった。

早速に岳太夫は武夫に指示して、屋敷の一角に若夫婦のための住居の増築に取りかからせたのである。秋に向けて祝言の準備と、住居の増築と、例会の鍛錬とが並行して進むこととなった。

季節は七月に入ったが、五月頃からは秀子が山田家を訪れることが多くなった。卒業して自由の身になったこともあるが、増築の進む家を見たかったことと、秋の例会に向けて稽古に訪れる弟子たちの湯茶の供応の役割があったからである。

武夫がそれを求めたわけではないが、隣の老婆しか手がないのを知って、秀子がその役をかってでたのである。それは夏頃からは毎日になった。稽古会が連日行われるようになったからである。

毎日、秀子と喜一は顔をあわせることになる。武夫は師範代としての責務にあったから、夕餉の後は深夜まで、場合によっては夜の白むまで稽古場から出てこないことが多い。湯茶も一定の時間おきに出せば済む。

だから秀子は独りいる喜一のところにもよく湯茶を運んだ。そして喜一のために風呂もたてた。

「ぬるくはない？」五右衛門風呂の湯を使うたびに秀子が訊ね、「そうだな、少しぬるいかな。少し焚いてくれるか」と土壁を挟んで、喜一が湯の中から応える。その度に秀子は焚き口に薪をくべた。そんなやり取りがいつの間にか重なるようになっていった。

兄嫁になる秀子と承知していても、喜一にとっては、ほのぼのと女を感じる対象になっていったのも無理からぬことだった。

「折角、来てくれているのに、秀子さんが可愛そうだ」

「……」

「ここまでできるのは、よほど兄貴が好きな証拠だな」

「……」

手の荒れる勝手仕事や、荒い息を吐く立ち働きをする秀子を見るにつけ、喜一は切ない思いになる。焚き口にいる気配はあるのに、返事が返ってこない時などは、何かの思いに迷い込んでいるのではないかとさえ思う。

ひょっとして迷い込んでいる世界は、自分が対象なのではないだろうか。そう思ったことも一度や二度ではなかった。

今日もまたいつものように湯に浸かって、ぽたぽたと天井から落ちる水滴に、今年植え込んでみるつもりの何度目かの交配した新種の稲の、葉に伝わる水滴を想像していた喜一に秀子が訊いた。

「ぬるくはない？」

「ん、少しぬるい。焚いてくれるか？」

「待って。出ちゃ駄目よ。夏でも、ぬるま湯だと風邪を引くから」

間もなく五右衛門風呂の底から熱い湯が立ち上ってきた。薪をくべる秀子の姿が喜一の目に浮かんだ。

「ああ、沸いてきた」

「そう、ゆっくり浸かってね。その方が躰の疲れも取れるから」

「今日も、瓜を食えるの？」

「井戸に浸けて冷やしてあるの。後で一緒に食べよう。武夫さん達にはもう出したから」

「そうか、楽しみだ。風呂上りの瓜は美味いからな」

「ねえ、喜一さん」

「ん、なに?」何かが喜一の胸を掻いた。

湯気抜きの格子窓から、薪の弾ける音が聞こえてくるのに、秀子の声は届かない。

「なんだ? 秀子さん?」少しの時間をおいて喜一が訊いた。

「お米のことだけど……、研究は進んでいるの?」優しい声音の問いかけだった。質問するとか、詰問するとか、そんな感じではない。ましてや世間話の体でもない。いたわる優しさに満ちて心配げに喜一には聞こえた。

「ん、何とかなると思う。今年は新しい苗をつくる。ひょっとしたら今年こそ実ができるかも知れん。今までにない新しい実が」

「本当なの! よかった! おめでとう!」

「いや、まだ、できると決まったわけじゃない。今はそんな予感がしているだけだ。できないとおかしい、わしの頭では」

「頑張ってね」

喜一はかるい眩暈《めまい》を覚えた。湯に浸かりすぎたからではない。秀子の言葉の裏に特別な思い入れを感じたからだった。

湯から上がった喜一は、勝手口の床机で、蚊を追いながら秀子と瓜を食った。この時も秀子は「お米のこと、頑張ってね」と言った。

母屋の裏の畑の畦《あぜ》で、蛍が二匹頼りない光を引きながら舞っているのが見えた。これらは喜一にとっては忘れられないものとなった。秀子がどんな思いで米を案じ、一緒に蛍を見ながら瓜を食ったかは分からないが、喜一には秀子の思いの凝縮された言葉に思えたのである。

最近、喜一は時々秀子を夢に見るようになった。どんな夢か、そんなことは口が裂けても言えることではない。新種の米を作り出すという、遠い道のりを確証もなく歩いているいる喜一にとっては、今や秀子の存在が確かなる支えになっていることは事実だった。

〔3〕

岳太夫には相変わらずの伏せった生活が続いた。一方で、武夫の率いる弟子たちの鍛錬は、夜ごと日ごと確実な成果を積み上げていた。稽古場から聞こえてくる声で岳太夫にはそれと分かる。武夫は立派に成長した。今では自分を超えているようにも思える。安心感を持つ一方で、自分の存在が今では霞んでいきつつあることを自覚した。もう武夫の時代だ。そう思うと尚更のこと生気は失せていきそうだった。

増築工事は着実に進んでいた。田では稲穂が垂れて、秋を含んだそよ風に重そうに揺れている。刈入れは間もなくだ。その後に控えている例会も、数えればわずかな日数しか残っていなかった。

喜一の実験区画でも今年の成果の確認が迫っていた。他の田と同じようにここでも稲穂が風に揺れていた。

最初に完成したのは武夫夫婦のための増築工事だった。もう決まっているのだからと、秀太夫も岳太夫も形式には拘らず、秀子の嫁入り家具が序々に運び込まれていた。喜一はそんな変化を遠い目で見た。

次に終わったのは刈入れだった。村の慣習でもあるが、繁忙期には互いにその手を貸しあう。手伝いを借りて、山田家も順調に今年の刈入れを終えることができた。

喜一も時期を同じくして実験区画の稲を刈り入れた。だが今年も、やはりただの萱を刈る結果になった。今年こそはと期待をかけた新種の苗は、背丈こそ立派に成長したが実をつけることはなかった。

武夫と喜一とは、対照的な秋になった。武夫には秀子との祝言が決まっている。家の増築もなった。例会に向けての鍛錬も十分に積まれている。その日を待つだけである。今年も成功は間違いない。

だが喜一には嫁もなければ新居もない。新種の米の成功の兆しとてないのだ。日に日に喜一の顔はうらぶれていく。今では身を置く場所も、人前に出る顔もない。村人たちの目には、武夫のきらめく存在はあっても、喜一の存在はその影とてなかったろう。

例会が三日後に迫ったその日は、早朝から強い雨になった。大粒の雨が容赦なく村落中を叩き濡らしていた。忍び寄る冬を思わせて肌寒くもある。刈入れの終わった田畑には人影すらない。身を潜めて人々はひっそりと家にこもっていた。

だが各太夫家は違う。いずこの太夫家も三日後に迫った例会に備え、弟子たちが集まって最後の調整に励んでいた。岳太夫一派も例外ではない。

喜一は部屋にこもっていた。雨だからではない。どうして穂が実をつけないのかが解《げ》せないのだ。理論的は実がつくはずだ。それがつかない。なぜだ、なぜ実がつかない。

交配したいくつかの品種は、間違いのない物のはずだった。それなのに今年も失敗だった。なぜだ、なぜ実がつかないのだ。一筋の光明すら射しこんでくれない、底のない穴の中で喜一は足掻いていた。

強い雨のせいで秀子も顔を見せてはいなかった。たとえ秀子が顔を見せたとしても喜一には合わせる顔がない。今年こそはと言ったものの、今年も大失敗に終わっているのだ。山と積んだ専門書の中にもその答えはない。掴む藁さえない。喜一は疲れた目を専門書から離して一人沈思瞑目《ちんしめいもく》した。

茶でも淹れようと階下に下りて、水屋から急須を取り出そうとした時である。雨音に混じって窓ガラスを小さく叩く音がした。普段は開けたことのない明り取り用の小窓である。擦りガラスのそれは、開けようとしても敷居に水が滲みて容易には開かなかった。

督促するようにまたコンコンと叩く音がした。力を入れて引くと、わずかな隙間ができた。雨の飛沫が吹きこんでくる。

強い雨の飛沫の中に、雨合羽に包まれた秀子がいた。秀子はその隙間に口をつけて、「村はずれの、一本松の下にきて欲しい」と喜一に告げた。喜一は黙って頷いた。すると秀子はたちまちの内にその場から消えていったのだった。

喜一は勝手口からそっと外に出た。隣の老婆も姿を見せていない。顔が隠れるように大きな番傘を広げて、雨の中を一本松に向かった。

秀子の人目をはばかる様が、脳裏にこびりついていた。これは秘密なのよ。そう言っているように思えたのだった。喜一の頭に密会という言葉が浮かんだ。

突然に強い横殴りの雨が吹き付けてきた。番傘を叩いた雨脚は飛沫となって喜一の顔を濡らした。

喜一は思った。秘密ならばそれでもいい。兄貴には悪いが秀子に対する思いは今に始まったものではない。

それに、じくじくと閉塞した胸の中で、蔓延《はびこ》っているものがある。それはサキとの経緯があるにもかかわらず、兄貴には秀子との未来が与えられていることだ。三代目岳太夫になることも間違いない。喜一の中には、理のない秀子への思いと、理のない武夫への羨望があった。

一縷の望みをかけた米も失敗に終わっている。原因すらつかめていない。もう米はできないかもしれない。米ができなければ自分の未来はない。絶望に近いそんな失意も、時折だが顔を出すようになってきていた。

そこに人目を忍ぶようにして秀子が声をかけた。飛び込んでいくしか喜一には生きている証がなかったのである。

村はずれの一本松の下では、ゴム合羽を着た秀子が、新しくはないが可愛いバイクに乗って待っていた。街では珍しくはないのだろうが、この村ではバイクの文化はまだ定着していない。若者の間でホンの数台乗り回されている程度だ。秀子がバイクを持っているとは聞いたことがない。おそらく誰かから借りてきたものに違いなかった。

秀子は用意してきたゴム合羽を着るように喜一を促した。農作業で使う黒い合羽だ。体裁とか見栄えとか、そんなものとは無縁の合羽だったが、喜一には元よりそんなことはどうでもいいことだった。

二つの合羽の人間を乗せたバイクは雨の中を走った。どこへ行くのか、渓谷に沿った一本道を疾走していく。

男が乗っているのか、女が乗っているのか、子どもなのか大人なのか、外目から判じることはできなかっただろう。山を下り、谷を渡って、遠く離れた町の郊外に行き着くまで、幸いなことに誰に会うこともなかった。

　秀子が喜一を連れていったのは、村落から十里余りも離れた遠い町の、厄除けの神社だった。鳥居の下にバイクを置いて合羽を脱ぎ、一つの傘の下を、二人は肩を寄せ合って参道を登っていった。

　境内に人影はない。生い茂った木々の葉を打つ雨音以外には音もない。隔絶された深閑さが二人を包んだ。縁日でもなければこの天候でもある。よほどの物好きでもない限り参拝には誰もこないだろうと思われた。

　秀子は本殿まで喜一を誘い、喜一が見つめる中、長い時間をかけて恭《うやうや》しく何かを祈り続けた。やがて振り返った秀子は、喜一に向かって初めて、はにかむように微笑んで見せた。思わず喜一も微笑み返したものである。

「ここを、知っていた？」

「いや知らん。初めてや」

「ん、ここは厄除けの神さん。お祈りしといた」

「なにを？」

「武夫さんの例会の成功、喜一さんのお米の成功」

　武夫の例会の成功というところは聞き取りやすい声だったが、喜一の米の成功というところは呟くような小さな声だった。

「その為に、ここまで俺を連れてきたのか？」

「そう。喜一さんには、悪い厄がついているのよ。だから上手くいかない。これで大丈夫、きっと成功する」

大粒の雨は激しく続いている。暗雲が晴れる兆しもない。この天候は自分を包んでいる運命と似ている気がした。お祈りをしたからとて閉塞した運命が開けるはずはないと思ったが、秀子の思いは嬉しかった。

ここまでの道々、喜一は道ならぬことを想像していた。運転する秀子の腰に回した手に女の肉の柔らかさを感じてしまう。飛んでくる雨の飛沫を防ぐ度に目を瞑ったが、その度になぜか余計に秀子を感じたものだった。

だが喜一の想像は外れた。恥ずかしい気もした。秀子は、想像の外の、清々しい秀子だったのだ。厄除けの神社にお参りをするという動機もまた清々しいものだった。

考えてみれば数日先に祝言が待っている身である。激しい雨の中の行為が、喜一を秘密の想像に駆り立てただけのことだった。喜一はぽっかりと開いた穴と、埋められた優しさとを同時に感じた。

秀子は神社庁舎の前で二つのお守りを買って、それは全く同じものだったが、一つを武夫のために持ち帰るのだと言い、一つを喜一の成功のためだといって差し出した。ぼんやりとする喜一に微笑みかけ、喜一の胸のポケットにそれを差し入れて、何かを祈るように掌でじっとそれを抑えた。

短い時間だったと思う。だがとても長い時間のようにも思われた。掌の柔らかさと温かさが喜一の胸に伝わってきたが、喜一は微動だにせずそれを感じ取っていた。きっと喜一の胸に淀んでいた挫折感も、秀子に対するほのかな思いも、その掌に伝わっていたに違いない。

二人は境内の茶店で濡れた衣服を乾かしながら甘茶を飲んだ。無言だった。こんなことなら、なぜ秘密めいた誘い方をしたのか、とは喜一は訊かなかった。時々顔を見合わせては微笑み、外に降りしきる雨や濡れる真赤に紅葉した椛《もみじ》を、見るともなくただ視線を投げて見つめたりした。

帰り道も雨は止む気配を見せなかった。二人は往路と同じように雨の中を走った。喜一は後部座席で秀子の腰に手を回して平衡を保った。往路と同じように秀子の腰に女を感じてしまう。不埒《ふらち》と言えば不埒だが、喜一の気持ちの有り様からすれば仕方のないことでもあった。

その町を離れて村落に向かう田舎道に入ったところだった。ドンと衝撃を感じた瞬間、もんどりうって景色が逆さまになった。二人は宙に飛ばされたのだった。

ハッと思った一瞬のことだった。溜まった雨のせいで道の凹凸が判らなかった。窪みに前輪を突っ込んで、疾走していたバイクが激しく転倒したのだった。躰中のあちこちに激痛が走った。

「秀子っ！　大丈夫かっ！」とっさに喜一が叫んだ。

「ううう」打ち所が悪かったのか秀子に言葉はない。喜一もまだ起き上がることができずにいる。大変だ。どうしたものか。

たまたま見上げた土手の上の、こんもりと茂った樫の木の根元に、小さなお堂が見えるではないか。喜一は、痛む躰をおしてバイクを道端に寄せ、秀子を抱きかかえるようにして運び込んだ。気づいた時には自分の痛みは消えていた。

お堂は割りと広かった。奥の須弥段に安置されている小さな不動明王像に似合わない広さがあった。不動明王を祀ってはいるが、地区の年寄りの集う場所として造られた建物に違いない。やかんに数個の湯飲み、数枚の座蒲団、数枚のタオルまでが置かれてあった。

喜一は急いでタオルを手に取った。まずは秀子の顔をぬぐうと、今度は水気を抜き取ろうと衣服の上から、ハタハタとやさしく全身を叩いていった。濡れた衣服を透して秀子の胸の隆起が喜一の目を射る。濡れた水気を取るのだ、濡れた水気を取るのだ、胸の隆起に女のそれを感じながら、喜一は自らに言い聞かせた。やがて苦痛に歪んでいた秀子の顔が平静に戻ってきた。

「大丈夫か？　どこが痛む？」

「大丈夫、みたい」

「どれ、見せてみろ」

喜一は秀子の首を回してみた。首に異常はなさそうだった。次いで腕と足を屈曲させてみた。これも異常はなさそうだった。秀子の五体はいずれも滑らかに動いてくれた。咄嗟のこととて動転したのだったが、傷は打撲程度に済んだようだった。

「よかった、大丈夫みたいだ」

「喜一さんは？　大丈夫？」

「ん、俺も大丈夫みたいだ」

「よかった」

落ち着いたところで秀子は赤面した。顔を拭《ぬぐ》ってもらった。胸もタオルで叩《たた》いてもらった。濡れていたから衣服は透けて、乳房のそれらしさを喜一さんに見られたに違いない。わずかな羞恥が湧いた。

秀子の心の動きが喜一にも手に取るようにわかった。すると言いようのない衝動が突き上げてきた。喜一は抗し切れなかった。思わず、飛び込むようにして、秀子の胸に顔を埋めてしまったのだった。

秀子は驚かなかった。喜一の思いには早くから気付いていた。だが喜一は武夫の弟である。年は上だが自分の弟になる。嫁にきて生活も一緒になる。喜一の存在をそんな関わりの中で見つめてきた。

その一方で、辛い時や寂しい時には、慰めてくれる喜一を意識したこともあった。そんな時の心には、武夫と喜一が一緒に存在していて、異体なのに一つに重なっていた。しかしそれは心の中でのことだ。人に言えることではない。

驚きはしなかったが、胸に喜一の顔を埋められて、こんなことが許されるとも思えなかった。兄嫁と義弟という宿命の二人に、許されることではないだろう。

理性に促されて、喜一から抜け出ようと、躰をよじった秀子だったが、押しつけられた喜一の顔は強い力で乳房に沈んでいる。いくら足掻いても離れようとはしない。

「喜一さん、おねがい」それだけ言うのが精一杯だった。

「お願いだっ！　お願いだ」柔らかい乳房で口を塞いだまま、喜一は叫ぶように押し詰まった気持ちを吐いた。それは他にやり場のないものだった。

「ううう、ううう」そして、泣いた。

努力のかいが見えない闇の中で、足掻き続けている男の心情は理解できる。何年もかけて取り組んできた米はまだ顔を見せない。今や確たる存在となっている武夫に比べて、世間からは気狂《きぐる》いしているとまで言われている。やり場のない、閉塞した、そんな心境は秀子にも想像がついている。自分の胸で声を殺して泣いている喜一の、男としての苦悩が手に取るように分かる。

武夫の例会の成功を祈願することもあったが、どちらかといえば喜一を励ますために厄除け神社に連れてきた。

堂々と武夫の耳に入れ、昼日中に出かけてきてもよかった。だが人目に触れることもないと思われるこの雨の中を、男とも女とも知れないように、ゴムの合羽を着て人目を忍んできた。なぜそうしたのか自分でも説明がつかない。

お願いだから泣かないで欲しい。お願いだから何としてでも米を作って欲しい。世間が認める立派な男になって欲しい。秀子にそんな気持ちが広がっていくことが、自分でも不思議だった。

積極的に喜一を抱きとめることはできない。だが容認することはできた。そんな秀子の胸でしばし喜一は泣いた。

やがて落ち着きを取り戻した喜一は、秀子の力が抜けていることに気づいた。欲しい、この躰が欲しい。いや駄目だ。許されることではない。秀子も倫理のぎりぎりの淵で、耐えているに違いないのだ。喜一は跳ね起きると、思わず後ずさって叫んだ。

「すまん、すまん、すまん、秀子さん、許してくれっ!」

秀子は逆に戸惑った。どう処《しょ》すればいいのかが分からない。自分の心に広がったあの思いも、どうすればいいのか分からない。秀子は、静かに胸と襟をただして、微笑むしかなかった。

一旦は傾きかけた不確かさもやがては消えていった。転がりかけた崖で辛うじて止まった、そんな感じだった。

やがて厚い雨雲の下で夕暮れが訪れた。この悪天候と夕闇である。二人が帰宅するのに人目に触れることはなかった。このいきさつは二人の秘密になった。のみならず消えることのない記憶となった。

三日後に晴天が戻ってきた。荒神社では朝から夕刻の例会に向けての設えの準備が慌しい。長床もこの日に向けて新調なっていた。

昼間は荒神社の祭り行事が行われ、夕刻からは篝火をかざして、奉納の浄瑠璃例会が行われる。岳太夫一派の、他の派もそうであるが、待ちに待った日であった。

やがて夕闇が辺りを包む頃、満天の星空が天空を覆った。篝火がパチパチと火の粉を飛ばして燃え盛っている。その柔らかい光りに照らされた満場の聴衆を前に、開演を告げる拍子木《ひょうしぎ》が冷気を裂いて鳴り響いたのだった。

予想したとおり、岳太夫一派はどの派よりも聴衆を引き付けて離さなかった。特に岳太夫に代わって一派を率い、おおとりの舞台を勤めた武夫には、すべての聴衆が引き込まれていった。しわぶき一つない。子どもの泣き声もない。満場の聴衆は、武夫が演じる浄瑠璃の世界に登場する人間の喜怒哀楽を、自らの人生に重ねてただただ彷彿としたのであった。声無き涙を流す者までがいた。

闇を背に、年輪を重ねてしな垂れた松の枝が、篝火に照らされながら哀切な声に震えて揺れたのだったが、唯一ただそれだけが長床を包む動であった。他に動は何も無かった。聴衆も、境内の空気も、凪《な》いで固まって沈んでいた。こうして例会は今年も成功裏に終わった。

秀太夫は嬉しかった。自派の出来よりも、娘婿となる武夫の成功が誰よりも嬉しかったのである。岳太夫から乞《こ》い請《こ》われて、当時まだ幼かった五歳の秀子を許婚とすることに同意した。

武夫がどんな男になるのか、秀子がどんな人生を歩くことになるのか、岳大夫の意を汲んで同意したものの、その将来に確信は持てなかった。だが岳太夫の言ったとおり、武夫は見事に後継者として相応しく成長した。安堵するとともに、このことが秀太夫には嬉しかったのである。

近年では、この例会を訪れる聴衆は、村人だけではなくなっている。近在はもちろんだが、遠くからもその世界の同胞や同好の士たちが多く訪れるようになっていた。街の文化からは切り離されたこの大刈地区の浄瑠璃は、この地の伝統行事としての意味をなすばかりでなく、伝統文化として広く知られるところとなっていたのである。

サキとの暗い過去はあるが、祝言を迎える武夫にとって、とりわけ岳太夫一派の後継者である武夫にとって、この例会の成功は門出を飾るに相応しいものだったと言えた。

そしてその一週間後に武夫と秀子の祝言が執り行われたのだった。

武夫は、正式に三代目竹本岳太夫を襲名し、裃に身を固めた浄瑠璃師としての正装で、花嫁を迎えたのである。秀子は、白無垢の内掛けに角隠しをかぶり、土地の習わしに従って、長持ち唄に誘われながら秀太夫家からの道のりを闊歩して武夫の下へ嫁いだ。

岳太夫は上機嫌であった。いまだ癒えきらない傷の痛みに耐え、その証である家宝の短刀と三代目岳太夫の軸を、自らも正装に身を改めて武夫に継承したのだった。押しも押されもせぬ見事なる三代目岳太夫の誕生であった。喜一一人が、晴れ晴れしい武夫よりも、白無垢の秀子にまぶしく見とれていたことを誰も知らない。

第五章　神婆ぁのお告げ

【1】

二代目竹本岳太夫であった作造が逝ったのは、武夫の祝言から一年もたたない翌年の夏である。朝からむしむしと湿気の蒸れる、うだるような暑い日だった。朝から蝉時雨が舞っていた。

作造は猪に襲われた傷に悩まされ続けてきた。傷は癒えているのに一向に生気が甦らない。日を追って衰弱がすすみ、両目に濃い隈が沈着していった。誰の目にも死相を宿しているのは明らかだった。猪から何かの病原菌が伝染したのかも知れないと医者も首をかしげたが、ついに対症療法は見つけられなかった。

その日、喜一は早朝から実験中の畑にいた。今度ばかりは胸がときめく。去年と同じ早苗をもう一度だけ試してみようと植え込んでいたのだったが、それが去年に比べて意外にも成長が早いのだ。見るからに稲の茎も逞《たくま》しい。葉の色も健やかな緑色に輝いている。

間違いなくそこには米の命が宿っているように思われた。

首にかけた手ぬぐいで流れる汗を拭って、灼熱の太陽を見上げた時だった。遠くから喜一を呼ぶ、隣の老婆の切羽詰った声が飛んできた。振り返った喜一の目に左右のバランスを崩しながら走ってくる老婆が映った。腰の曲がった姿が痛々しい。

「き、き、喜一っつぁん！」

「おう、どうしたぁ？」喜一は岳太夫の危急を知らない。のんびりした声で応えた。

「き、き、」老婆は変わらず、大変だ、大変だと、姿で訴えている。と、足を取られた老婆がもんどりうって転倒した。慌てたのは喜一である。走り寄って老婆を抱き起こした。

「慌てて、どうしたっ？」

「き、き、き」

息せききった呼吸がのどを詰めたのか老婆は目を剥いている。喜一は老婆の背中を軽く叩いてやった。

「が、が、岳太夫さんが」

今では岳太夫は二人いる。二代目岳太夫の作造と三代目岳太夫の武夫である。だが老婆はいまだに二代目のことを岳太夫と呼び、三代目のことは武夫さんと呼んでいた。老婆の言う岳太夫とは、親父の作造のことだと喜一には直ぐにわかった。

「おやじが、どうしたっ？」

「し、し、死んだ！」

喜一にもやっと事態の急が飲み込めた。老婆が気にはなったが、早く行けと促す手に従って喜一は一目散に走りだした。

渦巻く陽炎が行く手を阻む。まるで全てのものを焼き尽くすかのごとくに、灼熱の太陽がじりじりと大地に照りつけている。炎のような陽炎が、熱風のごとくに喜一に吹きつけてくる。耳鳴りがして眩暈がした。突然目の前が暗くなるのを覚えて、頭を振って視点を定めなおした。汗は噴き出しているのに背中に悪寒が走った。


父が死んだ。山間の僻地の小さな村社会でのことだが、父は経済的にも社会的にもそれほど不遇とは言えなかったと思う。しかし夫としては、煮え湯を飲み、地団太を踏む苦渋の中で、繕った体面を糧に生きてきた。死に顔はまだ見てはいない。まだ見てはいないが、自分の一生を納得できぬままに逝った、その死に顔を脳裏に描くことはできる。

母の登世が死んで何年になるだろう。

たった一人の母とは言え、その死のいきさつには許せないものがあった。夫である父の苦渋はその何倍でもあったろう。その後の父の強引とも言える生き様が、それを如実に物語っている。子ども心に反発もしてきたが、しかし成人してからはむしろ父に理解をもつようになった。親父の面子を立ててやりたい、そう思う深層にある気持ちに嘘はない。

背景は違うがそれは武夫とて同じだろう。その武夫は今では一つの立場を作り上げたと言える。そこには父の納得もあるだろう。

だが自分は父の意に反して浄瑠璃をやめ、それを超える仕事をしてみせるというのが秘めた決意であったが、しかし道は遠くいまだ米は出来ていない。

なぜ死ぬのだ。今なぜ死ぬのだ。俺はまだ親父の面子を立てていないではないか。予感が無かったわけではないが、なぜそれが今なのだ。なぜいま死ぬのだと、父から受けた血は不遇の息子の躰の内で、激しく逆流しながら駆け巡った。

母屋には武夫と秀子がいた。武夫は縁側に立ち尽くして憮然とした表情で庭に視線を落としている。秀子は団扇《うちわ》を使って、遺体にゆっくりと風を送っていた。

「あにき」

「ん」喜一に向いた武夫の視線は再び庭に戻った。喜一と武夫が交わした言葉はそれだけだった。

岳太夫の両手は胸の上で組まれていた。蒲団《ふとん》におさまっている姿はいつもと変わらないが、目を瞑った顔は既に青白く沈んでいる。生きていた頃の隈は見えない。抱えて生きてきた苦汁も見えない。死ねば血も止まって影を潜めるらしい。

皺を刻んだ青白い顔は、喜一が脳裏で描いた表情とは違うものだった。命が終われば人間の苦渋もまた終わってしまうものなのかも知れなかった。

岳太夫の臨終を看取った者はいなかった。薬の時間だといって隣の老婆が岳太夫の寝床を訪れたとき、既に岳太夫の息はなかったという。ただこの世に対する残念がそうさせたのか、床の間に向かって虚空を掴むかのように、左手を伸ばしたままでこと切れていたという。

「ううう、……うう」それを聞いて、喜一の口からうめきが洩れた。衝動が突き上げてきたのだ。同じ血が感じた、同じ血の死に対する衝動だった。

団扇を使っていた秀子が大粒の涙をぽたぽたと落とした。それは岳太夫の蒲団に落ちて滲みて消えていった。

いつのまに戻ってきたのか隣の老婆が、水を溜めた湯飲み茶碗と、長い草の葉を持って現れた。末期の水を飲ませるのだと言う。教えられたとおりに武夫が、次いで喜一が、そして秀子が、岳太夫の唇に水を注した。水を注しながら秀子はまた大粒の涙を落とした。

うだるような猛暑である。時間を置くことはできない。その日に通夜をして翌日の葬送と決まった。登世の時もそうだったが、この地での葬送は土葬である。

葬儀の段取りは武夫に任して、喜一は村の若衆と山田家代々の墓所に向かった。埋葬のための穴を掘るためである。

墓所では陰湿な陽炎が渦を巻いていた。陽炎に霞みながら、そこにある墓石や卒塔婆が、踊っているようにも足掻いているようにも映る。生者には因縁の喜怒があり、死者には因縁の結末があるかのようだ。

山田家の墓所の一角に登世の墓石がある。もう何年も経っているのにそれは未だ新しさをとどめていた。登世を埋葬する時も喜一がその穴を掘った。向こう背の崖から飛び降りるという死を選んだ清一とのおぞましい因縁は、その死を持って終わった。

土の上で生きる人間としては、土の下の世界は、因縁とは無関係な浄土の世界だと思っていた。だから当然のごとくに代々墓所の一角を掘って埋めた。それは母の死と共に母の全ての因果を葬ることでもあった。

だが今、父を母の登世と並べて埋葬することに、喜一はいささかの抵抗を覚える。あの蝋顔を土の中で再び苦渋に歪めることはないのか。現世に対して土の下を別世とするなら、母の登世はその別世でも清一との因縁に引きずられ、その関わりの中で存在しているのかも知れない。そこに父を埋めるのか。立ち上る陰湿な陽炎が、計ることのできない世界を想わせてやまない。

「岳太夫は死んだか？」地の底からそんな声が聞こえてきた気がした。気がつくと地の底からではなく、いつのまに現れたのか神婆ぁの声だった。

「……、ん」

「死に神が、憑《つ》いておったのじゃ。岳太夫には、な」

「死に神？　そんなもんはおらん！」

「いや、おる。岳太夫には、死に神が憑いておった」

「黙れ！　婆《ばば》ぁ！　黙れ……」激しい感情に突き上げられた喜一だったが、神婆ぁにぶつけた声の尾は消えるように細くなった。

喜一も心の底で、父には本当に死に神が憑いていたのかも知れないと思った。あまりにも複雑で、あまりにも陰湿で、あまりにも過酷で、あまりにも非情な運命の一生を考える時、そうかも知れないと思うのだ。

「喜一、おまえには必ず神がくる。必ず神がくる。死に神ではないぞ、守り神じゃ！」

「神婆ぁ、教えてくれ」

「なにを、じゃ」

「ここに埋葬しても、ええものかどうか……」

「なにを迷う？」

「ここには、隣には、……母がおる」

「ああ、登世のことか、ええとも。登世も今では仏じゃ。岳太夫も仏になった。これで、ほんまの夫婦になるじゃろう。わしには分かる。登世の因縁はもう消えておる。それで、ええのじゃ、死ねば仏じゃ、因縁は消える」

「……」

喜一の脳裏で矛盾が渦を巻いた。死んで極楽に行けるかどうかは、生きている内の功徳によるとも言う。それはとりもなおさず現世と別世は繋がっているということだ。それなのに神婆ぁは、登世は仏になってその因縁も消えているという。岳太夫の因縁も消えて今度こそ本当の夫婦になるだろうとも言う。

喜一に理解できる論理ではない。だが喜一の中から何かが消えていったのは事実だ。そう割り切るしかなかった、と言った方が当たっている。

喜一は鍬をいれて、深い穴を掘った。背丈ほどに掘り下げたその直ぐ横の土の中には登世も埋まっているのだという現実が喜一を捉えにくる。少し掘り崩してみれば間違いなくそこに母がいるのだ。今度は幼い頃の母の顔が甦ってきた。母と子の同じ血がそうさせるのだった。

母屋の武夫はあれこれと葬儀の設《しつら》えを指示していた。そこに忽然《こつぜん》と神婆ぁが現れたのだった。

神出鬼没《しんしゅつきぼつ》というに相応しく神婆ぁはいつも忽然と現れる。そして必ずと言っていいほど不可解なお告げを残して消えていく。そしてそこには、ただならぬことが起きたりすることもある。だから武夫は、神婆ぁが現れると、いきおい不吉なものを感じてしまう。今もそうだった。なぜ来た？　なぜ今ここに現れた？　また何かを伝えに来たのか？　それとも特別なお告げでもあるのか？

武夫には神婆ぁとは因縁浅からぬものがある。サキと忍んでいた猟師小屋に、風のように現れて驚かされたことがある。しかしサキとの秘密は守ってくれた。サキが胎の子を殺した神が淵では、取り敢えずだが、死にかけたサキを助けてくれた。神婆ぁが助けてくれなかったら、胎の子ともども間違いなくサキは死んでいた。その後の浄瑠璃例会の篝火の中に現れた時は、サキの死を告げにきてくれた。

不吉な印象はぬぐいきれないが、こうしてみると、武夫に弊害を残したことは一度もなかった。むしろ神婆ぁには助けられてきた。

秀子を嫁にして、陰湿な因縁から遠ざかりかけていた武夫は、目の前にその神婆ぁが現れたことで何か異変があることを悟った。

神婆ぁは言った。

「武夫、岳太夫には死に神が憑いておった。じゃがその死に神も、いずこかに去って行った。岳太夫は成仏するじゃろう」

続けて言う。

「武夫よく聞け。陽炎の燃える音を聴くのじゃ。神の声を聴くのじゃ。いいか、おまえには神がついておる。その神の声を聴くのじゃ。秀子の胎に神の子が宿った。神の子じゃ。今度は、決して殺してはならんぞ」

これを聞いて、武夫は絶句した。「今度は殺してはならんぞ」という言葉がサキと胎の子を思い出させたのだ。何かがずっしりと肩にかぶさってきた。

武夫は思わずよろめいた。その武夫に、風のように寄り添ってきた神婆ぁが、秀子には聞こえぬ小さな声で囁いたのだった。

「武夫、秀子の胎には神の子が宿っておる。女の子じゃ。死んだサキや胎の子の生まれ変わりじゃ。殺してはならんぞ。その子に『咲《さき》』と名を付けよ」

武夫は、秀子の胎に子が宿ったという言葉には、疑いを挟まなかった。最近秀子の様子に異変がある。それが子を宿った異変であることには武夫も薄々気づいていた。

だが胎に宿った子は神の子だと言う。それは女の子で、サキや殺した胎の子の生まれ変わりだと言う。そんなことがあるはずがない。それは嘘だ。

だが直ぐに武夫は思いなおした。神婆ぁは奇怪この上ないが、現実として不可思議なことが幾度も起きている。自分には見えない何かがこの世にはあるのかも知れない。それが神婆ぁには見えるのかも知れない。秀子の胎の子は、死んだサキやその胎の子の生まれ変わりという、神婆ぁの言葉はもしかすると本当のことなのかも知れない。

暮れかけの陽炎の中を風のように消えていった神婆ぁを目で追いながら、武夫は思いの外の因果がまだ残っていることを知った。うだる暑さなのに、武夫は寒々とした震えを覚えたのだった。


岳太夫の葬儀は他派の太夫や弟子はもちろん、村中の多くの人々が参列して執り行われた。死んだ岳太夫が二代目として一派をなしてきたことと、喪主である武夫が三代目岳太夫であることが村人たちを総動員させたと言える。死者への惜別の思いもあるが義もまた多い。

野辺送《のべおく》りの葬列は続いた。僧侶を先頭にして、旗・提灯・天蓋が続き、その後を位牌を持った白衣の武夫が続き、喜一と高弟子に担がれた二代目岳太夫の棺が導かれるようにしてそれに続いた。

葬列はゆらゆらと立ち昇る陽炎の中をゆっくりと進んだ。それはまるで直接冥土に向かっている死者達の列のように見えた。

春の気配はまだ浅い。木々も冬の眠りからはまだ目覚めていない。庭の雪の下だけが、到来する時節を待ちかねて小さな新芽を覗かせていた。

そんな野山の春に先駆けて秀子に明るい春が訪れた。新しい命が誕生したのである。岳太夫が死んでから、半年以上も後のことである。

「『咲《さき》』？」

「ん、この子を『咲《さき》』と名づけようと思う」

「さきって、あの、サキさんのサキ？　嫌よ！　どうしてこの子にそんな亡くなった人の名前など……」

「サキではなく『咲』だ！」

「サキも咲も同じじゃないの！」

「同じじゃない。この子は私とおまえの子だ。おまえが産んだ子だ。だからサキではなく『咲』と名づけるのだ。神婆ぁのお告げもある」

「神婆ぁのお告げ？　どんなお告げか知らないけど、亡くなった人とこの子とはなんの関係もないわ。この子は今こうして生まれてきたばかりなのよ！　それなのに亡くなった人と同じ名前にするなんて。貴方の中にはまだサキさんが生きているということなの！」

「言っただろう。サキのことは言うな。昔のことだ」

「ええ、そう、昔のことよ。父から聞いておおよそのことは知っているし、私も昔のことと割り切ってきたのに、昔のことだと言うなら、尚更のこと、この子とは関係ないじゃないの！　神婆ぁだって関係ない！　この子はこの子よ！」

秀子が産んだのは女の子だった。その子に武夫は「サキ」ではなく「咲」と名づけようと言うのだった。武夫の胸にも納得しがたい不可解がある。だが神婆ぁの言葉に従おうとしたのだった。

自分にも説明は出来ない。生まれた子がサキやサキの胎の子の生まれ変わりとは、信じられることではない。しかし登世のことや岳太夫のことを思えば、この山田家にまつわる過去は全て、何かの因縁に動かされてきているような気がする。

自分の生き様も、その何かが引く運命の上を歩かされてきたような気がする。意思の世界を超えて、神婆ぁの言葉は、武夫に不可思議な重いものを残していたのだった。

「嫌よ！　納得できない！」秀子は猛反発した。

神婆ぁのお告げを受けた武夫の心が、なにかに迷っていることには想像がつく。十五の歳から何かに振り回され、何かに縛られ、傷の上に傷を負いながら、生きてきた武夫を思えば心も痛む。

だがこの子は誰が何と言おうと、この腹を痛めて産んだ自分の子である。夫婦の間に産まれた我が子なのである。過去のいきさつとは無関係だ。字は違うと武夫は言うが、死んだ人の名前を引いていることに違いはない。

夜な夜な同じ会話が繰り返されたが合意は生まれない。生まれる道理もない。武夫にしても秀子の言うことは理解している。母親としては当たり前のことだ。涙ながらの抵抗には心も打たれる。しかし、しかしだ。

とうとう武夫が譲ることはなかった。


秀子に残ったのは不納得だけではない。腹を痛めて産んだ自分の子なのに、その命との間を切り分けられた気さえする。夫との間も異体異心を感じる。

乳飲み子の面差《おもざ》しは日を追って輪郭をなしていく。泣く顔も、笑う顔も、母としては代えがたく愛しく可愛い。間違いなくこの子は自分の子だ。自分の命の分身だ。いたいけな同体に対する愛情が募れば募るほど、不条理に対する反発が募っていくのは無理からぬことだった。

この子にそこまでしなければならない因縁があるとしたら、いずれはサキという女に似た運命を背負うことになるのではないか。そんな不安が秀子に取り憑いてしまう。これもまた母の心として当然である。

秀子は言えば従順な性格である。武夫との許婚も親が決めた。物心ついた時には既に将来の夫は決まっていた。山間の狭い村社会にあって他の人生に目を向けることもなく、自然と許婚の男に思慕を寄せ、やがては嫁いで今日まで生きてきた。そのことに疑問も持たなかったし矛盾も感じなかった。山から流れ下る水のように、岩にあたって砕かれ、段差を流れ落ち、広い河原《かわら》はゆっくりと流れながら、生きてきた。意思よりも与えられた条件にはまるように生きてきたと言える。

子の命名についても、たとえ心に不納得や葛藤を残したとしても、それ以上に武夫とは争うことはできなかった。だからと言って心が整理されたわけでもなかった。乳飲み子が成長していくにつれて、心の中にある葛藤は濁りをもって増幅することになる。時には武夫に疑問をぶつけ、不条理を問いただしてもみることもあった。

しかし武夫が秀子の葛藤を正面から受け止めることはなかった。答に代えるかのように、決まってその度に秀子を裸に剥いたのだった。抵抗が官能に負けていく躰を、強引に溶かして終わらすのが常だった。秀子の葛藤はいつもそうして葬られてきた。そんな環境の中でも、咲は順調に成長していった。しかし秀子が「咲」と呼ぶことは無かった。呼べなかったのである。

ところが一歳の誕生日、頼りない足取りで歩き始めた子に向かって、やっと秀子の口をついてその名が出た。初めてだった。秀子自身、意外だった。しかし呼んでみれば、半分は馴染んだ音感だった。

やがて咲は、村の子どもたちと同じように田畑を駆け巡り、黒く日焼けしながら成長していった。性格だけでなく顔形も秀子に似て、くすぶっていた不安は杞憂《きゆう》だったかと思い始めたころ、追いかけるように二人目の子を宿った。

産まれた子は男の子だった。武夫は自分の上の一字と父作造の下の一字を取って、武造と名づけた。武夫三十一歳、秀子二十一歳、喜一二十八歳の年である。咲はやっと四歳を迎えていた。

三年の歳月が流れた。またもや不思議なことが起きた。誰もが知らぬうちに神婆ぁがいなくなったのである。

神婆ぁのところには、近在から祈祷を受けにくる人々がいた。皮肉にも訪ねてきたそれらの人々に神婆ぁの所在を訊ねられて、初めて不明であることが分かった。どちらかといえば、祈祷を受けにくる人々よりも村人の方が疎遠であったから、それまでに気付いた村人は誰もいなかったのである。

普段は疎《うと》んじていても、不明ともなれば村人達もほっておくわけにもいかない。それは武夫も喜一も同じだ。村をあげての捜索となった。

神が淵の庵には生活の痕跡は消えて既になかった。清一と登世が死んだ向こう背の崖や、近隣の山々にまで範囲を拡げて捜索が行われた。健三に至っては猟師小屋にまで探索の足を延ばした。しかしそれらしき痕跡はどこにも見つからなかった。

「神が淵の池に、沈んでいるのではないか？」

「そうかも知れん」

「これほど探しても、どこにもその痕跡がない。恐らく淵に沈んでいるに違いない」

「水を抜こう。水を抜けば分かる」

人々は消防団の手押しポンプ車を引き出して水の汲み出しにかかった。手桶を持って参じる者もいた。水は徐々に引いていった。だが淵の底にも見つからなかった。汚泥の下に沈んでいるのではないかと言う者がいて、それをかき出してもみた。しかしやはり何の発見もなかった。ついに人々の捜索は徒労に終わった。

あの神婆ぁが失踪するはずなどなかったが、結局真相は分からずじまいに終わった。もともと奇怪な存在であったから、神が連れていったとか、誰かに生まれ変わったとか、深い山奥に踏みって禽獣に喰われたのではないかとか、村人たちは勝手な想像をして勝手な噂をし合った。

噂を聞き捨てにできなかったのは武夫である。とかく神婆ぁとは因縁が深い。サキと忍んでいた猟師小屋で見つかったとき、サキが胎の子を殺したとき、死にかけたサキを助けてくれた時、秀子の胎の子まで言い当てた時。

神婆ぁには人には計れない何かがある。だからお告げを受け入れて生まれた娘を咲と名づけた。武夫の胸の底で何かが騒ぐのだが、それが何であるのかは分からなかった。

人の噂も四十五日と言うが、日が経つにつれて神婆ぁのことは次第に人々の噂にも上らなくなった。記憶から消えていったのだった。一人武夫を除いてである。

〔2〕

「あれは気狂《きぐる》いではねえか」先頭を行くガキが、仲間に耳打ちした。子どもたちの視線が一斉に歩いてくる喜一に集中した。

「ん、そうだ気狂《きぐる》いだ」

「そうだそうだ、気狂《きぐる》いだ」

「わーい、逃げろ、逃げろ、気狂《きぐる》いだぞ」ガキ達は一斉に方向を変えて逃げ出した。

二代目岳太夫こと父親の作造が死んで既に八年の歳月が流れていたが、喜一は相変わらずの研究生活に終始していた。

岳太夫の死んだ夏、実験区画の稲は今までとは違う兆候を見せた。ひょっとして成功の兆しかも知れない。喜一は高鳴る思いで期待を繋いだのだったが結局は失敗に終わった。

それからも毎年毎年、今年こそは、今年こそはと取り組んできた。だがやはり、一向にそれらしい成果には出会えずにいた。五里霧中、うだつの上がらない暗中模索の日々が続いていたのだった。

奇怪な存在の神婆ぁが消えると、村人の目には喜一が奇怪な存在として映るようになった。世間は、最高の地位と、最低の地位を作りたがる。誰もが自分は最高ではないが、最低でもないと自覚していたいのだ。その視線は気狂《きぐる》いの喜一をして最低の地位に位置づけた。親の言葉はガキにも伝播《でんぱ》する。今では大人も子どもも、喜一を奇怪な気狂《きぐる》い男として疎んじるようになっていたのだった。

喜一は作造から分けてもらった裏の畑に、粗末な建屋を建てて移り住んでいた。人々をして乞食《こつじき》の住まいを想わせた。

「気～狂《くる》い、気～狂《くる》い」

「お化けが出るぞ～、お化けが出るぞ～」

小屋の前にくると、子どもたちは囃《はや》したりなじったりして走り去っていく。無理もない。誰が見ても喜一の生活と風貌は奇怪な気狂《きぐる》いそのものなのである。

今では喜一も三十一歳になっている。村人達が自分を疎んじていることも、子どもたちが揶揄していることもよく承知している。耐えられない場面にもしばしば遭遇する。がしかし耐えた。耐えるしかなかった。

名誉も見栄も外聞も、ことを成さねば解決しない。「いつか必ず、新しい米を作り出してやる」確証のない夢が辛うじて精神を支えていた。

そんな喜一を陰から支え励ましたのは秀子である。ばら寿司を作ったと言っては届け、餅を作ったと言っては届けてきた。野良着の繕いも秀子がした。風呂は母屋の風呂を借りていたがその世話も秀子がした。

そんな秀子の日常が、武夫の目にどう映るのか、喜一も気にはなる。だが辞退しても秀子が態度を変えることはなかった。武夫はそんな秀子をいつも横目で見た。

その年の夏、大洪水が村を襲った。降り続く豪雨は、轟々《ごうごう》と渦を巻き、橋を流し、やがては崩壊した土手から溢れた濁流が村の田畑に襲いかかった。

田には稲が育っている。畑には収穫間際の麦がある。村人たちの誰もが何としても稲と麦を守らなければならなかった。でなければ収穫は絶望である。

土嚢を積んでみたり、水をかい出してみたりするが、しょせん人の力は知れたものだ。自然の猛威を止める手立てはない。濁流は容赦なく麦をなぎ倒し、稲を汚泥の底に埋め尽くしたのだった。

武夫とて同じだった。三代目岳太夫として浄瑠璃一派を守ることも使命だが、継いだ家督の田畑を守ることも大事な使命である。甲斐ない対応とは言え、武夫もまた洪水から田畑を守るために土嚢を積み続ける、という悪戦苦闘の最中にいた。

「秀子っ！　秀子っ！」一杯の水を飲みに立ち戻った武夫が勝手に向かって叫んだ。

「秀子っ！　いないのかっ？」

秀子の返事はない。濡れ合羽のまま勝手に踏み入った。

「こんなときに、どこに行ったというのだ」濡れ鼠のままゴクリと柄杓《ひしゃく》の水を飲んで、武夫は独りごちた。

豪雨との戦いは二日目である。七歳の咲と三歳の武造は、昨日から老妻に預けられていた。秀太夫家もまた自分の田畑を守らねばならないのだが、何人もいる弟子たちやその妻子が顔を出しては、老師や老妻を助けていたのだった。

武夫は、なんとしても田畑を守らなければならない。そのための土嚢を積まなければならない。しかし積んでも、積んでも、濁流が襲う。そこに積み足す為には猫の手も借りたいのだった。

武夫は新しい土嚢袋を抱えて田に戻った。そこは早や水浸しに戻っている。元より詮無い抵抗である。降りしきる雨の中で秀子に対する苛立ちと不可解とが募っていく。同時に脳裏をよぎるものがある。

喜一にとっては、実験区画が命よりも大事なものだ。今年も期待をつないで植え込んだ苗が青々と成長している。この雨から守らなければ秋の成果の確認はおぼつかない。喜一もまた必死に流れ込む濁流と闘っていた。

喜一の目指す米は、水稲と違って、麦や蕎麦のように畑でつくる米である。従って通常の田よりも高い位置の畑を実験区画に使っていた。崩壊した川の濁流はここまでは襲ってこないが、山からの泥水が幾条もの筋を作って実験区画に流れ込んでくるのだった。

土嚢を積んでは水の流れを止め、溝を切ってはその流れを変えようと闘った。力が及ぶ範囲には限界がある。一つ所を止めれば新しく別の所が崩れた。やっとのことで補修をつければ、また新たなところが崩れた。次から次へと自然の攻撃は容赦がない。

いまだ豪雨の収まる気配はない。この分だと区画を守りきれないかも知れない。痛む腰を伸ばして天を見上げた時だった。雨に打たれて瞬いた目に、暗がりの中で鍬を振る女が映った。誰だ?

喜一の頭をよぎったのは、神婆ぁだった。神がかりの神婆ぁか? 神の化身ならありうることだ。誰でもいい。誰でもいいから手を貸して欲しい。夢と命をかけた稲を助けて欲しい。

足元の流れを堰き止め視線を戻した時、初めてそれが秀子であることが判った。女の合羽は、薄暗くなりかけた豪雨の中でなお鍬を振るっている。

「秀子、さんかっ！」空気を撃つ豪雨より大きな声で喜一が叫んだ。

「なんとしても、ここだけは！　ここだけは！」負けないくらい大きな声が返ってきた。

「すまん！　すまんこっちゃ！」

この間にも泥水は容赦がない。足元に新しい幾筋もの流れが起きている。早く止めねば大きな流れになってしまう。薄暗がりの豪雨の中で際限なく二つの影は奮闘を続けた。

一息ついた時、顔の輪郭さえ見届けられない喜一に秀子が言った。

「これで、何とか凌げるかも」

「いや、わからん。上の土手がこれ以上崩れなければな」

「……」秀子が何か言ったが、合羽を打つ雨の音にかき消されて、聞こえなかった。

大雨の勢いをみて、喜一はいち早く洪水を予感した。実験区画が危ない。喜一はいの一番に実験区画へ駆けつけたのだった。なにせ今年の期待がそこで育っている。大袈裟ではない。そこは命をかけている畑なのだ。

災厄《さいやく》が来た。この分ではいずれ堤防は壊れる。壊れれば洪水になる。秀子もいち早くそう思った。嫁として武夫とともに、先祖から受け継いだ田畑を死守しなければならない。それが嫁の勤めである。分かっている。それは分かっている。だが先祖から受け継いだ田畑よりも、喜一の実験区画が気になった。

喜一が期待をつないだ米は、去年も失敗に終わっている。今年は新しい兆候が見えると言っていた。流してはならない。あの稲をこの雨で流してはならない。秀子の足は咄嗟に喜一の畑に向かって走りだしていた。喜一のためにか、米のためにか、秀子にもはっきりとした説明はできない。

自然は過酷である。人間は小さな存在である。所詮、自然の猛威を制御することなど人間の力の及ぶところではない。それは誰もが承知している。甲斐ないとは言え、ほってはおけないだけだった。

暮れてしまえば尚更のこと及ぶべくも無い。人々は破壊を続ける田畑を尻目に、失意を秘めて家に戻り始めていた。それは喜一も同じだ。

「おおきに、秀子さん。もういい、日も暮れた。わしに運命があるなら、神がこの稲を守ってくれるじゃろう。引き上げよう。もういい」喜一は痛む腰を伸ばして、収まりそうにもない天空の黒雲を睨んでから鍬を担いだ。

黙って、秀子も相槌を打った。伸ばした腰が痛みを訴えている。躰も限界だった。

雨と夜陰が区画を周辺から遮断し初めていた。他方を窺うことも出来ない代わりに、他方からも、天に向かって溜息をついた二人を確認することはできなかっただろう。

喜一の頭は実験区画だけに占められていた。だから考えが及ばなかった。武夫とて田畑を守るのに必死のはずだ。当然のこと秀子の手も必要だ。秀子は武夫とともに自分たちの田畑を守って当たり前なのだ。それなのに秀子はここにいる。武夫には済まぬことをした。そう気付いたのは後のことだった。

喜一と秀子は家に続く急峻な坂を下りた。喜一が先に歩を運び、確かめた足場を後ろから秀子が辿って下りた。互いに言葉はなかった。二人は本家の前で右左に分かれ、喜一は建屋に、秀子は母屋の納屋に入った。鍬を納めるためだった。

「秀子か？」納屋に一歩踏み入った時、孤独な低い声がした。武夫だった。武夫もまた暮れた田に失意を残して納屋に戻ってきたところだった。

「……ええ」

「とても止みそうにないな。この分だと、明日も大降りだろう。田も畑も一切が駄目かも知れないな」

秀子には口にする言葉がない。しばしの沈黙が淀んだ。

「茶漬けでも食えるか？」武夫が訊いた。二人共に朝粥を啜っただけだ。

「ええ、直ぐに」

「あ、風邪を引く。着替えてからでいい」

武夫の後姿は、納屋から母屋までのそれはわずかな距離なのだが、雨に打たれながらゆっくりと消えていった。秀子は急いで合羽を脱ぎ小走りで勝手に走った。


村落の田畑は殆どが洪水にやられた。稲という稲のことごとくが濁流に流されるか汚泥に埋まってしまった。麦もなぎ倒されて形をとどめていない。見るも無残な光景である。

武夫の田畑も例外ではなかった。例え秀子が武夫とともに山田家の田畑を守っていたとしても、結果は同じだったろう。秀子の行動を問うても問わなくても、結果として変わりはなかったことになる。しかし秀子の行動は許せることではない。結果以前の問題なのである。

しかし武夫はこの一件を看過《かんか》したのである。秀子を糾弾することもなかったし、喜一に小言を言うこともなかった。武夫は黙して、やり過したのだった。武夫のこの態度は尚更のこと喜一の気を病ませた。病ませはしたが、喜一に釈明の余地などあろうはずもない。秀子にしても同じである。

喜一の実験区画は、幸いのことに洪水から逃れることができた。二、三日置いて農業試験場の指導員の男が飛んできた。喜一の実験区画の安否の確認にきたのだった。喜一とともに新種の開発にかれこれ十年携わってきた男である。

「そうか、喜一、よかった。よく守った」無骨な男は白い歯を見せて笑った。

「……」

豪雨の中を秀子が駆けつけてくれたことや、秀子と武夫との間が気まずいことになっているであろうことを、この男に説明する必要はもちろんなかったが、男の言葉で喜一の気持ちに再び暗い翳《かげ》りが被さってきた。

「喜一、見てみろ。村の田畑は全部やられた。復旧できるかどうかも分からん。それにしてもおまえはよくここを守った。試験場もやられてなぁ、ああ、心配すんな。実験用の改良区だけはわしが守った。あそこは大丈夫だ。良かった。良かった。ハハハ、ん、良かった」握った喜一の手を離そうともせず、男は小さく笑った。

二人はこの十年余りで、オイ、オマエと呼び合う仲になっている。二人は遠大な目的に向かって、失敗に次ぐ失敗を十年余り続けてきているのである。苦節の十年を支えてきているものは、喜一の目的意識と男の学術的な探究心だけではない。それは退く余地をもたない背水の意識だった。

今年もこの稲が実をつけるかどうかはわからない。だが喜一にとっても男にとっても夢がかかっていた。命がかかっているのだった。その意味では男の愚直で素直な気持ちは喜一にも共感できた。

その年の浄瑠璃例会は中止となった。洪水被害が余りに大きすぎたのだ。収穫も絶望である。大袈裟に言えば村中が食うに困る事態に陥ったのである。従って例会は言わずもがな中止となった。五派の取りまとめ役をしていた最年長の秀太夫が、密かに武夫にその旨を伝えた。

「そういうわけじゃ。仕方がなかろう」老師は手持ちの扇子で蚊を追いながら諦め顔で言った。

もちろん、武夫にも予測はあった。この際は浄瑠璃どころではない。そのことよりも、武夫には気にかかっていることがある。

「来年は何とかしなければならんがな。武夫はんもそのつもりでな」老師には浄瑠璃が全てらしかった。

「秀太夫さん！」

「ん……？」

「あ、いや、何でも」武夫は言いかけて言葉を濁した。武夫は三代目岳太夫である。来年は必ず例会をやりたい、と言おうとしたに違いないと秀太夫は思った。

「ああ、来年は」と、老師は意を決したような含み笑いを残して戻っていった。

「浄瑠璃か、例会か」武夫の視線は遠くを泳いだ。秀太夫の言う来年の例会と、今生きている自分とが一つには溶け合わなかった。

〔3〕

運命とは実に過酷なものである。不幸と災難は重なるようにして人間を襲ってくる。その予見など及ぶべくもない。

遡《さかのぼ》ること昨年の例会の直後だった。武夫は躰の異変に気づいた。食が喉を通りにくいのだ。痛みはなかったが尋常ではない予感がした。

初代の岳太夫が、喉頭癌がもとで死んだことは知っていた。その万が一の可能性が武夫の頭をかすめた。だが浄瑠璃で喉を使いすぎただけの可能性もある。武夫は独り密かに大阪に出て診察を受けた。

数度の精密検査を受ける過程で、武夫にある種の予感が生まれた。これは単純な使いすぎではなさそうだ。初代と同じ喉頭癌かも知れない。いずれにせよ武夫にとっては、検査結果を待つしかない。そんな時にあの洪水が来た。

果たして、結果はやはり喉頭癌だった。それも転移性の癌だということだった。医者は、手術をして病部を切除したとしても、他の箇所で新発する可能性が非常に高いと告げた。決定的な追い打ちは、浄瑠璃を諦めるようにと宣告されたことだった。

最悪の事態である。動揺というより虚無感が頭を満たした。命の末期とともに浄瑠璃もまた末期であった。

病院を出て独り街を歩きながら、武夫の頭に甦ったのはサキのことだった。次いで登世のことが頭を巡った。追いかけるようにして父二代目岳太夫の作造が思い出され、富子に逃げられた喜一となぜか並んで茶を飲む秀子が目に浮かんできた。最後に頭を巡ったのは、娘の咲と息子の武造、そして事の節々に聞いた神婆ぁの言葉だった。

街の風は、二月の春には遠い冷たく乾いた風だった。潤いも生気もない、芽吹きを押し込めた風は、武夫の乾いた人生観と融合するかのように重なっていった。人間の命の頼りなさと儚さが実感として武夫を包みにくる。今まで演じてきた演目の中に、こんな似た人間がいたような気がした。

ふいにぶつかりかけた若い女がいた。風に髪を泳がせ、額に浮いた小さな汗は二月の光を弾いている。蕾が弾けたばかりの若い女は溌刺として跳ねている。

今度は琴か三味線の似合いそうな、同じ世代の訪問着の女と目が合った。後《おく》れ毛の巻いたうなじからは熟れた艶《つや》が滴っている。ほんの一瞬視線が合っただけなのに、女は軽く会釈をしてきた。武夫も軽い会釈を返した。

男は一期一会の偶然に刺激されるものだが、武夫にはそのようなものは何も湧いてこなかった。

武夫はただださくさくと街を歩いた。幾多の人間がうごめく幾何学的なこの街を、そしてまだ計れていない運命を背負っているに違いない人間を、無感覚にただ遠目で眺めただけで村に帰ったのだった。

「昨日、今日と、何処に行ってきたの？」夕餉の茶を啜りながら秀子が訊いた。

「ちょっとな」

「ちょっとって、泊りがけで……」

「……ん、まあな」秀子が怪訝を持つのは当然である。行き先も告げずに二日も家を空けているのだ。

「変よ、何か、言えない事でも」

「心配するな。そんなことじゃない」

「どこか、躰が悪いとか」

「心配するなと、言ってる」言葉が少し邪険になった。

「……」

二人の子どもを産んでから、秀子の躰はなお一層熟れたように思う。その艶が武夫にはなぜか今は眩しい。嫁いできた十五歳のころの硬かった裸身、そして熟れて滴る今の秀子の裸身が、ある種の感慨とともに武夫の目の奥でしっとりと像を結んだ。今までに感じたことのなかった感傷だった。

それからは、訊く秀子と曖昧にしか答えない武夫の、同じような会話が何度か続いた。だが武夫が病状を正直に打ち明けることはなかった。ただ流れに任せる川面の笹の葉のように、自分独りのこととして運命の中に閉じ込めようとしたのである。

なぜそうするのか。夫婦として同じ河を同じ方向に同じ速度で流れてはきた。そこには男と女としての色合いもあった。満たされる性もあった。だがそれは舫《もや》い合ったものではない。別々の笹の葉舟として、ただ同じ速度で流れていただけだった。それはサキとの因縁に起因する。

二つ目は咲と武造の二人の子どもに起因する。乳飲み子の可愛さは今も記憶にある。情愛もまた変わらず心にある。だが血の繋がりという本能的に感じる濃いものを、今にして感じることができずにきている。人に洩らしたことはないが、同じ血の同体感を持つに至らなかったのである。

武夫の性格や人格が異常だったとは言わない。縁取られた因縁の枠内で生きてきた結果として、情感に薄い人格が形成されたと言う方が正しい。天才的と言ってもいい、浄瑠璃の世界での感情移入や感情表現という繊細な才と、現実の武夫との間には、説明がつかない乖離《かいり》があった。

発症から一年が過ぎようとするこの時期、病状はにわかに過酷で醜悪なその姿を見せ始めた。洪水による惨状から立ち直ろうと、皆が必死に足掻いていた時期だった。

医者には取り敢えずの手術を勧められていたが、武夫はそれを受け入れずに今日まできていた。ところがついに、声がかすれるだけでなく、喉に激しい痛みを感じるようになったのだった。

誰もが風邪かと訊いた。誤魔化しながらも武夫は、確実に忍び寄ってくる病魔の顔を感じとっていた。年の瀬も押し詰まった日、武夫が秀子に言った。

「この正月だが、しばらく家を留守にする」

「お正月を留守に？」

「ん、少し旅をしてくる」

「旅？」

「ん、一緒に連れていければいいのだが、独りでいくつもりだ」

武夫は、今までにも一日二日と家を空けることはあった。いずれもその行方は知れない。ちょくちょく大阪に出ている内に女でもできたのかも知れない、などとは秀子は考えなかった。武夫にその種のものはない。それだけは分かる。だから武夫の旅が何なのかは秀子の判断を超えるものだった。

浄瑠璃の世界は人間の情感の世界である。思うところあって何かを見つける旅を考えているのかも知れない、秀子はそう思った。浄瑠璃の世界を体現するためには、独り孤独な世界に身を置くことも必要なのかも知れないのだ。

「義父さんの正月供養や、お弟子さんたちのことはちゃんとやっておきます」

「うむ、頼む。喜一がいることだから、力仕事はやってもらえ。喜一には頼んでおく」

その言葉で、ほんの一瞬のことだが、喜一と過ごす正月が秀子の頭をかすめた。深い意味は無い。形態的なものとして頭をかすめたのだ。

今までも元旦は喜一も同席して屠蘇を交わしてきた。あとは大概が夫婦と子どもとの四人の正月だった。

人数は変わらないが武夫と喜一が入れ替わる。だからどうだというはっきりとした自覚があるわけではないのだが、何かが秀子の胸を掻いた。では義父さんの大島を喜一に着せよう、背格好もさほどは変わらない、そんなことが脳裏をかすめたのはなぜだろうか。秀子自身、自問するにも至らなかった。

「いつものお餅はどうしますか？」

大晦日に一年分の餅をついて水餅にして保存するのが当家の習慣である。それをどうするかと訊いていた。

それに縁起として弟子達に餅を配る慣わしもある。一年間良く頑張った、正月は餅でも食ってゆっくり過ごしてくれ、というほどのものである。今年も習慣通りなら、村の世話役に青年団の餅つき応援を要請しておかなければならない。何せ一石ほどの餅をつくという大行事なのだ。

「今年は、そこまでする必要はないだろう。家族の正月分だけでいい」

「お弟子さんたちには？」

「餅を配るのを止めている派もある。うちも、これを機に中止しよう」

「いいのかしら？」

「ん、いい」

「では二臼か、三臼くらいに」

時代は変遷していく。経済的な負担が重なって今では廃止している派もある。それに今年は洪水でどこもが被害を受けた。中止しても意外感はない。

何よりも武夫をそうした判断に導いたのは、今では輪郭を失っておぼろげになりつつある自分の生命に対する予感だった。ぼんやりとだが自分の死と、岳太夫派の終焉が頭にあった。そしてそれは太夫として守るべき権威も、弟子たちに積極的に関わろうとする認識をも薄れさせていたのだ。

「ではそのように、いたします。お正月のお年賀は？」

太夫が、年越しに当たって弟子達にご苦労さんとして餅を配るのに対して、弟子達の太夫家に対する礼儀として、盆と正月に中元と歳暮を手に太夫家を訪れるのも習慣である。

秀子はこのことをどうするかと訊いたのだった。

「明日の集まりの時、留守の旨を説明して、今年の年賀は省略するように皆に言っておくことにしよう」

「そうして下さいまし。太夫が留守なのに、私がお受けしても」

「うむ」

二臼や三臼程度の餅なら、喜一の協力があれば十分である。それに弟子達の年賀も無いということなら、大々的なお節料理の必要も無い。秀子は思った。今年は随分と肩の軽い正月準備で済みそうだ。

「それで、どちら方面に行くのです？」

「いやまだ決めてはいない。東北辺りでもと思う。湯にでも浸かってこようかと思っている」

……湯？　意外だった。武夫にそんな趣味はない。それなのに正月の家を空けてまで温泉に行く？　温泉に浸かることと、浄瑠璃の情感とがどう繋がるのだろう？　秀子はふっと湧いた単純な疑問に自問自答した。

そう言えば東北の地に、老いた母と孝行息子との、悲話があったような気がした。武夫の目的は、その地に身を置いて悲話の世界を体感したい、ということなのかも知れない。

「折角ですから、のんびりと」

「ん」

武夫は翌日の年の瀬の最後の稽古会で、稽古会といっても納会のようなもので実際の稽古はなかったが、秀子と打ち合わせたそれらの旨を弟子達に言い渡したらしく、皆は帰りがけに、けじめの挨拶ともとれる挨拶を残して帰っていった。

これで太夫家としての年越しの手順は全て終わった。秀子はふっと肩が軽くなったような気がした。

山間の村は、十月に入るころから、夜は肌寒く囲炉裏の恋しい日も多い。だがここのところは洪水被害の後始末で、相変わらず忙しない日々が続いていた。団欒を取る雰囲気すらなく、いつも防寒のどてらをまとい、夕餉の後は明日の仕事に備えてさっさと床に入る生活だった。

従って、師走に入っているのに囲炉裏開きもまだできていなかった。だから、武夫から皆で囲炉裏を囲む夕餉を指図された時、変わった趣向を言い出したとは少しも思わなかった。昨日は初雪も舞った。近く訪れる冬将軍を想えば遅いくらいなのだ。

一年間閉ざされて、すっかり冷えきっていた囲炉裏は、薪の火付けにしばらく時間を要したが、やがてパチパチと音を立てて燃えあがり、懐かしい匂いとともに暖を満たしていった。鉄釜から噴き上がってくる湯気は、まさしく冬籠りを想わせる。

この日は喜一と隣の老婆も加えて、囲炉裏を囲んでの賑やかな夕餉となった。全員が揃った団欒の夕餉である。多人数の菜の準備はあるが、秀子の気持ちは明るかった。

子どもたちの元気な声も弾ける。秀子と老婆の間では、目の前の菜の味や、いずれ訪れる積雪の下から顔をだす蕗《ふき》の薹《とう》に話が弾んだ。

武夫と喜一は、久しぶりに濁酒を呑んだ。武夫の細い笑い声が煙に飲まれながら消えていく。こうして武夫と喜一が向き合って、囲炉裏で笑みをかわしながら濁酒を傾けるのは本当に久しいことだった。

喜一の囲炉裏に連なる記憶は数え切れない。幼少時代から今に続いている。武夫が胡坐《あぐら》をかいている場所は、かつては父作造が胡坐をかいていた場所である。その作造も登世もすでにこの世にはいない。今は武夫を首座《しゅざ》にしてこの囲炉裏がある。

時代は代わった。それに今年も色々あった。その色々のどれもが、喜一にとっては負の記憶ばかりである。

武夫は囲炉裏の炎に照らされて殊のほか陽気だった。普段の武夫らしくない武夫がそこにいた。喜一は思った。武夫のこの陽気は作られたものかも知れない。なぜだか分らないが普段の武夫とは違う。そんな気がしていた。

「喜一、米はどうだ」小丼に濁酒を足しながら武夫が訊いた。

「ん、まだ、だ」

触れて欲しくなかった。答えようがないのだ。しかし武夫の言葉には嫌味とか非難とかそんな色合いはない。喜一との濁酒の肴の話題ほどのことらしかった。

「そうか」

武夫もそれ以上は触れなかった。小さな沈黙の中で二人は丼を傾けた。まずは老婆が引き上げ、次いで子どもたちが引き上げてからは、落ち着いて静かな、秀子を加えた三人になった。

秀子は武夫と喜一の丼に濁酒を注ぎ、久しくなかったことだが、自分も湯飲みについでそれをたしなんだ。互いに互いのことには触れなかった。場を持て余しては、他愛無い話題を途切れ途切れに肴にした。

やがて柱時計が時を告げた。喜一は二人を残して、おぼつかない足取りで裏の建屋に戻った。

「秀子、明日発つ。今日は早く休みたい。お前も早く湯を使ってくれ」湯から上がった武夫が秀子に言った。

秀子は武夫の思惑を直感した。躰を求めるとき、武夫は大概が同じ言い方をする。だから直ぐにわかる。旅に出る前の感傷ほどのことに違いない、秀子はそう思った。だが秀子に熱い感慨は湧いてこない。武造を孕んでから今日まで夫婦の夜はなかった。どちらからともなく距離を置いて、そのことは置き去りにしてきた。互いに心を占めているものが他にあったのだ。

秀子は湯に浸かりながら寝間で待つ武夫を想った。夫を待たして湯を使う自分、先に湯を使って待つ夫、自然な形と言えばそうとも言えるが、互いにただ役割を担っているだけのようだと言えば、そうとも言えた。

秀子は足を伸ばして湯の中の躰を眺めた。揺らぐ叢《くさむら》を挟んで見える白い二本の下肢が何やら不可思議さを伴って見える。双の乳房は、二人の子どもを産んだ躰とは思えぬほど、若々しく張り詰めて見えた。この躰が武夫の手に砕かれることを想像すると、覚えている疼《うず》きがひたひたと火照《ほて》った躰に甦ってきた。まるで重なるように、元旦のお屠蘇は喜一といただくのかしら、とも同時に思った。

防波堤のない彷徨《ほうこう》から、秀子を突然に引き戻したのは、武夫が打ったらしい鐘の音だった。間違いなく仏間からの鐘の音である。なぜ今頃？

秀子は眠った子どもたちを見回ってから寝間に入った。足は軽いようで重いようで、収まりどころのない感じがするのは何故なのだろう。

武夫は絞った行灯《あんどん》の薄明かりのなかで蒲団に躰を包んで待っていた。紫色の煙草の煙が薄明かりに漂い、ゆっくり立ち上って闇に溶けていた。秀子は後ろ手で襖を閉めると膝をついて自分の布団に入った。

「来い、秀子……」武夫の腕が秀子を掴んだ。強い腕が、優しい力で襦袢姿《じゅばんすがた》の躰を引き寄せる。蒲団を剥いだ武夫は素裸だった。

秀子の躰は、夜を通して嬲《なぶ》られた。それは、丁寧な侵略とも言えるし、際限のない陵辱《りょうじょく》とも言えた。まるで弄《もてあそ》ぶかのようだった。秀子は、知っていた限界が、実はまだ限界ではなかったことを知った。

が、しかし脳裏の隅に冷静な認識を留《とど》めてもいた。武夫の手の何と機械的で幾何学的なことか。躰は被虐的に感応させられはするが、そこに愛も思いやりも感じないのだ。自我欲求を埋めるためだけの機械的で幾何学的な行為、その対象としての自分の躰、異質なものを感じつつも感応してしまうおぞましい現実を思った。躰は順応していたが、血はどこかで抵抗していた。そこには渦巻く熱いものと、鋭利に差し込む冷たいものが同居していたと言える。

翌早朝、まだ明けきらぬ内に、行き先も告げずに武夫は発った。気配を感じて秀子が目覚めなければ、知らぬうちの旅立ちになるところだった。留守を頼むとも、寂しい思いをさせて済まないとも、武夫が言い残した言葉は何もなかった。淡々と平静な旅立ちだった。いつもの武夫の武夫らしいところだった。

「気をつけて」秀子が送り出した言葉は一言だけだった。

残された秀子は喜一と正月の準備にとりかかった。これは前夜の囲炉裏端で武夫が言い残した指図だった。

秀子は昨夜の情事を忘れたわけではない。だが、女には二面性があるのではないかと自分で嫌悪《けんお》するほど、昨夜のことは跡形もなく消えていた。自分を失いかけるほどの深い官能だったのに、その余韻は何も残ってはいない。脳裏の隅で血が訴えた抵抗感を、まるで自分を肯定するためであるかのように思い出しただけだった。

正月用のお勝手は秀子が、神棚や仏壇の清め掃除、それに玄関のしめ縄の飾りつけは喜一が担当した。夕刻前にすべて完了したが、喜一はしめ縄を実験区画の棒杭に飾り付けることも忘れなかった。

元旦である。新年は朝焼けに染まって訪れた。しかし野山は霜で凍りつき、厳しい冷気はビシビシと空気を凍てつかせている。

秀子は自らも衣服を改め、喜一には義父の大島を着せ、幼い咲と武造には秀太夫夫婦が贈ってくれた正月着を着せた。

仏壇に屠蘇を供えながら、今は亡き二代目岳太夫を思い出した。そして昨夜武夫が打った鐘の音を思い出した。今頃はどこにいるのかと旅先の武夫のことが頭を掠《かす》めたが、それもそこまでだった。秀子にとっては視野にある喜一や、咲や武造との祝い膳が目の前の現実だった。

三が日はすぐに過ぎた。喜一にとっては満たされた正月だった。ご馳走があった。いつも傍に秀子がいた。その秀子の気働《きばたら》きは、子どもたちに対してよりも、いつも自分に集中していたように思う。兄嫁なのにまるで自分の妻のようだった。寝起きは自分の建屋にしたが、他は全て母屋で過ごしてきた。

しかし喜一の気持ちが開放されることはなかった。三月になれば試験場の男と、ひと知恵入れたモミを蒔いてみる予定だ。そして今年こそは何としても、今までと違う米種を収穫しなければならない。そのことがいつも頭を占めていた。

そんな正月の十日が過ぎた。やがて松の内が終わって村は平常に戻った。それなのに武夫は旅から戻ってはこなかった。

いくらなんでも長すぎる。長いのはいいが正月はもう終わったのだ。当然のこととして武夫の旅も終わらなければならないはずだった。それなのに戻ってこない。それらしき連絡もない。出発してから十五日以上が経っている。

「ねえ喜一さん、武夫さん、どうしたのかしら？」喜一は黙って、秀子の言葉を聞いた。

秀子は夫のことを、うちの人とか、主人とか、そういう呼び方はしない。武夫とか、武夫さんとか、そんな呼び方をしていた。どうしてなのかは分からない。しかし喜一はその呼び方に何故かほっとするところがあった。自分の中の何かが許されるのだ。

「変わったことがなければ、いいのだけれど……」と秀子は続けた。

表情に浮いた翳りを見て、喜一は小さな嫉妬を覚えた。秀子が兄嫁でなかったらと思ったことは何度もある。しかし嫉妬そのものを実感したことはなかった。だが今ははっきりと実感として嫉妬を感じた。正月を秀子と過ごして、馴染んだ日常感がそう思わせたのかも知れない。

音信不通の状態が続いて、いよいよ秀子に深刻さが増した。実験区画から戻った喜一が湯を使って囲炉裏端に座るや否や、昨日に続いて秀子が問いかけた。

「捜索願を出した方がいいかしら？」

「捜索願？　世間体もあるし、さて、どうしたものか」

「どうして、連絡をくれないのかしらね？　東北の温泉に行くって言っていたけど、こんなに長くなるなんて」

「泊まるところは、訊いてなかったのか？」

「こんなことになるとは思ってもいなかったから。あらゴメンなさい、お茶を」気づいて秀子は湯飲み茶碗を差し出した。

ほうじ茶の香りが湯気とともに漂った。追いかけるようにして、秀子が飯茶碗《めしちゃわん》を差し出した。袖口から抜き出た秀子の腕の白さが喜一の目を射る。不謹慎とは思うが袖口の奥を想像した。

輪郭を持たない杞憂《きゆう》よりも、飯茶碗から立ち上る目の前の湯気が現実を感じさせることを、秀子は不思議なものだと思った。しかしいよいよ武夫のことが気になる。

「いくらなんでも長すぎるな。それに連絡がないというのもおかしい。何か訳があるか、事故にでも遭ったか、それとももう戻ってこないつもりか」喜一が茶を啜りながら小さな声で一人ごちた。

「戻ってこない、つもり？」秀子に驚きが走った。喜一には巡ってきた仮説だったが、秀子には思いもよらないことだったらしい。

「いや、仮の話じゃ」

「……」

「交通事故にでも遭ったのであれば、身元も分かるだろうから、警察から連絡があるはずだ。それもないとなれば、……自分の意思で旅をしているか、いや事故に遭っていても発見されずにいるということも考えられる、な……」

「……」秀子は黙って喜一の言葉を聞いていた。

「大騒ぎをして、何でもなければ、戻ってきた時の兄貴の立場もなかろうし。太夫としての世間体もある。迂闊なことはできんしな」

あれこれと仮説は巡った。早まって兄貴の面目を潰してもならない。そうかと言ってほっておく訳にもいかない。喜一も思案に暮れた。

「怖い」秀子の肩を縮めた細面の顔に、行き詰った翳《かげ》りが淀んだ。

「怖い？」

「ええ、事故でなければ、武夫さんの意思で戻らないということになるでしょ。そんな意志を持って出掛けたなんて。そんなことを考えていたと思うと、怖い……」

「いや、仮の話をしただけで、そうと決まったわけではない」

「でも」秀子は心配というより不安に駆られたようだった。顔の色も少し失せている。

「明日、父さんに相談しようかしら？」

「父さん？　秀太夫さんか？」

「ええ」

「待ってくれ。秀太夫さんに知らせれば大騒ぎになるかも知れん。それは待ってくれ。いいな、秀子！」

二人の思案で良策は見い出せてはいない。秀太夫に相談すればいい知恵があるかも知れないとは思う。しかし秀子の困惑が実家に向くことに、喜一は抵抗を感じた。頼りにするのは実家である前に自分であらねばならない。ついて出た言葉は思わず秀子を呼び捨てていた。

「はい、そうします」考えてから、秀子は素直に応えた。

心なし蒼ざめた秀子の顔に、女の艶と頼りなげさが漂っている。喜一に突き上げてくる何かがある。

「何かあったら、起してくれ。夜中でも構わない」

いつもは「じゃぁお休み」と言って裏の建屋に戻るのだが、今日はそんな言い方を喜一はした。

「はい」

勝手口で振り返った喜一の目に細い躰が映った。帰らないで欲しいと訴えているようにも見える。だが秀子に言葉はない。戸を引き閉めて喜一は裏に回った。


その翌々日のことである。実験区画から昼飯に戻った喜一のところに、武夫からの一通の封書が舞い込んだ。なんと、それは東京発信で、しかも二日前の消印が押されてある。

喜一に怪訝《けげん》が走った。怪訝に不吉がこもった。普通なら電話をしてくるところだが手紙がきた。手紙を書くということは生きている証拠だが、明らかに不自然な連絡手段である。直接言葉では言えない何かがあるということでもある。喜一は慌てて封を切った。

山田喜一様
喜一、すまん。こんなに長くなるとは思っていなかったのに、結果として連絡が今日になった。おまえも秀子も心配していることだろう。

今、東京にいる。なぜ東京にいるかだが、実は病院にかかるためだった。俺は喉頭癌にかかっている。それにどこに転移するか知れない癌だ。

兆候は一年程前からあった。秀子に内緒で大阪の病院にかかっていた。手術をしても再発は避けられないとのことだった。浄瑠璃も止めるように言われていた。

悩みはしたが、結局手術は控え、対症療法だけお願いしてここまできた。ところがここにきてその症状が顕著になった。

自分としては腹を決めていたのだが、東京にいる友人がもう一度だけ検査をしてみろと強く勧めてくれて、紹介された東京の病院に入院して診断を受けていた。結果はやはり大阪の病院と同じだった。

今となってはもう手術もできないそうだ。もちろん自分としては確認をしただけで、手術をするつもりは元よりない。既に他への転移もあるらしい。結論としては後三ヶ月か半年の命らしい。

祖父さんも同じ転移性の喉頭癌だったそうだが、うちはその家系かも知れない。浄瑠璃のせいでこうなった可能性も否定できないとのことだったが、遺伝による可能性もありうるという医者の話だった。いずれにせよ、俺の人生は終わった。帰っても、残る期間の生き方がわからない。

お袋のことにも、親父のことにも、サキのことにも、それにこの病気のことにも、オレにはどうしようもない因縁めいたものを感じている。今からの生き方も分からない俺が家に戻れば、秀子やお前を余計にこの因縁に巻き込むことになるだろう。悪いが、俺の人生は俺に決着をつけさせてもらう。

ついては頼みがある。秀子と咲と武造のことだ。

秀子に対するお前の気持ちも、お前に対する秀子の気持ちも、俺にはよく分かっていた。二人は似合いだ。何も言わずに秀子を嫁にしてやってくれ。すまんが、咲と武造も養子にして、成人するまで面倒をみてやってくれないか。お前さえ納得してくれれば、秀子に異存はないだろう。

お前や秀子にすれば、こんな身の処し方は一方的で身勝手だと、色々言い分はあることと思うが、ここは俺の言うとおりにしてくれないか。今では、もう何も言わないで欲しいのだ。山田家としての世間体も考えた上で、自分のこれからについて決着をつけるつもりだ。二度と頼み事はしないから、よろしく頼む。

それから山田家の家督はお前に譲る。財産等は以下のとおりだ。他にはない。黙って受けてくれ。

不動産　母屋土地建物・奥地区田畑・西地区田畑・東地区田畑
　馬栗山林・桐畑山林（地籍図・権利書は納戸重要箱に保管）

預　金　定期預金証・普通預金通帳・印鑑等（秀子保管）
貸付金　弟子三人分（借用書は納戸重要箱に保管）
借入金　なし
その他　香典・祝い金・寄付金等控え（納戸重要箱保管）
浄瑠璃　代々床本・奉加帳他（納戸収納箱保管）

追伸
この手紙を読んで、きっとお前は、秀子もそうだろうが、俺を探そうと思うだろう。だがやめてくれ。探さないで欲しいんだ。身勝手なことは承知しているが、わがままを許して欲しい。秀子には、お前から俺の真意を伝えてくれ。心から感謝しているとも。くどいようだが、決して俺を探さないでくれ。

武夫

喜一は仰天した。病気のことはつゆ知らなかった。兄貴の旅は死出の旅だったのだ。手紙は整然として少しの字の乱れもない。浄瑠璃士は墨筆による写本をよく行う。従って武夫の字は卓越していた。その普段の文字と変わりない。
財産の詳細までを知らせてくるところからして、一つの判断を持って事前に準備をしていたことが窺えた。家を出る時には既に身の処し方について一つの結論を持っていたことになる。

検査結果についても予想がついていたらしい。しかしそんな気配は微塵もうかがえなかった。よほどの覚悟をして、悟られぬようにしていたものとみえる。

だがしかし、これでいいのか。自己犠牲的に過ぎるのではないか。一人身勝手な発想ではないのか。何よりも夫婦である秀子に対して、これでは余りにも淡白すぎるのではないか。そう思う一方で、自分の身を処して秀子と俺を一緒にさせようとするなら、この手順しかなかったのかも知れないという思いが頭をもたげてきた。いずれにしても兄貴は死ぬつもりなのだ。

喜一は母屋に走った。秀子は今日も混沌とした気持ちの中にいた。

「手紙がきた」

「手紙？　武夫さんから？」キッと見開いた瞳で秀子が訊き返した。

「……、ん」

秀子はむしり取るようにして喜一から手紙を取った。字を追う秀子の表情が、みるみる蒼白に変わっていく。読み終わって茫然自失の秀子がそこにいた。

喜一は、封を開けて一時は仰天したのだったが、字の乱れもない手紙から武夫の覚悟を知って、浄瑠璃士三代目岳太夫の美学のようなものを感じ取っていた。こんな次第になれば、三代目岳太夫にとっての選択肢は、他にはないのかも知れないとも思い始めていた。

秀子を頼むとも書いてあった。二人の気持ちは分かっているとも書いてあった。武夫の意志を尊重すれば、秀子を嫁にすることになる。それは長い間、夢想の中で密かに描いてきたことでもある。

死に直面して覚悟した、武夫の現実が喜一の頭で再び去来した。既に病状は末期、それは人間としての末期でもあり、浄瑠璃士三代目岳太夫の崩壊でもある。

自分で選んだ死をもって決着をつけると武夫は言う。秀子の夫としての死ではなく、兄武夫の個人の死としてである。

チチチチという雀の鳴き声で喜一は自分に戻った。

「東京へいこう」

「東京へ？」秀子が頼りなげに反復して喜一に聞いた。

秀子の頭を占めていたのは、ただひとえに、武夫が自分で命を絶とうとしていることだった。所業への腹立ちとか、自分に対する気持ちとか、浄瑠璃士としてどうだとか、そんな類の思いにはまだ行き着いてはいない。余りにも予想外の事態なのだった。

「兄貴を探しにいってみよう。消印は東京となっている。取り扱い郵便局の、近くのホテルか旅館にいるに違いない」

「……」秀子は、呆然としてまだ整理ができない。

「秀太夫さんに打ち明けて、相談しよう。咲と武造を預かってもらわんといかん」

「……」

「秀子、しっかりしろ！」喜一は混乱の解けない秀子を叱咤した。

「ええ、なら今から」押し出されたように秀子が応えた。

「いや待て。向こうに行っては、まずいかも知れん。こっちに来てもらって相談しよう。その方がいい」

「じゃぁ、私が」

「いや、俺が呼びにいく」

喜一は踵を返して秀太夫家に向かって走った。一刻の猶予もならない。兄貴が手紙を出してから二日が経っている。既に死んでいる可能性もある。いくら急いでも今となっては手遅れかも知れない。水を差す思考が巡ってはきたが、すぐに消えた。

幸い秀太夫夫婦は家にいた。喜一のかいつまんだ説明を聞いて、二人は目を剥《む》いて仰天した。土間に立ちすくんで秀太夫は絶句し、笹は腰を抜かしてしばし立てなかった。

三人が岳太夫家に戻ったのは半刻ほど後だった。秀子は茶の湯を沸かして待っていたのだが、三人の前に出された茶は土色に染まっていた。

「おおごとに、なったたな」秀子に向かってそれだけ言うと、秀太夫は気を整えるために苦い茶を一口飲んだ。

「秀子、し、しっかりするんやで、うろ、うろたえたらあかん」うろたえて顔面蒼白の老妻が言った。秀子は黙って頷いた。

手紙を真中において相談が始まったが、秀太夫も老妻も、そんな病気とはつゆ知らなかったとか、いったいどうするつもりだろうかとか、武夫さんともあろう人が子どももいるのに何を考えているのだろうかとか、同情や非難ばかりでこれからどう対応すべきかについては具体的に何も思いつかないらしかった。

薪をくべ忘れられた囲炉裏は既に消えている。支配しているのは、重い不透明な空気だけだった。

「東京へ行ってみる。探せるかどうかは分からないが、とにかく行ってみる」地団駄を踏む思いで喜一が言い切った。強い語調だった。

「私も行く」秀子はある程度の冷静さを取り戻していた。妻としては当然の判断である。

結局のところ喜一と秀子が東京に行くことにして、秀太夫夫婦が子どもたちを預かることになった。この段になって喜一は気付いた。東京に飛んで行くだけで事が終わるわけではない。前後の配慮が必要だ。

消息を絶った武夫を気遣っていたのは家族だけではない。弟子達もである。今では皆がある種の怪訝を持ち始めてもいる。噂も立ちかけている。ひそひそ話が耳に入る度に、喜一も秀子もあらぬ噂が広がらねばと気を揉んでいた。

兄貴を見つけて一緒に戻ることができれば、兄貴の立場が立つようにしなければならない。村中が騒ぎになっていては困る。

一方で不吉な予感も喜一にはある。その万が一の場合はどう繕えばいいのか。いや今はそんなことを考えてはならない。それははっきりしてから考えることだ。今は内々に兄貴を探すことしかない。そのためには東京行きは他人に気付かれてはならない。密かに出発しなければならない。

喜一は秀太夫の老妻に、目立たぬように山田家に泊り込んで子どもたちの面倒を見てくれ、と注文をつけた。それが良かろう、と秀太夫も老妻も頷く。段取りを決めたところで渇き切った喉に気付いた。喜一が含んだ茶は冷め切って苦い。

秀太夫夫婦が一旦引き上げてから、喜一と秀子は有り合わせの惣菜で茶漬けを摂った。

「武夫さんの手紙、喜一さんは、どう思う？」と、窺うように秀子が訊いた。自分と同じ立場の、同じ意見の人間が欲しかったのかも知れない。

「兄貴は、死ぬつもりだ」喉の奥から搾り出した低い声で、喜一が応えた。

「……」

秀子は、火の切れた囲炉裏に、炭を入れていた。薪では後の始末に時間がかかる。急ぎ空き腹を埋める茶漬けを食うだけなら、後始末の簡単な炭の方が都合いい。やがて赤く燃えだした炭の表面で白い灰皮がゆらゆらと揺れた。

囲炉裏居間の天井は高い。煙とともに空気も二段天井に抜ける構造になっている。わずかな暖では部屋の冷気を暖め切れない。二人は寒々しく茶漬けをすすり、不透明な成り行きに思いを巡らした。

「なぜ、病気のことを話してくれなかったの？　今回も私にではなく喜一さんに、それも手紙で……」珍しく強い語調で、秀子はまるで喜一が武夫であるかのように訊いた。

「……」

「たった手紙一本で、しかも死ぬなんて……」強い言葉は呟きに変わった。

「とにかく明日、東京に行ってみよう。それからだ」今は手が無い、とにかく東京に行くしか手が無い。今はあれこれ詮索しても仕方がなかった。

秀子の不可解は当然である。事は余りにも唐突に襲ってきた。しかも手紙一本から始まっている。妻として察知できなかったのは迂闊だったと言えばそうなのだが、病状だって初めて知ったことだ。病院にかかっていたことも初耳なのだ。手紙にある以外詳しい事情は何も分からないのだ。

取り敢えず東京行きの段取りだけを決めて、早々に喜一は裏の建屋に戻った。春にはまだ遠い睦月の月光はさえざえとして、山も田畑も蒼く凍てついていた。

建屋に戻った喜一は、武夫の手紙について考えた。考えれば思い当たることもある。あの声のかすれ、発つ前の団欒、その折の武夫の作為的な陽気さ、それらを繋げば手紙に滲んでいた生死の狭間に立つ心境に疑いの余地はなかった。

だが秀子を嫁にしてくれと書かれているくだりは、ひょっとして演技ということはないか。武夫が自分と秀子を試しているということはないか。そんな穿《うが》った思いがかすめたがすぐに消えていった。やはり書かれている以外の真意はないように思えた。

手紙に書いてあるように、武夫には運命的な因縁といきさつがある。サキとの一件は十五歳の時だった。十五歳の少年の心は純粋に燃焼していたに違いないのだが、その結末は胎の子を殺しサキまでも死なせることになった。

母登世と清一とのいきさつもあった。清一が武夫は自分の子ではないのかと詰め寄るほどの、おぞましい三角関係が隠されていた。武夫が不貞の背景の中で生まれてきたのは事実だ。父は岳大夫であると言われても、武夫の心が反逆しても不思議はない。自分の命を不確かな存在として意識してきたことも考えられた。武夫の情の肉薄い淡白さは、そこにも一因があるのかも知れない。

死を目前にした絶望が、課せられた因縁と結びついていても不思議はなかった。武夫の頭で交錯しているに違いない果てしないものが、喜一には背負い切れきれない重さで重なってきた。

同じ血は自分にも流れている。翻《ひるがえ》って喜一はそう思った。眠れないままに母屋を見ると、秀子の部屋はまだ明かりが点いていた。

翌朝、喜一と秀子は人目を避けて明け切らぬ内に家を出た。秀子の顔に色はない。喜一もまた一睡もしていない。

この時代には新幹線はまだ無い。長距離行程では、特急列車は既にあったが、急行列車が一般的だった。二人はまず大阪に出て、東京行きの急行列車に乗った。二等車両は二人掛け向かい合わせの、木造席が通路を挟んで並んでいた。急行でもおよそ、十時間ほどはかかる。

東京に向かってはいるものの、確かな手がかりがあるわけではない。二人は眠っても眠れず、覚めていても覚めきれずに、ただ車中の時間が流れるのを待つだけである。長時間の疲れと焦燥感が容赦なく襲ってくる。気は急いているのに汽車は余りにもゆっくりの速度だった。

途中で陽は落ち、車窓に黒い山影が流れるようになった。何処かの街のまとまった明かりが過ぎては、また黒い山影が流れて行く。代り映えのしない影絵が続いた。

夜の明け切らぬ内に大刈村を出たのに、東京に着いたのは深夜だった。ホームに下り立ってみるとそこには果てしない街、東京が広がっていた。もう消えかけたネオンも多かった。喜一の喉から思わず深い息が洩れた。

深夜の選択肢はない。二人は案内所で紹介された近くの小さなホテルに投宿した。部屋は別々に取った。

〔4〕

武夫の手紙の消印は三日前である。今日で四日経ったことになる。武夫はまだ生きているのか。生きているならどこにいるのか。どんな心境で何をしているのか。探すとしてもどこをどんな手立てで探せばいいのか。捜索というものはそういうものかも知れないが、状況はいかにも漠《ばく》としていた。

一日目は二人で、武夫の手紙を扱った郵便局のある区の、病院という病院を全て回ってみた。手がかりはなかった。警察にも行ってみたがそれらしき情報にも巡り合えない。事件や事故の情報が無い以上は、生きている可能性も残っていた。

二日目は、更に区域を広げて、別々にやはり病院を訪ねて回った。だがやはり手がかりは何も掴めなかった。

三日目は更に範囲を広げたが結果は同じだった。せめて検査を受けたという病院名でも分かればいいのだが、それとても分からない。襲ってくる疲労感と焦燥感は二人に限界を感じさせつつあった。

手がかりは、どこかの病院で検査を受けたという事実と、手紙の扱い郵便局とその消印だけである。そのわずかなの手がかりもここにきて無に帰そうとしていた。

「まだ、生きていてくれる、かしら？」

東京にきて武夫の生存について最初に触れたのは秀子だった。両手で湯呑みを包むようにして、定まらない視線を宙に投げて呟いた言葉だった。

「……」喜一は応えずに冷めた茶を飲んだ。

街にはネオンが瞬《またた》き、往来は人で溢れている。二人がくたびれた足を引きずっていても人々は気にも留めない。二人がどんな苦悩にいようとも人々には関係がないのだった。武夫についても同じだろう。生きているのか死んでいるのか、街が頓着するはずもなかった。東京という大都会の中の小さな自分たちを喜一は思った。

「無理かも知れない」そう言ったのは喜一である。武夫の生死のことではなく、もう他には探す手段を見つけられないという意味だった。

「……」秀子は重い不安にひしゃげそうだった。言葉は無い。

喜一は誤解させた可能性にふと気付いた。探すこと自体が無理という意味だったのだが、生存が無理という意味にとられたかも知れなかった。だが説明はしなかった。細かい気遣いをすること自体が今や重かった。足も疲れていたが精神も疲れていた。取り敢えずはそれぞれの部屋に戻るしかなかった。

喜一は躰を投げ出して所在ない時間を見送っていた。投宿している小さなホテルは東京駅近くのビル群の中にあった。お愛想程度の街路樹の他には緑はなく、ビルの壁と壁とが互いに肘を張って建っていた。窓を開けても直ぐそこには隣の壁がある。

喜一はホテルの部屋の空間にも閉塞しつつあった。幾何学的すぎる空間は、自然の中で生きてきた喜一にとっては元より馴染める空間ではない。それは秀子も同じだ。心配になった子どもに一度電話をしただけで、後は閉塞した狭い空間にただ身を置くだけの所在ない時間と闘っていた。

そんな行き詰った中では、喜一は秀子を、秀子は喜一を意識する以外に対象がない。それに二人には限界を超えた徒労感が二重に被さっている。喜一は電話を取った。秀子は直ぐに出た。

「そっちにいっても、ええか？」

「……」返事はないが、秀子が電話を切ることもなかった。

喜一の電話は今の秀子にとって唯一の救いだった。夫に置き去りにされたという意識、這いずり回っても消息すら掴めない徒労感と苛立ち、武夫がいかな事態に陥っていたとしても世間からすれば些細な事件に過ぎないという現実、そんなものが秀子を儚《はかな》い虚無の底に引きずりこんでいたのだった。

大都会はことのほか人間を孤独にさせる。唯一、喜一の存在だけが孤独でない自分を自覚させてくれるのだった。

喜一の電話はある予感を働かせた。予感が働くということは、裏返せば自分もまた夢想に迷い込んでいるということでもある。だから直ぐには応えられなかった。

「今、いく」それだけ言って喜一は電話を切った。

いまや、喜一の留め金は外れつつあった。自分を留めてきた倫理は武夫がいたからである。それが兄だったからでもある。だが今ではその倫理の土手も低い。何よりも閉塞感と徒労感が限界を超えていた。この感情は不義に当たるのか。秀子を嫁にしてくれと武夫は手紙に書いてきている。それを秀子も知っている。

ノックをした秀子の部屋の扉は直ぐに開いた。強張《こわば》っている秀子の表情は薄暗い照明の下でも直ぐに分かった。喜一は先に部屋に入った。ロックをかけて振り返った秀子を抱きしめずにはおれなかった。

初めて抱きしめられた喜一の腕は強く荒々しく、それでいて優しさを感じさせるものだった。

秀子は、嫁に来て間もなくのころから、特別な感情を持って喜一を意識している自分に気付いた。風呂の湯温をたずねてやるのも、薪をくべてやるのも、ごく自然な気持ちだった。綻《ほころ》んだ作業衣を繕ってやるのもそうだった。洪水の時に思わず実験区画に走ったのも自然な感情だった。

武夫の妻であることは百も承知している。だが弟の喜一の存在があればこそ、武夫の妻であり続けることもできた。それらはあくまで秘めた世界のことである。

だが武夫の今回の一件から、自分の建前の倫理が、崩れかけていることを自覚した。闘ってきた自制は今では混濁している。正直に言えば武夫の妻としての立ち位置を見失ってもいる。むしろ喜一の方がはっきりとした輪郭で存在している。

抱きしめる強い力に何故か懐かしいものを感じた。予感は当たった。強い力で抱きしめられる息苦しさが、何故か心地よい熱情に変わっていく。秀子は内心で流されていく躰を予感した。

旅に出る前夜、武夫に抱かれた。だが慈しみの愛撫ではなかった。まるで嬲《なぶ》られているような営みだった。それは愛とは遠い、男の生理的な欲情を埋めるためだけのもの、としか思えないものだった。

いま喜一に引き込まれようとしている現実とは本質において異なる。

「秀子、助けてくれ、わしを、助けてくれ」

くぐもった喜一の声が耳を貫いた。苦悩の叫びである。積もりに積もった叫びである。秀子は実感した。速度の違った二つの流れが、今、なるべくして一つになる。

「秀子、兄貴はおまえを捨てた。それにもう死んでいるに違いない」喜一が秀子の耳元で囁いた。

もう死んでいるに違いない。秀子の内心にもそんな予感はある。だから置き去りにされた所在無さに苦悩している。それはそうなのだが、秀子の心の中でその時、逆に動いた何かがあった。

「待って、……待って」

何を待てと言うのか定かではない。が、しかし秀子に翻弄と躊躇いが同居しているのを見て、喜一の猛りは萎えた。息苦しく重い時間が淀んだ。

翌朝、けたたましい電話の音が、浅い眠りの喜一を現実に引き戻した。徒労が陽の上がる時間になっても眠りの中に引き込んでいたのだった。秀子も驚いた。跳ね起きたのは同時だった。

あの後二人は言葉もなく、それとなく秀子が希望して、同じ部屋の並んだベッドでそのまま眠りに入ったのだった。秀子は独りになりたくなかったのではない、独りにされたくなかったのだ。喜一にはこのままこの部屋にいて欲しかった。

電話はフロントからだった。外線が入っていると言う。恐らくは喜一の部屋を呼んだ後に、こっちにかけなおしたに違いなかった。外線に切り替わった受話器の向こうから太い声が聞こえてきた。

「品川西警察ですが」覚醒しきれていなかった喜一には、品川西が聞き取れなかった。だが警察からと知って緊張が走った。武夫のことに違いない。それもきっと異常事態に違いない。

「今朝方早くに事故がありましてな、死亡した被害者がお届けの人の可能性があります。直ぐに身元確認においで下さいますか？」太い声は事務的に用件を伝えた。

喜一は顔が痙攣《けいれん》するのを覚えた。思わず落としたメモ用の鉛筆を慌てて拾い上げると、うろたえる指でメモを取った。

秀子も直感した。ついに来るものがきた。喜一の様子を見れば分かる。武夫のことだ。それも最悪の連絡に違いない。

「武夫さんの、ことですか？」受話器を置いた喜一に、切羽詰った表情で訊いた。

「ん、交通事故で人が死んだらしい。兄貴の可能性がある。すぐ行こう」

秀子は茫然自失している。だが直ぐに戻った。喜一に促されて慌てて身繕いにベッドを下りた。

予期していたことが現実になった。死んだという人間は、武夫の可能性が高い。まどろんでいた朝は緊迫した朝に変わった。外は一月も終わりの爽やかな快晴だったが、二人が乗ったタクシーの中の空気は暗く重かった。

病院の玄関に着くや、それと分かったのだろう、電話をくれた男らしい私服の警察官が早足に近づいてきた。昨日からの着の身着のままらしく、ワイシャツとネクタイがひどく撚《よ》れていた。

男は直ぐに安置室に案内してくれた。喜一も秀子も病院の安置室は初めてだ。生まれ育った村での人の死はその家の畳の上と決まっていた。だから人の死とは生活空間で向き合うものだった。

安置室は病院の建物の端の、まるで定規で線を引いたような幾何学的なコンクリートの壁の中にあった。死者を閉じ込めるかのように、厚い鉄の扉で廊下と区切られていた。警察官が踏ん張るようにしてそれを開けると、暗く湿った室の中央に白いベッドがあった。枕元には一本のロウソクの灯があるだけだ。

遺体は紛れもなく武夫だったが、生きていた時の武夫とは直ぐに結びつかなかった。はるか以前に死んだ人間のように見えた。冷たく硬そうで、武夫に似せて作られた人形のようにも見える。畳の上で臨終を迎えた遺体とはやはり違うのだった。

秀子は、積み木が崩れるように、膝を折って床に崩れた。噛み殺した嗚咽《おえつ》が糸を引いた。それは夫の遺体と向き合った妻の自然な姿でもあった。

警察の説明では「被害者の方から、早朝便のトラックに、いきなり飛びこんだらしい」ということだった。予想していたことではある。だが現実となってみれば武夫の死は予想以上に悲惨で、暗く崩壊的なものを印象付けた。

秀子は縄をかけられたような異質の衝撃に襲われていた。今朝の早朝ということは、昨夜は生きていたことになる。

喜一に抱きしめられた時間には武夫はまだ生きていた。武夫が死に直面したと思われる時間には、同じ部屋の隣り合わせたベッドで、喜一とまどろんでいた。自分の気持ちは喜一の存在を肯定し、意識し、それに向かって流れ込んでもいた。この自覚は言い得ない驚愕を覚えさせた。ぶるぶると躰が震えて止まらない。無の空白に牛耳られて全身から生気が抜けていく気がした。

被害者から車に飛び込んだという説明に対しては、普段ならその真偽に疑いを持つところだが、喜一も秀子もそれには疑いを挟まなかった。武夫の手紙からして予期した顚末《てんまつ》だったし、その面子を考えれば静かに事無く後処理をする方がいいと考えたからだった。従って加害者となった運転手とも事務的な話で決着をつけた。葬儀社に頼んで二人で通夜を済ませ、喜一と秀子は茶毘《だび》に付した遺骨の武夫を村に連れ帰ったのであった。

手紙のことも、東京まで捜索に行ったことも、知る村人はいない。たまたま出先の東京で武夫が事故に遭った、迎えにいった喜一と秀子が茶毘に付して連れ帰った、という形で収めた。疑問を挟む者もいたらしいが表立っての噂にはならずに済んだ。

葬儀は武夫の面子を守り、二代目岳太夫と同じように、三代目岳太夫の葬儀として執り行われたのであった。武夫享年三十七歳、秀子二十七歳、喜一三十四歳、咲十歳、武造六歳の年である。

〔5〕

竹本岳太夫一派の歴史は、武夫の死をもって終わった。弟子たちは秀太夫一派や、残る三派にそれぞれ移っていくことになった。

隆盛を極めた岳太夫派だったが、今となってはその衰退感は拭えない。弟子たちの稽古声が響くことはもう無いのだ。残された者たちの生活も変化を余儀なくされる。それも止むを得ないことだった。

「ほんまに、思いがけないことやったのう。秀子が可哀想でならん。これからどうしたものか」身内だけの、初七日法要の膳で秀太夫が喜一に呟いた。

酒はすすんでも秀太夫の膳はすすまない。思えば作造に頼み込まれて、親同士で、まだ五歳だった秀子を武夫の許嫁にした。作造には作造の道理もあった。しかしその故に秀子をこういう身にさせてしまった。秀子と二人の子どもがなんとも哀れだ、と言いたいらしかった。

喜一には秀太夫に返す言葉がない。武夫と秀子のことはその通りだったし、秀太夫の立場に思いを馳せればその気持ちは痛いほど分る。全てはなるべくしてなった、岳太夫家の過去の因果なのだった。言えば自分もまたその一員でもある。

しかし武夫は独りで背負って独りで死んでいった。ひとりよがりとも言える側面があるにはあるのだが、死に様はいかにも衝撃的過ぎた。余りにも重すぎた。

「これも武夫さんの因縁じゃのう。そうとしか思えん」

「……」

「喜一はんも、何かと不便じゃろうが、しばらく母屋には……、何せ世間の口はうるさいからのう」

「分かっとります。わしの家は裏の建屋ですけん、心配には……」

「ん、武夫さんがいる内は問題ないことでも、こうなると世間の目は後家に向くからのう。そこのところはわきまえて」秀太夫の心配は分かる。言われるまでもなく喜一自身が警戒していたことだった。

　武夫の手紙は、喜一と秀子のことにも言及していた。秀太夫もそれを読んでいる。しかしそのことは秀太夫の頭にはないらしい。喜一も今それに触れるべきではないと思った。秀子との互いの気持ちは、まだ秀太夫夫婦も知らないことなのだ。

「父さん、何も今そんなことを言わなくても。私も、喜一さんも、そんなことくらいは分かっているから」

「いやいや秀子、これは大事なことじゃ、悪い噂は直ぐにたつものじゃ。人の口に戸は建てられん。一周忌が終われば先行きのことも考えにゃならんからな」

「葬式が終わったばかりなのに、それに……」

「それに？」

「私には、まだ、解《げ》せないことばかり」

「解せないこと？　何が解せないのじゃ。武夫さんは病気を病んで死んだ。それだけのことじゃろ。それも武夫さんが悪いんじゃない、因縁じゃ。まこと、因縁と言うほかない」

「因縁？　夫婦だったけど、武夫さんの中に私はいなかったのかも」

「何じゃと！　あほなこと言うもんじゃない」

「あの人は、病気のことも、思い詰めた気持ちも、私には打ち明けてくれなかった。知らせてきた手紙も私宛てではなく喜一さん宛だった。私には解せない。私の納得が……」秀子の言葉は、胸の内からほとばしり出る、そんな感じだった。

「……」

暗く気まずい空気が流れた。秀子の言うことはもっともなのだ。場を繕おうと喜一は弔い酒の銚子を秀太夫に向けた。秀太夫は頷いて杯を空け、喜一の酌を受けた。気の重い酒が杯に満ちた。

「喜一はんも、どうや」今度は、秀太夫が銚子を向けた。

秀太夫の酌を受けながら、喜一に甦ってくるものがある。脳裏から離れない、ホテルで抱きしめた秀子の躰と、安置室で見た武夫の死に顔だった。

喜一は、食事も風呂も裏の建屋で済ませるようになった。秀太夫の言う世間体もあったが、秀子に対する、律儀とも言える不思議な感情が生まれたからだった。武夫が死んだ今は、紛《まが》うことのない現実として、後家の秀子という女がすぐそこに存在する。秀子に対する気持ちは兄嫁であった次元とはまるで違う。

秀子にも今まではなかった新しい思いが生じていた。

一つは自分に対して余りにも淡白で余りにも疎外的だった夫の死である。しかしこのことは秤《はかり》の一方にある喜一に対する思いと均衡《きんこう》して、漠然とあった武夫への罪の意識を薄めてくれた。

そして二つ目は、東京で喜一に躰を開いてしまいそうになったことだった。あれは短絡的な流れに過ぎなかったのか。いやそうではない。無意識の意識は、心のなかで確かに根を下ろしていた。

そんな自分のなかの迷いに対する整理だった。素直な気持ちを言えば、これから先一緒になる男は喜一しかいない。いっそのこと秀太夫に心の底を打ち明けようかとも思うが、子どもを連れて戻ってこいと言われたら、取り返しがつかなくなる危惧もあった。

時間は過去のものになっていく。四十九日が過ぎる頃になると、秀子は、武夫の残影も残酷な死の経緯も幾分薄れてきていることに気付いた。迷い込んだ悩みも遥かな昔のことのような気がする。

春の訪れも追い風になった。山田家を覆っていた暗い空気は、爽やかな春風に流されようとしていたのである。

喜一の中でも秀子の存在がより確かな輪郭を持つようになった。それは徐々にだが強く喜一を支配するようになった。今年十歳になった咲や、六歳になった武造が、事あるごとに喜一を慕うようになったことも喜一の認識に拍車をかけた。

庭の一本桜に蕾がついた。木々にも息吹が満ちてきている。遠く村を囲む連山も萌えて山も今や生まれ変わろうとしていた。

「山田さん！　喜一さん！」母屋を訪ねてきたのは農業試験場の指導員だった。

武夫の一件から男も遠慮していたのだろう、顔を見るのは久しぶりだった。母屋を訪ねたので秀子が応対した。男は研究者らしく朴訥なお悔やみを言った。

喜一の米作りを助けている男であることは秀子も知っている。一心同体だと喜一から聞かされたこともある。

「ありがとうございます。その節はお世話になりました。喜一さんですか？　喜一さんでしたら、裏の家にいると思いますが」

「裏？　ですか？」

「あ、このままここでお待ちください。呼んでまいります」

「そうですか、ほな、ここで」お悔やみを言いながらも、男の声はどこか弾んでいる。秀子は小走りで裏に回った。

「喜一さん！　喜一さん！」

薄暗い土間の物置のような仕事場で、かがみ込むようにして米種を選別していた喜一が驚いたように振り返った。

母屋と建屋とはほんの二十メートルほどしか離れていない。日ごと思いを募らせていても、親しくまみえるのは久しぶりだった。互いに自制していた。その秀子が俺のところに来た！

「来た、のか？」

「ええ、母屋に」

「母屋？　誰かが来たのか？」

「農業試験場の人が」

「なんだ、あいつか」

「母屋で待っていますよ。すぐ来て下さい」

喜一の客とあれば、茶くらいは出さねばならない。秀子は急いで取って返した。男は庭の縁側添いに立っている。うろうろと落ち着きもない。

「すぐ来ます。どうぞかけて下さい」

男は応えなかった。落ち着きのない様からしても、男の注意が何かに捉えられていることが分かる。

秀子は勝手に入って茶を淹れた。茶盆を手に縁側に戻っても、まだ喜一の姿はない。うろうろと落ち着かない男に茶を勧めてから、秀子はまた裏に回った。喜一を急かせるためである。喜一は同じ場所でまだかがみ込んだままだった。

「喜一さん、お客様が来たって言ったでしょ！」振り返りはするのだが、喜一はすぐには立とうとしない。

「何か、怒っている？」怪訝そうに秀子が訊いた。

「……、直ぐいく」秀子は初めて喜一の声を聞いた気がした。物足りない何かが残った。

母屋に回ってきた喜一の顔を見るなり、農業試験場の男が叫ぶように言った。

「おう！　喜一さん、朗報だ！」黒い顔が喜一の反応を探るような目つきで破顔した。白い歯が際立って見えた。

「朗報！」初めて喜一の声が踊った。

「ん、あんたの米を温室栽培していただろう？　あれに実がついたぞ！」黒い顔は大きな眼を細めて喜一を見た。踊り出したいのを堪えている感じだ。

「なにっ！　ほんまかっ！」

「ほんまや！　粒は小さいが、あんたの言うとおりの実ができた。確かに今までの米とは違う品種や。今までのどの米よりも単位あたりは重い、それに立て筋も浅い。驚いたよ。正直に言えば、あれに実がつくとは思っていなかった。だが実が、ついたっ！」

男は、籾の入ったサンプル用の小さなビニール袋を、ちらつかせるように手で振って見せた。喜一は躍り上がる気分だった。できたか、できたか、理論的に交配した実験用の米が、ついにできたか。

奪い取った小さな袋の中にある一粒一粒を、喜一は実にいとおしげに見た。それは小さいが確かに籾粒だった。男は手を差し出した。そして喜一の手をしっかと握り締めた。喜一は黙って頷いた。

喜一の実験区画でも、幾種類もの苗を植えて実験に暮れてきた。自然条件下での実験である。一方で喜一は、この男を使って農業試験場の温室実験も続けていた。それが実を結んだのだった。

大喜びをする段階ではまだないが、とにかく理論は裏付けられた。実用までの道はまだまだ遥かに遠いが、その可能性は確認できた。これから改良を重ねればいいのだ。とにかく無から有が生まれた。

「どのくらい取れた？」

「これが半分だ。もう半分ある。温室でも続ける、そっちでもやれ」

「よしっ、今年はこれも播種《はしゅ》する」

ついに苦労が実を結んだ最初であった。実際にはこれからまだ数年かかることになるのだが……。

その夕餉、秀子は赤飯を炊いた。武夫の一回忌がまだ終わってはいないこの時期に祝事の赤飯など、チラとそれも頭を掠めたのだったが、今までの喜一を思えば内々の祝いをせずにはおれなかった。

喜一は「まだ、そんな段階ではない」と、呼ばれた母屋の食卓ではにかんだが、秀子の心遣いは嬉しかった。心遣いが嬉しかったのではない。秀子が喜んでくれることが嬉しかったのだ。

武夫の初七日法要以来、食卓はおろか、顔を合わすことも控え合ってきた。その空白から距離感も生まれていた。だが今日は一気にその距離が縮まった気がした。

秀子は米のことを色々聞きたがった。しかし喜一がそれに応えることはなかった。新しい幕開けかに見えたが、喜一はまだ不透明な不確実性のなかにいた。だが笑い声が食卓に乗った。実に久しぶりのことだ。

雨を待ってこの数粒を播種する。秋にはそれを収穫する。一年がかりだが一歩進むことは間違いない。喜一はひたすらその時期を待った。

＊

喜一が作り出そうとする米は一般的な水稲ではなく、麦や蕎麦のように畑で作る米である。これは陸稲とも言われる。

本田の必要もなければ、水利システムの必要もない。さらには直播《じかまき》であることから稚《ち》苗《びょう》を育てる作業手順も必要ないのだった。課題はいかにして、水稲とおなじ品質の米を作り出せるかにあった。

（以下は、米の解説書から引用）

米の品種の評価としては検査規格に基づいて、容積重、整粒、水分量、被害粒、死米、着色粒、異種穀粒、異物の混入量などによって等級区分が行われる。

さらに日本においては機器測定法による測定以外に、官能検査法（視覚、嗅覚、味覚、触覚）による日本穀物検査検定協会の食味検査において、滋賀県湖南地区産の「日本晴れ」を基準とした試食集団結果を統計処理して五ランクに分けられてきた。

食味にかかるアミロースやアミロペクチンの含有率は日本では特に重要視されてきた。代表されるコシヒカリやササニシキのように、アミロース含有率が少なく粘りがあり、比してアミロペクチンが相対的に高いものが好まれてきた。

しかしこれらはいずれもが水稲である。直播という方法もあるにはあるが、主流は育苗箱に種をまき稚苗を育ててから本田に移植する。

収穫まで稲を育てる本田にも必要条件がある。湛水を可能とする稲を育てる作土層の下には水の浸透制御が可能な硬盤がなければならず、地下水位の影響を止める下層土としての自然土層がさらにその下を支えていなければならない。加えて湛水のための、水源から排水路までの水利システムも必要である。かくして多くの条件を整えた本田を維持しつつ、稲そのものを育てる段階から収穫までの、何段階もの重作業手順を踏まねばならない。

＊

ついに庭の一本桜が満開になった。土手の桜も満開である。村の分校では散り敷く桜の中で武造の入学式が行われた。その日の夕餉にも赤飯が食卓に乗った。ささやかな祝宴だった。

小さな行事とは言え母屋での、喜一を加えた食卓が重なるようになっている。それでも喜一は食事の後は、早々に裏の建屋に戻った。自分で釜湯を沸かして一日の汗を拭き、閑散として味気ない男の部屋で夜を過ごした。

だが喜一の頭に夢想が巡ることは避けられなかった。闇の中ならば人目にはつかないだろう。二人だけの秘密にして密かに母屋を訪ねてみようか。赤飯を炊いてあんなに喜んでくれた秀子だ、忍んで行く自分を待っているのかも知れない。いややはりそれはまずい。咲や武造がいる。秀太夫夫婦の耳に入ることも考えられる。それならば秀子がこっちに忍んできてくれればいい。

闇に隠れた逢瀬が目に浮かんでくる。想像も限りなく広がる。それらは孤独の反動でもあったが、米の兆しがもたらした高揚が、喜一を秀子に向かわせたこともあった。しかし夢想は所詮夢想でしかない。秀子が忍んでくることはなかった。


「秀子っ！　秀子っ、さん！」喜一は叫ぶように秀子を呼んだ。育苗箱で新しい米の苗が芽を吹いたのだった。勝手の窓から秀子が顔を出した。

「見てくれ！　芽が出た。新しい米の芽が出た！」

秀子が跳んできた。見れば育苗箱の土にほんのわずかにだが、緑の小さな芽が吹き出ている。並んで腰を落として長い時間、二人は数個の小さな芽に見入った。いくら眺めてもその小さな緑芽に飽きることはない。

秀子はまた赤飯を炊いた。武夫が死んでからこれで三度目だ。この地方では一年間が喪の期間である。その間は祝事をしない。秀子の炊いた赤飯が祝事として非に当たるかどうかはともかく、喜一と秀子の間での二人をつなぐ証ではあった。

時は容赦なく物凄い速さで通り過ぎていく。それが早かろうと遅かろうと同じ時間なのだが、喜一と秀子には早過ぎる速さだった。

育苗箱の新しい米の芽に遅れることわずか、直播で播種をしていた実験区画の畑にも同じように緑の芽が萌えていた。と、思うや直ぐに梅雨がやってきた。そして急ぎ足で夏がやってきた。青々と育った稲が夕風に揺れているかと思えば、もうその夏は通り過ぎようとしていた。そして山々が紅葉の兆しを見せ始めた頃、ついに待ちに待った収穫がやってきたのだった。

まるで腫れ物に触るかのように育ててきた実験区画の稲は、確実にその実を膨らませていた。それは日に日を重ねて丹精を込めてきたものだ。大きく膨らんだそれは、否応なく喜一の期待を募らせた。

収穫してみればやや小ぶりの粒だったが、温室よりもたくさん収穫できた。喜一はこれを農業試験場に持ち込み、原種として交配による改良を進めることになった。喜一はいよいよ具体的なスタートラインに立ったと言える。

並行して武夫の一回忌法要が迫っていた。本来の一回忌の時期は、年を越しての一月である。だが正月に当たる場合はこれを忌み、旧年中に行うのが一般的な方法である。また太夫の一回忌法要には、浄瑠璃仲間の全員が参加するのがしきたりである。従って他の派の太夫たちの都合も考える必要があった。

秀太夫が他の太夫との調整を仕切った。その結果、収穫も終わったこの時期の、四派の例会が行われる前に武夫の一回忌法要を行う段取りに決まったのだった。

そして今日、かつての岳太夫家すなわち山田家の母屋で、武夫の一回忌法要が執り行われた。これで武夫の喪は完全に明ける。

法要の後の、弔い膳でのことである。弔い酒で赤ら顔になった秀太夫が、膳から一座り後ろに下がって口上を切った。

「のう皆の衆、この席は三代目岳太夫の一回忌法要の席じゃから、四派取り纏め役でもあり義父でもあるこのわしが、秀子に変わって挨拶させて貰おうと思う。本日は皆の衆に集まってもろうて、三代目もさぞかし喜んでおることじゃと思う。多忙の折、ありがとうさんでした」秀太夫はまずは礼を述べ、一呼吸おいてから言葉を継いだ。

「わしが言うのもおかしいのじゃが、二代目の碑が未だじゃった。本来なら三代目が発起するところじゃったが、三代目も死んでしもうた。誰かがやらにゃあかん。この際、わしが発起人になって、二代目と三代目の碑を建ててやろうと思うのじゃが。どうじゃろうか、賛同してもらえるかのう」

生前活躍した太夫の功績を称えて、後継の太夫が発起人となって顕彰碑を建てるのもまたこの地の慣わしである。仲間たちは当然のこと奉加帳にしたがって寄付をする。だが岳太夫家に後継はいない。だから秀太夫が口火を切ったのだった。

「おう、わしも気になっておった。秀太夫、ええことを言うたのう」

「そりゃぁそうじゃ。そうせにゃあいかん。賛成じゃ」「賛成じゃ！」太夫たちは口々に秀太夫に賛同した。

ところが杯に口をつけたままで、それに応えない一人の太夫がいた。やがて飲みきった杯を置いて言った。

「秀太夫の言うこともわかるが、後継の太夫が発起するというのが慣わしだ。それに碑は後継の者たちの修練の守り碑のようなものでもある。岳太夫一派を喜一さんが継ぐのであれば、岳太夫一派の守り碑として喜一さんが発起すればいいことだ。それが筋というものだ。それを秀太夫が発起するとはのう」絡みついたのは富一太夫だった。

何事もなぁなぁで取り決められてきた世界である。異議など出たことがない。座は一瞬静まり返った。

「富一太夫、さっきも言うたが、わしは四派の取りまとめ役として言うとるのじゃ。筋は通っておる」ムッとした表情の秀太夫が切り返した。

「守り碑の意味合いはどうなるのじゃ！　岳太夫派はもう無いぞ！」富一太夫の言葉に邪気がこもった。あくまで絡むつもりらしい。

「それは分かっとる。この話は二代目と三代目の、功績に対する顕彰じゃ！　二人の功績は誰もが認めるところじゃ！」取りまとめ役としての立場もあった。秀太夫が語気を荒げて反論した。

「フン、秀太夫、後家になった娘の可愛さが余ったかっ！」

「何じゃとっ！」

富一太夫は、弟子であった未亡人の松代を囲って、村中のひんしゅくを買ってきた。殺す殺されるの痴話喧嘩まで起こしている。挙句の果てにその松代にも捨てられていた。仲間内の顔はすっかり潰れている。

それに娘の富子と喜一はかつて許婚だった。それも喜一が、富一太夫派を継ぐことが前提であった。だが米に狂った喜一に愛想をつかした富子が、出稼ぎから戻った村の青年と駆け落ちして反故になった。その富子も今では消息すらわからない。

二重の泥をかぶった富一太夫と派が今後どうなるのか、全て自分の因果なのだが、秀太夫の発案に素直に乗り切れないところがあった。いわば自分を筋にした横槍である。

　喜一に対する当てつけであることは、座のすべての者には直ぐにわかった。だがしきたりからすれば一理ある。一応の筋論でもある。

「富一太夫、言ってはいかんことだ！」他の太夫が口を挟んだ。

「何でじゃ。わしの言うのが筋じゃ！」

「おまえのところも、弟子を一人引き受けたじゃろ。岳太夫派は、武夫さんの後は解散したのじゃ。おまえも知っとることじゃないか！」口を挟んだ太夫が切り返した。

「ふん、のうなった派の太夫の碑を建てることなど、できんわ」

「富一太夫、黙らんか！　岳太夫家はわしたちの礎を築いてくれた派じゃ。二代目もそうじゃった。三代目に至っては、神業の域にまでその業を高めてくれた。他に並ぶ者はおらん。亡くなったのは残念なことじゃが、仕方のないことじゃった。その功績を称えんで、わしらの面子は無かろうが！」切り返しを踏みにじられた太夫が、富一太夫に噛みついた。

「ふん、喜一さえしっかりしておったら、問題はなかったのじゃ！　富子も、ああは、ならなかった。秀太夫の発案は、後家の娘可愛さだけのことじゃ」

　矛先が喜一に向いたのをみて、酒を注いで廻っていた秀子が、振り返りざまに富一太夫を見た。富子の一件で言えば、むしろ喜一の方が面子を潰されている。秀子と富一太夫の視線がぶつかった。

「若後家は、喜一と一緒になるんか？　どうなんじゃ？　それとも二人は、もうできとるんかのう？」と言って、富一太夫は酒で血走った視線を秀子の胸に這わした。舐めて粘りつくような視線だった。

一瞬、秀子は血の凍る思いがした。老いてなお好色な視線が気色悪かった。それ以上に、喜一と自分とのことを見抜かれているのではないかと緊張した。だが直ぐに思い直した。知れているはずはない。富一太夫は富子の一件に拘っているだけなのだ。

秀子は急いで膝を返し、富一太夫の前で膝をついた。そして銚子を差し出して言った。

「太夫、本日は、ありがとうございました」

場を収めんがための秀子の機転だった。そうすることが、酒に酔った富一太夫の矛先を収め、白けた席を元に戻すことになると思ったのだった。ここは夫の一回忌法要の席である。そうでもしなければ、場は喧嘩にさえ発展しかねない様相なのだ。

富一太夫は杯を差し出して、秀子の酌を受けた。そこまでは良かった。ところが富一太夫の残る片手が、秀子の膝の裾に割り入ったのである。咄嗟のこととて秀子には避ける間がなかった。そして囁《ささや》いたのだ。

「秀子はん、わしが夜伽《よとぎ》にきてやろうか。ん、躰が燃えて寝ることもできんのと違うか？後家の宵とはそんなものじゃ。どうじゃ、今夜あたり、わしが」

富一太夫の目は、秀子の膝に粘りついている。脂に汚れた前歯が見える。吐く息は酒の匂いだけでなく下品な性質まで吐き出していた。

それは喜一の目にもはっきりと映った。秀子の躰が嬲《なぶ》られている気がした。頭が真っ白になった。酒の愚痴は聞き捨てにもできる。岳太夫派を後継しなかったと言われても自尊心はさほど傷つかない。富子とのことを逆恨みされても心の内で反論して無視することもできる。だが秀子に対する所業は許せない。

「何をするっ！」喜一が掴みかからんばかりに立ち上がった。だがそれよりも早く、秀太夫の杯が富一太夫の眉間《みけん》をかすめて飛んだ。

「何をするっ！」富一太夫がいきり立った。その弾みで膳が音を立ててひっくり返る。

「富一太夫っ！　おまえという奴はっ！」秀太夫もまた立ち上がっていた。

他の太夫たちも総立ちとなった。三代目岳太夫こと武夫の一回忌法要の席は、騒乱の体と化したのだった。

その時であった。耳をつんざく一発の銃声が至近距離で轟いた。同時に庭にある南天のたわわな房が砕けて散ったのだった。真っ赤に熟れた南天の実が散るさまは、まるで血の飛沫が散ったように見えた。

気が付けば、庭に鉄砲を向けた格好のまま、猟師の留吉が仁王立ちになっている。きな臭い匂いが漂い、銃身の先端からは細い煙が立ち昇っている。そのままで銃身をずらせばだれの心臓にも照準は合う。場は深閑と静まり返った。

どうして鉄砲がここにあったのかわからないが、太夫たちは目を剥いた。誰一人微動だにしなかった。破れたかも知れない鼓膜を、両手で被って突っ立っていた。

留吉は平生から敬遠されている存在である。その形相の故もあったが、猪を撃つ猟師という職業が人を怖がらせていた。

「三代目の、弔い鉄砲ですわ」日ごろ無口な留吉の太い声がぼそっと洩れた。地の底から聞こえてきたような不気味さがある。

このたった一言がさらに震撼させた。わずかな時間を置いて客達は一人二人と席を抜けていく。秀子は慌てて玄関に走った。一人ひとりに謝意を述べ、用意していた粗供養を手渡すためである。それが礼儀でもありしきたりでもある。

富一太夫も音もなく玄関を抜けて帰って行った。残されたのは留吉と健三、それに秀太夫夫婦と、喜一と秀子の六人である。

「済まんことでした」ボソリと留吉が言った。

「いや、助かった。わしこそ、大人気なかった。すまん」そう言ったのは秀太夫である。

「フフ、フフ」こみ上げてくる笑いを堪え切れなくなった秀子の口から、小さな含み笑いが洩れた。

それが喜一には奇怪に思えた。何で笑えるのだ。あんな男に膝を触られて侮辱されたではないか。それなのに秀子は何でもない風に装う。喜一はそんな秀子に腹が立った。心の底に熱を帯びた重いものが淀んだ。嫉妬だった。

騒ぎにはなったが膳には料理がまだ並んでいる。六人は改めて膳を囲んだ。秀子が酌をしても、喜一は満ちていく酒だけを見ていた。気持ちの流れ合いはあっても、表情が表情を受けることは無かった。秀子の裾を割った富一太夫のあの汚い手が、喜一の頭から消えないのだ。

留吉はあまりものを言わない。沈みやすい場を秀子と秀太夫が他愛ない話題で繋いだが、健三はそんな場を冷めた面持ちで見つめていた。何かに思いを巡らせているようだったが、その胸の内を測る者はいなかった。

日が暮れてお開きになった。裏の建屋に戻った喜一が見上げた晩秋の天空には、冴えた満月が浮いていた。


「喜一さん、おるか？」しばしして、喜一を訪ねてきた者がいた。健三だった。一旦は家に戻って、着替えてから出直してきたらしい。慌てて喜一は、炬燵の端に健三の場所を作ろうとした。

「あ、そのままでええ。客じゃ、ないんだ」

「そうか」

「ん」

健三は、干して焼いたキジ肉と一升瓶をぶら下げていた。改まった席以外は濁酒だが、今日の健三の手にあるのは清酒だ。それを炬燵台《こたつだい》に置くと、台所から勝手に湯飲みを二つ持って戻ってきた。幼馴染である。何の遠慮もない。

喜一にとって、健三のそんな態度は決して不快なものではなかった。むしろ気安い。幼かった頃は、遊び仲間を超えて義兄弟のようなものだった。武夫とサキの間を結んだのも、だから健三だった。喜一も健三の全てを知っている。健三もまた喜一と富子とのいきさつまで全て知っているのだ。

「男所帯は蛆《うじ》が湧くというが、ほんまや、な」

「そうか？」

「そうか、やない。そろそろ、何とかせいや、喜一」

「何とかせいて、何を、や？」

「惚けんな」

健三はそう言って二つの湯飲みに並々と酒を注いだ。二人はキジ肉を噛み、湯飲みを傾けた。波に波が被さるように、母屋での酔いに、更に深い酔いが被さっていくようだった。

「米の方は、どうや？」

健三は浄瑠璃を止めて猟師一本になった。今では鉄砲の腕前は父親の留吉を凌ぐほどである。自分にも一人前になったと言う自覚がある。ところが米に取り組んだ喜一の朗報はまだ聞こえてはこない。案じて訊いたのだ。

「まだ人には知られたくないが、原種ができた。これから品種改良といったところだ。まだまだ、かかる」

「そうか！　原種ができたか！　それでいつ完成する？」

「いや、そう簡単にはいかん。これからだ」

「そうだろうな。で、何とかなりそうか？」

「ん」喜一は黙って頷いた。

専門的なことを言っても健三にはわからないだろう。それに公言できる段階ではまだない。だが確かさだけは表情に滲ませてみせた。

健三は片手で一升瓶を傾け、半分空いた喜一の湯飲みに酒を注ぎ足してから言った。

「武夫さんの一回忌も終わった。もうええやろ。そろそろ、どうや？」それならば、といった言い方だった。

「何を？」健三が何を言おうとしているのか、喜一には分かっている。

「秀子さんのことやないか」健三は上目遣いで喜一の顔を見た。

秀子への気持ちを、もとより健三に隠すつもりはない。だが素直に告白もしにくい。照れもある。

それにまだ、米の目処がはっきりとついていない。いつもだが、そのことが根本において喜一を全てから引き止めるのだった。

健三はゆっくりと酒を含み、ごくりと喉を鳴らしてから意外なことを言った。

「わしは、武夫さんから頼まれ事をしておる」一回忌も終わったことだ。そろそろ打ち明けてもいいだろう。そんな感じの言い出し方だった。

「何を?」喜一は正面から健三の顔を見た。

「おまえと、秀子さんのことや」キジ肉の筋でもあったのか、健三は二本の指を口に差し込んで、歯に挟まった物を指で摑み抜いてから応えた。

武夫の手紙にあった、秀子と一緒になってくれという言い置きを、健三も知っているのではないかと喜一は直感した。

「俺と秀子さんのこと?」

「ああ、そうや。武夫さんが、出ていく直前に俺の所にきた。洪水から間もなくの頃やったなぁ。おまえと秀子さんのことも、よう分かっていた。普段なら武夫さんも気の悪いところやが、サキとの一件もあって、武夫さんは秀子さんの気持ちを許していたのや。許していたというのは当たってないかも知れん。秀子さんには言えんことやが、武夫さんは、サキの胎の子を殺した上に、サキまで殺したと悔やんでいた。悔やんでいたというよりもサキを哀れんでいた。自分の罪ということやなぁ。ずっとそのことに縛られていたのや。

そのことに秀子さんを巻き添えにした、と思っていた節もある。もちろん、病気のことも、身の処し方も、わしは聞いとった」

「何やと！　病気のことも？　身の処し方も？」

「ああ、聞いとった」

「ほんなら、東京で死んだいきさつも？」

「ああ、知らん振りしとったけどな。止めようか、思い通りにさせようか、その時は悩んだ。事が事だけに一人では背負いきれんで、口の重い親父やから心配ないと思うてな、親父には相談したんや。結局のところは、武夫さんの意思に任せることにしたけどな」

「留吉さんは、何と？」

「親父は猟師や、猪を引き合いに出してな、猪はあんな畜生やけど、自分の死を知った時は、独りでどこかへいって独りで死ぬらしい。だから武夫さんの気持ちもわかる、ほっといてやれ、と言うたわ。あの親父が、あの親父が、その時は、泣いとった」言って健三は目頭を拭いた。

強烈な何かが喜一を縛り付けた。息が出来ない。圧倒的な力が、押し寄せるようにして覆い被さり、二人を長い沈黙に引き込んでいった。

それぞれの脳裏に甦ってくるものがある。喜一の脳裏を駆け巡ったのは、あの洪水の闇の中で独り濁流と闘っていたに違いない、武夫の姿である。

ならば兄貴は、家を出る時には既に自殺の覚悟をしていたのか、それを知っていて止めなかったのかと、健三に吐き捨てかけて喜一は言葉を飲み込んだ。留吉も健三も苦しんだに違いなかったし、今更それを聞いても詮無いことだと思ったからだった。

長い沈黙を追いはらうように、腹の底から搾り出した声で、健三は言葉を続けた。

「武夫さんは、一回忌までは無理やろうが、必ず喜一と秀子を一緒にしてやってくれ、と言っておった。その時わしは、武夫さんは身勝手すぎる気がした。じゃがな、武夫さんは後々のことまで考えとったんや。それがわしにはよう分かった。おまえのことも秀子さんのことも、大事に思っておったのや。だからおまえに託したんや。おまえの気持ちも分かっとったからな」詰まったものを吐き出した後のように、健三はごくりと酒を飲んだ。

秀子の、母屋での日ごろのこと、焚口で風呂の湯加減を気遣ってくれたこと、嫁いでくる直前の厄神社やお堂でのこと、洪水の時のこと、が喜一の頭で巡った。

孤独だったに違いない兄の心の内や、自分や秀子を客観的に眺めていたことや、最期に至っては秀子を弟に託した気持ちを思うと、息が苦しくなるほど喜一に熱いものがこみ上げてきた。

「もう、一回忌も終わった。遺言や思うて、おまえ、秀子さんと一緒になるというのはどうや？」

「……」

「いやではなかろう？　秀子さんもやが、おまえも秀子さんには惚れておる」

喜一は頷いた。今は素直になれた。今までは自制を働かせてきた。だから誰にも打ち明けなかった。

健三も武夫との約束を今日まで胸にしまって秘匿《ひとく》してきた。武夫の遺言を胸に、喜一と秀子を、遠くから見守って来ていたのだ。

「世間が何と言おうと気にするな。富一太夫さんのことも気にするな。あんなことが二度あったら、今度はわしが鉄砲で撃ち殺してやる。もっとも親父の方が、先に撃つやろうけど、な。ハッハッハ」本当とも思えないが、健三はそう言って笑った。

「ほな、わしに任せろ、ええな」

健三は念を押してから、酒を満たしたばかりの湯飲みを手に取った。そして喜一を促した。二つの湯飲みがカチンと音をたてた。

喜一には健三が子どもの頃から大人に見えていた。今はそれ以上に逞しく成長した健三が目の前にいる。今の健三は、浄瑠璃の才がないと二代目岳太夫に叱られては震えていた、昔の健三では既にない。野太い山の猪撃ちそのものであった。

「じゃあな」話が済めば、簡単に、愛想もなく健三は戻っていった。

実は健三は、その足で秀太夫を訪ねたのだった。狙った猪が的から逃げた時、猟師はそのまま諦めることはしない。動物の本能を頼りにその行き先を追うのだ。そんな猟師の習性が健三を今も動かしていた。

武夫の意思は聞いている。喜一の意思も確認した。秀子の意思は訊くまでもない。残るは秀太夫だけだった。

秀太夫にしても反対する理由はどこにもない、という確信が健三にはあった。法要の席で富一太夫に激怒したのは、下卑た行為に腹立ったこともあるが、むしろ内心を言い当てられたからこそであることを知っている。

「健三はん、よう言うてきてくれた、おおきに。武夫さんが死んだ時、手紙に、そうや、わしも読んでおった。秀子と喜一はんのことには、正直に言うてびっくりしたが、あの時はそれどころじゃあなかった。なんせ、武夫さんを探さにゃならんかったからな。それにしても世間は口さがないものじゃて、秀子と喜一はんには厳重に言い含めてきたのやが、実は心の内では、そう収まってくれればとも思っとったのじゃ。秀子とて二人の子持ちじゃ、喜一はんが良ければ、それが一番の収まり所じゃと思うてな」

秀太夫は正直に親心を吐露した。途切れ途切れの重い言葉を聞きながら、健三は一々頷いた。

「一回忌も終わったで、喜一はんから、何か言うて来てくれるかも知れんと、思っとったのじゃが」

「ああ、そのことじゃが、喜一には遠慮があって、な」

「遠慮？　遠慮と言うと」

「喜一は、武夫さんの言うとおり、秀子はんが嫁にきた時から惚れていたのよ。それはわしも知っていたことじゃ。もちろん兄嫁のことじゃて気持ちを抑えとった。じゃが武夫さんが死んでからは、遺言どおりに、喜一は秀子はんが欲しかった。これはほんまのことじゃ。じゃが知っての通り、喜一は米に狂ってきた。その米がまだ出来とらん。いずれは出来るじゃろうが、それからのことじゃと、喜一は遠慮してきたのよ。なにせ世間からは気狂《きぐる》い男と言われておるのじゃから、な」

「米か」

「ん、米じゃ」

老師と若い猟師の言葉は、それぞれの人間の思いの奥を辿って、やがて一つに同化したのだった。

健三の予測したとおり、秀太夫に異存はなかった。たとえ反対する何かがあったとしても留吉の息子の健三である、引き下がるはずもなかったし、いつ鉄砲を片手に乗り込んでくるかも知れなかった。

健三は渋い茶を飲むと、事が運んだ満足を残して戻っていった。上座の座布団と膳に載った銚子が秀太夫の前に残った。

秀太夫は思った。いつから始まったかは知らないが、秀子と喜一が互いに思い合っている仲ならば尚更言うことはない。浄瑠璃の世界とは無縁になりそうだが、それでもいい。ただ喜一が打ち込んでいる新種の米とやらは本当にできるのか、ただそれだけが気にかかる。

「まあいい、そうなれば、うちの田畑をやればいい。向こうとこっちを合わせれば、飯を食うには困らんじゃろう」

健三の残した酒で呂律が回らなくなった秀太夫が老妻に相槌を求めたが、分かっているのかいないのか、老妻は黙って頷くだけだった。


翌早朝、秀太夫は山田家の門を叩いた。どうしても直接に、二人の気持ちを確かめておきたかったのだ。母屋に二人を呼んで昨夜の健三から聞かされた話を告げ、喜一に、次いで秀子にその意思を問うた。

喜一は、帰ったと思った健三が再び深夜に訪ねてきて、秀太夫が同意したことを聞かされていたから驚きはしなかった。淡々と秀太夫の話を聞き、きっぱりと自分の意思を老師に告げて頷かせた。だが秀子とのことがいつ実現できるのかは分からない。それはまだ高いところにある。全ては米ができてからのことなのだ。

秀子にもちろん異存はない。過去の染みが尾を引いている現実に少し戸惑いながらも、視線を落として喜一の言葉を聞き止めたのだった。

厄神《やくじん》からの帰り道の堂でのこと、東京のホテルでの夜のことが、頭を巡って消えていった。躰の内から湧いてくる熱いものに気付いて、秀子は庭の南天に視線を逃していった。

第六章　過去を断ち切る

〔1〕

「喜一さん、いる？」

窺《うか》がっていた建屋に喜一が戻った気配がある。濡れた手を前掛けで拭きながら、勝手口の戸を開け、秀子は思い切って声をかけた。

今日はことのほか冷え込んだ。実験区画できっと躰を凍らしているに違いない、そう思って風呂の湯を沸かしたのはもう二時間も前のことだ。

「ああ、いま戻ってきた」沈んだ声が返ってきた。

「お疲れさま。寒かったでしょ。お風呂を、沸かしてますよ」

秀子の語調には優しい強制が含まれている。自分に向いている心情に他ならないことはもちろん分っている。しかし、世間体を考えると母屋は敷居が高い。短い時間を置いて喜一が応えた。

「邪魔しても、いいのか？」ふっと生じた思いがこんな言葉になった。言ってから少し意味の違う言葉だったと喜一は後悔した。

「すぐにいく！」言い直してから、喜一は慌てて身支度にかかった。

師走のこのごろ、喜一は実験区画の土壌改良に力を入れていた。今日も一日中寒風に晒されて躰は凍っていた。

秀子はそれをよく知っていた。早く暖めてあげたい、それが秀子の思いだ。それに何かの動機がないと喜一に向かって能動的になりにくい。この寒さの中で躰を凍らせているに違いない喜一に、そのままではいけないよと、声をかけやすかったのだった。それなのに不器用な人は、誘いかけの言葉にも上手に乗ってきてはくれない。でもその不器用な朴訥《ぼくとつ》さに真実を感じてもいる。

喜一は慌てたさまで勝手口から母屋に入った。秀子が声をかけてくれたのはつい先ほどなのに、早や勝手にその姿はなかった。

喜一は風呂場に足を運んだ。脱衣室は整然と片付けられている。今まで何度もここで裸になり風呂を使ってきていたのに、今日は何故か新たな気がした。整えられた整然さには秀子の几帳面な性格や心配りを感じる。

引き戸の奥の風呂場は、濛々《もうもう》と湯気に包まれ、浴槽には湯が満ちていた。喜一のために蓋まであけて湯場を暖めてくれていたのだ。顔にまきつく湯気の中、喜一は五右衛門風呂に静かに躰を沈めていった。湯がザ〜と音を立てて溢れ落ちた。

躰を沈めた湯は程好く、ぬるめである。冷えた躰に熱い湯は肌を刺す。まずはぬるめの湯からそして、段階的に温度を上げる方が躰には馴染みやすいものだ。ここにも秀子の気遣いがあった。

喜一は寛《くつろ》ぎと至福を感じた。同時に秀子という現実的な存在を実感した。やがて足の先まで血が通って湯がぬるく感じるようになった。

「喜一さん、お湯はどう？　少し焚きましょうか？」

「ああ、頼む」

秀子の細かい心遣いが再び伝わってきた。躰を湯に浸けて追い炊きをしてもらったことは今まで何度もある。状景は同じなのに、何故か今は今までとは違う気がした。やがて五右衛門風呂の底から熱い湯が湧いてきた。

誘引されるように武夫が生きていたかつての頃が思い出された。こんな時はいつも、陰陽の浮揚が、稽古場から聞こえてきていた。蒸気抜きの窓から逆流してくる冷気で、湯気が乱流するのを眺めながら、遠くその声を聴いていた。

そして離れた稽古場にいる兄を意識しながら、壁の外で自分のために薪をくべてくれる秀子に、禁断の妄想を描いては後ろめたさに嫌悪もした。しかし外と内との土壁《つちかべ》を挟んで、秀子とは何かが通い合っていた。それが密かな至福だった。いずれは溶けて消えてしまう氷で出来た玩具を、大事にする子どもの心境に似ていたかも知れない。

しかし今は違う。後ろめたさもない。嫌悪感もない。むしろ至福感のほうが強い。

「沸いて来た」蒸気抜きの窓に向かって喜一が告げた。

「よく、温まらなきゃ。風邪を引くから、ゆっくり浸かって」

「ん」見上げた小さな蒸気抜きの窓に、チラチラと雪が舞っているのが見えた。

「雪が降ってきたのか？」

「そう、雪が降ってきたわ」

「積るかも知れないな」

「ええ、積るかも」

「今夜は、冷え込みそうだな」

「ええ、冷え込みそうね」

喜一は、ふと思った。なんと他愛ないやり取りだ。幼稚でぎこちない。途端に息苦しくなった。それらしい話題はないか。

「咲ちゃんは？」

「お婆ちゃんとこに遊びに行ったきり、帰って来ないの」

「武造は？」

「お爺ちゃんと、お正月のしめ縄を作るって。今日は二人を泊めるからって、母さんから電話で」

「じゃあ、二人だけか、今晩は？」

今度は喜一に気まずさがとりついた。意図があって言ったつもりはない。ただ話題を見つけようとして、子どもたちのことが口に出ただけだった。だが「二人だけか」という言葉は適当ではなかった。裏に意図があるように誤解させたかも知れない。

と、舞い落ちる雪の中で縮こまっているに違いない、焚き口の秀子の姿が目に浮かんだ。何かを言わなければならないような気がした。

「そこは寒いだろう。すまんな」

山田家の風呂は五右衛門風呂だ。どこの家もそうだが焚き口は外にある。夏の内に松の生木を切り分け、それを割り木にして、積んである。その薪や木の葉をくべて沸かすのだった。舞い散る雪は秀子のくるまった背中にも落ちているに違いなかった。返事のない秀子に、喜一は思い切って切り出した。

「この間の話だが」

「この間の？　何の？」

「秀太夫さんが来た、秀子さんと俺の」

秀太夫が来てそれらしい話に終わってはいるが、秀太夫の前でもあり、互いの気持ちを言葉で確かめ合ってはいなかった。いまさらという気もするし、言わずもがなという気もするが、暗黙の了解で済むことでもなかった。

とはいうものの面と向かっては面映《おもは》ゆい。今なら土壁を挟んでやり取りができる。喜一にすればやっとの感で切り出したことである。

「どう、なんだ？」確かめる声は少し頼りなげだった。

「喜一さんは？」遠慮がちな声が、蒸気抜きの窓から、抜けていく湯気をくぐって届いてきた。

「異存はない」

「わたしも」今度は、はっきりとした声が返ってきた。意思がある。

「そうか、じゃが、米ができるまで待ってくれるか？」

「米ができるまで？　いつまで？」

「わからん。三年か、五年か」

「三年か、五年？」

「ん、一、二年では無理だ」

秀子の心は以前から自分に向いていた。それよりも強く、早い時期から自分の方が秀子に向いていた。告白こそできないが、裸身を想像して、その豊かな肉を抱いている妄想を描いて過ごした夜は数え切れない。兄嫁なのだという自覚が現実を自制させてきていただけだった。

その垣根は、今はなくなっている。秀子を裸に剥いて今までの思いを毎夜打ち込むこともできる。だが喜一にはまだそれができない。躊躇いがある。くどいようだが、それは社会的な立場をまだ持ち得ていないという自覚だった。人々の目には気狂《きぐる》いした男にしか見えていない自分なのだ。

「俺は、今は気狂《きぐる》いしている喜一だ。待ってくれ。きっと作ってみせる」

「ええ」

躊躇の時間を置いてから、秀子の言葉が返ってきた。それは何の躊躇いだったのか。待ってくれと言った期間のせいか、人々の目には気狂《きぐる》いに見えていると言ったせいか、いずれにしても、それが嘘いつわりのない自分の現実なのだ。

同意を得るということは、その現実を秀子に納得させることに他ならない。喜一は唇を噛んだ。それに逆作用するかのように男の欲望が、湯の熱が溜まった躰を激しく駆け抜けていった。

「ああ、もういい。熱いくらいに沸いた」まだ焚き口にいるのかいないのか、秀子の応えはなかった。

喜一の頭には、米に対する期待と不安が、いつも取り憑いている。消えることはない。晴れ間を信じて雲の中で耐えているのと同じだ。だが今は少し爽快な気分になれた。所帯を持つのはまだ先だが、秀子はもう自分のものなのだ。米さえ出来れば同体同心になれる。隙間から流れ込んでくる寒の冷気も、湯に火照った肌に心地よく感じた。

「囲炉裏に火を入れているの。たいした物はないのだけれど」

秀子は食膳を整えて待ってくれていた。喜一はちょと躊躇ったが思い直した。

「お風呂上りだから」囲炉裏の角を挟んで、白い手の銚子が喜一に向いた。囲炉裏での酒は冷たい濁酒がやはり似合う。

「二本目は熱燗に」

「……」言葉が出てこなかった。

薪が囲炉裏で燃える、柔らかい橙色の灯にほんのりと映し出されたそこは、爛《ただ》れるような空間だった。秀子の気色が溢れている。武夫が生きている時の義弟の自分に対するそれとはやはり違う。

「さっき電話があって、咲も、お婆ちゃんとこに泊まるって」

「そうか」

喜一は思った。秀太夫か老妻が気を利かせているに違いない。すると意識だけが先行した。話題に事欠いて、二人はそそと食事を済ませるしかなかった。

喜一は早々に裏の建屋に戻った。ビシビシと冷気が重なる殺風景な建屋の隅で、いつものことだが、自問自答した。俺はどうしてこんなに頑なに振舞うのか。正直に気持ちをさらけ出して、今はもう秀子の胸に顔を埋めてもいいのではないか。堂々巡って、やはり結論は米ができてからだという思いに帰着するのだった。

母屋の風呂の蒸気抜きの窓が灯っている。秀子が湯を使っているのが分かる。富一太夫の手が這《は》った秀子の膝が、湯に揺らいでいる光景が目に浮かんだ。迷いを押さえ込んで、再び振り返った時には明かりは既に消えていた。

母屋の輪郭がまるで遮断壁のように黒く見える。喜一は重い綿蒲団を頭からかぶって闇を作った。

元旦は深い雪に見舞われた。往来にも人の姿はない。村落全体が深い雪に沈み込んだかのようだった。

母屋までのわずかな距離でさえも下駄の自由が利かなかった。庭の南天もこんもりと被さった雪の重みで、柳のようにしなって耐えている。松の垂れ枝もそうだった。冷え込みが過ぎたせいか、いつもは飛んでくる雀の姿も今日はない。

岳太夫健在の頃と違って、弟子たちの年始挨拶もない。密やかな年明けの朝がそこにあった。晴れ晴れしく村人達と顔を合わせたくない喜一にとっては、むしろ救われる元旦だった。

「やあ、おはよう」

「あら喜一さん、おめでとうございます」勝手の秀子が振り返って喜一を迎えた。

「ああ、おめでとうさん」

「お父様の大島を出しておきましたよ。それに着替えて」

「大島？　オヤジの？　あれは」

納戸に畳まれた和服があった。昨日出し揃えたのだろう、強い樟脳の匂いが鼻をくすぐった。

武夫が死出の旅に出た正月、同じように、秀子が喜一に義父の大島を着せたことがあった。あの時はわずかに寸足らずだった。だが今度は袖を通してみるとピッタリだった。

「良かった。ピッタリね」いつ入ってきたのか、秀子が遠目に見て言った。秀子が手直しをしてくれたのだ。

子どもたちにも華やかな着付けをしてやり、控えめながら秀子も元旦らしく装った。喜一は晴れ晴れと嬉しかった。米のことは少し遠くに置くことができた。

「お願いしても、いいかしら」

「ん、何かな？」

「お仏壇に、正月膳を給仕しなければ……、一緒にお願いしても」

「ああ、そうしよう。俺も挨拶しなきゃな」

「ええ」

喜一と秀子は、代々の霊位を祀った仏壇に正月膳を供えた。

黒檀の仏壇には黒ずんだ代々の位牌が並んでいる。作造の位牌も登世の位牌もある。白木の一体が二人の目を引きつけた。死んだ武夫がそこにいた。

奥行き二尺ほどの世界は、深く沈みながら、過去からの因果が何重にも積み重っているのだった。

秀子は、嫁の勤めとして朝餉夕餉の給仕をするたびに、作造と登世が残した因縁、武夫が自分に残した虚無と不可解な混乱、を思い出すのだった。仏壇の給仕と言う勤めは、陰湿な鎖に縛られているようなものだった。

喜一も同じだ。作造の位牌は、地獄に生きた同じ血を意識させる。登世の位牌は、母の記憶は消えて、向こう背の崖で命を絶った凄惨《せいさん》な事件を思い出させる。武夫の白木の位牌は、因果の上に立つ自分を意識させるのだった。

死者の尊厳は尊重されなければならないが、陰湿で凄惨な記憶しか与えない位牌、それを祀る仏壇、とはいったい何なのか。こんなにも、いま生きている者を苦しめているではないか。

喜一には、こうして見る仏壇の有り様も釈然としないのだった。死者に自覚があるなら、父作造も、母登世も、兄武夫も、果たしてどう思っているのか。

線香の煙はゆっくりと立ち昇っているのに、灯明だけがなぜか揺らいだ。二人は思わず顔を見合わせた。馬鹿なそんなことがあるはずがない。仏壇や位牌に命や意志などあるはずがないのだ。

喜一と秀子と咲と武造の四人は、正月の屠蘇《とそ》を祝った。

「お婆ちゃんの所にいってくる」はしゃぎながら、咲と武造は出ていった。お年玉をもらえる期待が幼子を雪の中に引き出したのだった。

咲や武造は、どんな人生を送ることになるのだろう。陰湿な因縁を背負ってはいないだろうか。堂々巡りの感慨が、秀子の頭を巡るのも、珍しいことではなかった。しかし無邪気で溌剌とした笑顔は、子どもたちの真実でもあった。

母屋には喜一と秀子だけが残された。静かな寛ぎが満ちている。しかし静寂が持つ気まずさもある。蜜柑を剥きながら秀子が呟いた。

「いい年になるかしら？」

「いい年？」喜一は意味無く応えたつもりだった。

「消したい」以外な答えだった。

「消したい？」

「消して、白紙というか」

「何を消したい？」

「……」

「兄貴のことか？」

「……」

「兄貴が、忘れられないのか？」

「誤解しないで。嫉妬もしないで。そんな内実じゃなかった」

「……」

「色々考えてみると、武夫さんは本当の夫ではなかったと思うけれど、私も本当の妻ではなかった、とつくづく思うの。病気のことだって知らなかった。死ぬ覚悟をしていたなんて、それも知らなかった」

「そりゃぁ無理だろう。いくら覚悟をしたとしても、嫁には話せないだろう。わしは死ぬつもりだなんて、言えるわけがない」

「それはそうかも。でも病気のことは話せるでしょ。打ち明けねばいけないことでしょ。どうしても打ち明けられなくて、手紙にするとしても、喜一さんにではなく、私に送ってくるのが普通でしょ」

「……」今度は喜一が黙った。それはそのとおりだ。武夫からの手紙は、秀子の立場に配慮を欠いているとは思っていた。

「そのことは、もういいの。だけど、嫉妬だけは、しないで」

「……」

「私が嫁いできたのは、武夫さんに求められたからではないのよ」

「許婚だったんだぞ、お前と兄貴は。親父と秀太夫さんが、そう決めていたんだ」

「サキさんとのいきさつが、あったからでしょ。埋め合わせだったのかも、私は」

「……」

「まだ五歳だった。何もわかっていなかった。私って、いったい何だったのかと、ずっと思っていたの、それが」言葉を切りながら秀子は押し出すように言った。

秀子の言う一つひとつはその通りだった。しかし岳太夫も秀太夫も秀子を簡便に扱ったのでは決してなかった。岳太夫はどうしても武夫の許嫁として秀子が必要だった。その存在は家宝にも値した。秀太夫もまた、岳大夫の懇請があったのは事実だが、秀子の女としての生きる道の是非を考えた結果として許婚に同意したのだった。だがそれは、当事者ではない人間が考えた道筋だった。

秀子からすれば発想の全てが、自分から始まるのが本当だった。だからというのではないが、厄神社参りのことや、豪雨から実験区画を守るために武夫の苦闘をよそに喜一に加勢したことを思えば、秀子の意識の全てが武夫に向いていたのかといえばそうではなかったようにも思われる。背反の意識や不義の意識があったわけではないが、全てが隙間なく武夫に向いていたとは言いきれない。

では秀子に対する武夫はどうだったのか。少なくともぞんざいに扱っていたようには見えない。立場も守っていたように思う。だが夫婦としての意識が噛み合っていたかどうかは判らない。いやわかる。そうではなかった。

武夫の心から、サキの胎の子を殺し、サキまで殺した苦悩が、簡単に消えるわけはない。生きている秀子と死んだサキが、常に武夫の中に存在したのは、避けられないことだったろう。だから秀子への負い目が生まれた。だからこそ、秀子の心の隙間を容認していたのだ。武夫は二重苦に嵌っていたと言えよう。

武夫は冷静沈着に見えたが、浄瑠璃ににじみ出るあの喜怒哀楽は、内面にそんな性格や感情を隠し持っていたからに他ならない。

とは言え手紙を秀子にではなく喜一に、自分の口からは秀子にではなく健三に、と周辺の者とのやり取りでことを進めた武夫である。秀子が今の心境に陥ったとしても仕方がないことだった。

「秀子、脱皮しよう。脱皮するんだ」喜一が言った。

「脱皮って？　でも独りになると、やはりあれこれ考えてしまうの」

「考えなければいい」

「考えてしまうのよ、どうしても」

喜一は蜜柑ではなく冷えた燗酒《かんざけ》を口に運んだ。それは冷たいはずなのに焼けるような痛みを持って喉を流れて落ちた。

「秀子、俺が忘れさせてやる」喜一の思わず口から出た言葉だった。秀子の目じりから筋を引くものがある。

喜一はある種の衝動に突き上げられた。それは全身を突き抜けるほどに激しい衝動だった。炬燵の角越しに秀子をいきなり引き寄せると、強い力でその躰を膝に抱きこんだのだった。

秀子は膝に顔を埋めてオイオイと泣いた。喜一は、女の、男の、人間の、生きていく因縁を思った。自分もまた因縁の渦中に生きている一人の人間なのだ。秀子の柔らかい肉の感触、それもまた因縁の感触なのだった。元旦の朝の母屋の、凍てついた座敷でのことである。

突如として喜一にある決心が湧いてきた。秀子を脱皮させる、それは少なからず自分もまた脱皮することでもある。二人が脱皮するには過去の因縁を断ち切ればいいのだ。綺麗さっぱり過去に関わるものを消し去れば済む。

湧いてきたそれは、躰の奥深くから噴き出して来たものだった。喜一はやおら立ち上がると、押入れという押入れから、代々山田家に残っていた浄瑠璃にかかわるすべての物を引っ張り出そうとした。初代・二代目・三代目岳太夫が演じた床本や見台、それに軸、裃までもが含まれている。

「何を？　何をするつもり？」

「燃やそう、全てを燃やして消してしまおう」

「そんな、なんと言うことを、お義父さんが……」

喜一の発想はあまりに意外だった。言い出したのは自分だが秀子にうろがきた。喜一が飛び込んだ次元など、秀子には思いもよらない次元なのである。

「待って、その床本は、お義父さんの！」

「そうだ、親父の、あの床本だ」

それは父作造こと二代目岳太夫が、二代目を襲名した時に演じて以来、最も得意とする出し物の床本だった。赤茶けて紙端は擦れ切れていたが、二代目岳太夫はそれを新しく書き換えようとはしなかった。いつも同じ床本を使い続けていた。「二代目岳太夫の浄瑠璃の軌跡」と言ってもいい遺品である。そのことを秀子も良く承知していたのだった。

「それも、それも、燃やすの？」素っ頓狂な声で秀子が叫んだ。

喜一が手にしていたのは、家宝として代々大事にしていた初代岳太夫以来の軸と見台、それに二代目岳太夫の初期、中期、後期の裃と紋の入った見台である。

「そうだ、これもだ！　みんなだ！」

「………」

喜一は放り投げるようにして、それらを庭の雪の上に積み上げていった。

「待って、いくらなんでも、そこまで」

「離せ秀子、中途なことをしても意味がないっ」

秀子の腕を払った喜一は、躊躇うことなく、それらに火を点けた。やがて一条の細い白い煙が立ち昇った。

「喜一さん、燃えてしまうよ！　みんな、燃えてしまうよ！」

秀子はいよいようろたえた。心の中にはいつも黒い何かが淀んでいた。それは不納得でもあり、孤独感でもあり、虚無感でもあった。そして見失いそうになる自分の存在でもあった。それらの原点は山田家の歴史と因縁にある。それらを消したいと思っていたのは本当のことだ。

それがいま、燃えようとしている。初代・二代岳太夫をおいてこの地の浄瑠璃を語ることはできないが、それらの遺品もまた、燃え尽きて消えてしまおうとしている。

秀子はやはり間違っていると思った。止めねばならない。だが喜一は頓着しなかった。

「みんな燃やすんだ！　過去も、因縁も、みんな、燃やすんだ！　俺が燃やしてやる！

俺が全てを消してやる！」

「こんなことをしては、ただでは済まない。二代目が嘆くのじゃぁ！」

「構わん、生きているのは俺たちだ！　足枷《あしかせ》の歴史は、もう要らん！」

「とは言っても。燃やしてしまっては、何もなくなって。あ、あ、燃えていく、あ、あ、燃えていく」

「構わん。秀子、お前の為だけではない、わしの為でもある。でなければ、わしらはいつまでたっても、脱け出すことは出来んじゃろうよ！」

襲ってきた躰の震えに秀子は声が出なかった。雪の寒さもあった。だがそのせいばかりではない。取り返しのつかない怖しいことになった、という畏怖《いふ》感に捕らわれたのである。祟《たた》りはないのか、得体の知れないものに報復されることはないのか、そんな畏怖が震えを起こしたのだった。

炎は容赦なく燃え上がっている。木製の見台は早や熾きになりかけていたが、それは輝いているようにも、灰になっていく過程を足掻いているようにも見えた。

緋色の熾きの表面でぺらぺらと揺れていた白い灰の皮が、やがては燃え盛る火に煽られて天空に舞い上がっていった。抵抗する力が剥がされて飛んでいったようにも見えた。喜一の言うように、過去の歴史が持つ因縁は確かに燃え尽きてしまった。

一塊の熾になっていたそれらは、ついには白い灰に変わってしまった。喜一と秀子は立ち尽くしたまま、消えていく過去を見送ったのだった。

「秀子、どうだ、過去は、何も無くなった」

「……」

因縁は燃え尽きた。これで良かったのかどうか秀子には判らない。祟りの恐怖とは裏腹に、何かが吹っ切れていくような気もした。残っているのは先祖代々の位牌の収まった仏壇と母屋そのものだけである。

炎に炙《あぶ》られて汗が噴いていた喜一の躰が突然寒さを覚え始めた。背中に悪寒が走る。

「風邪かもしれん。悪寒がする」風邪の兆候だと喜一は思った。

見ると喜一が小刻みに震えている。秀子は怖くなった。風邪のせいとは思えない。これは祟りではないか。目に見えない力が仕返しをしているのではないか。寒の元旦にそれはないが、地の底から陽炎が湧き上がっているのかと一瞬思ったほど、秀子の目には喜一や周りの景色が霞みながら歪んで見えた。

「罰が、罰が当たったのでは？」

「馬鹿を言うな。そんなことがあるわけがない」

「とにかく、暖まりましょう。早くっ」

急いで炬燵に戻っても喜一の悪寒は治まらなかった。歯がガチガチと鳴った。汗が胸倉にじっとりと噴き上げている。どてらの背も漣《さざなみ》のように波うっている。秀子は喜一の額に手を当ててみた。熱い。

「熱がある。お蒲団を敷きましょうか？」秀子の声を喜一は眩暈の渦の中で聞いた。悪寒は激しさを増して、喜一の躰を謂々と震えさせた。

「裏に、帰る」

裏の自分の建屋に戻るという意味だったが、立ち上がろうとして喜一は立ち上がることができなかった。腰と膝が定まらないのだ。

秀子は慌てて床を取った。喜一にも引き返す力は既にない。促されるまま横になった。暖かい綿の触感が喜一を包んだが、それでも震えは治まりそうになかった。秀子は急いで湯たんぽを差し入れ、雪を詰めた氷嚢を額に乗せた。どうすればいいのだろう。きっと罰が当たったのだ。きっとそうだ。しかし秀子が喜一にしてやれることはそれぐらいしか思いつかない。

喜一に正気が戻ったのは、元日の夜中を過ぎた頃である。柱時計が鳴らした鈍い音で目を覚ました。

部屋の火鉢は赤々と熾きて、五徳に乗った鉄瓶からは蒸気が噴いていた。どうやら熱は治まったようだが、胸倉は夥《おびただ》しい汗に濡れていた。

「目が、覚めた？」秀子が襖から顔を出した。

「ああ、すまん」

「すまん、だって」膝をついた秀子が、喜一の額に手を当てた。

「熱は治まったようね。よかった。何か食べる？」

「冷たい、水を」

ちょっと待ってと言い置いて、秀子は冷たい砂糖水を持って戻ってきた。喜一はごくごくとそれを飲んだ。気づいて秀子が言った。

「こんなに汗をかいて。ちょっと待っていて、着替えをもってくる」

部屋を出た秀子は直ぐに裏の建屋から、喜一の着替えを抱えて戻ってきた。建屋に踏み入られて困ることは何もなかったが、殺風景で殺伐とした男所帯を晒してしまった。だがそれはむしろ秀子に知られたい部分でもあった。痒い所を見つけてもらった時の感じに似ている。それにしても着替えの下着が良くわかったものだ。

「こんなに汗をかいて、早く着替えさせればよかった」

秀子は喜一の下着を剥いで汗を拭き、まるで赤子を扱うように新しいものと着替えさせていった。褌《ふんどし》をはずされた時はさすがにたじろいだが、熱にやられた躰はそれを制するほど機敏には反応できなかった。羞恥《しゅうち》は秀子にもあった。そこでは手が止まった。しかしそれはほんの僅かの間のことだった。

甘い居心地だった。初めて秀子の女の甘さを自覚した。すると急に空腹を覚えた。それは躰が回復した証拠でもある。

「腹が、腹がへった」

「雑炊《ぞうすい》でも作るから、このまま待っていて」

再び秀子は部屋を出て行った。鉄瓶の口が噴く蒸気は幾つもの白い筋に分かれていたが、やがては自らの勢いに掻き乱されて空気に混ざって消えていく。

雪は止んだのか、深々として音もない。ふと喜一は咲や武造のことが気になった。普段なら聞こえる声が聞こえてこない。そうだもう夜半なのだ、気づかぬうちに戻ってきて既に眠ったたか。戻ってきた秀子に喜一が訊いた。

「咲や、武造は？」

「お婆ちゃんとこに」

「……」

「喜一さんが風邪だって言ったら、こっちで預かるからって」

喜一は老夫婦の気回しを思った。

「お婆ちゃん、風邪が子どもに移ったら大変だからって。本音は孫と過ごしたかったんでしょう。咲も武造も甘やかしてくれるからあっちの方がいいみたい。今頃はまだ起きて騒いでいるかも」

風邪を避けたと聞いて少し気が楽になった。甘やかしてくれるからあっちの方がいいらしいという秀子の言葉も、二人きりという衒《てら》いを薄めてくれた。熱い雑炊は喜一の空腹を埋め、抜き取られた力を再び溜めてくれそうだった。

「よく食べたわねえ。お腹がすいていたのね」

空になった小さな土鍋を置いて、「また汗をかいたみたい」と言って、秀子は再び喜一の浴衣を脱がすと胸倉の汗を拭った。白いしなやかな指が小まめに動く。

至近の位置の秀子の吐く息が喜一にわかる。うなじから胸に通じる起伏が、喜一の目に飛び込んでもくる。女の気働きに彩られた成り行きが、甘い心地よさに喜一を誘い込んだのは言うまでもないことだった。

自制のたがは留まるすべを持たなかった。喜一の腕が衝動的な激しい力で秀子を引き寄せた。そして焦がれ続けてきた女体を裸の胸に抱きしめたのだった。秀子に抵抗はない。なされるがままになった。そして喜一の胸で熱い息を続けざまに吐いた。

膝を抱えて妄想に彷徨《さまよ》った昔日が甦ってくる。鬱屈した日々、抑制の日々だった。男の欲望を自慰で過ごした潤いのない日々だった。回想は一層反動的に喜一の欲情を煽《あお》った。

ところが脳髄は燃えようとしない。混沌として翻弄し始めたのだった。ここにきてなぜ迷走するのか。根源は「まだ一人前になれずにいる」という自覚なのかも知れない。いま秀子を求める性は、無価値な男の性衝動に過ぎないと言えなくもないのだ。

「ううう……ううう」豊饒の隆起に顔を埋めていた喜一の口から、思わず迷走のうめき声が漏れた。

喜一の心情が手に取るように分かる、秀子はかき乱されながらも冷静な認識を積んでいた。だからこそ逆に男の苦悶《くもん》に応えてやりたい。秀子の腕もまた喜一の頭を抱き込んでやれずにはおれなかった。

後ろから引っ張っていた見えない影の元凶は、喜一が燃やしてしまった。米ができてから喜一は言ったが、米などはどうでもいい。他人が気狂《きぐる》い男と呼んでも、それがなんだと言うのだ。よすがの無いこの身を早く抱きしめて欲しい。秀子は震え始めた胸で、切なく思った。この震えを止めないで欲しい——。

その時である。逆に秀子の脳裏に冷たい閃光が走った。心は既に占領されている。躰も燃えている。焼き尽くされたくて震えながら燃えている。それなのに脳裏に走った冷たい閃光が一瞬にして秀子の躰を凍りつかしたのだった。

武夫が家を出ていく前夜だった。その冷たい手が裸身を果てしなく嬲《なぶ》りつくした。愛情やいたわりのない無感情な感触だった。ところがそれ自体は煎り抜くような多彩で鋭い官能を秘めていた。行き場を失ってのたうつ裸身を、武夫の視線が見おろしているのを感じた時、蔑《さげす》んでいるのではないかとさえ思った。それなのに感応した。感応しながらそんな自分の躰を侮蔑した。だが結局は、折り畳まれるように被虐的な官能の中に封じ込められたのだった。そして武夫は失踪した。

その時の感触が、まるで染みが浮き上がるように、甦ってきたのだった。躰を投げ出したまま見るともなく見つめた天井板の節穴《ふしあな》までが鮮やかに瞼に甦ってきたのだ。今は闇だ。だから目には見えない。しかし脳裏でははっきりと像を結んでいる。

気がつけば、鉄瓶の吐く蒸気の音までがそのときとまるで同じだ。記憶の扉を開けて閉じ込めていた嫌悪が甦ってくる。喜一と武夫とは違う。だが被虐的な皮膚感覚はどうして同じなのだ。

「ま、待って！　待って」

逃れたいのではなかった。むしろ砕かれたかった。それなのに躰が硬直して反射的に拒否してしまうのだった。秀子は号泣した。累々と号泣した。拒否しているのではないことだけは知って欲しいと思ったが、伝える言葉を見つけることができない。

喜一は静かに手を引いた。そして闇の中で見えない天井を見つめたのだった。闇のそこには、秀子の瞼で映像を結んだ節穴はもちろん無かった。ただ静寂の中で鉄瓶が噴く蒸気の音だけが響いていた。


正月二日目の朝、秀子の作った雑煮を食って、喜一は早々に裏の建屋に戻った。何かを置き忘れたような晴れない心持ちだった。

建屋には何も無い。ただ殺伐とした空間があるだけだ。喜一は凍てついた空間で、ビシビシと鳴る冷気の音を聞きながら、ただ時間が過ぎていくのを見送るだけだった。

昼になって咲が呼びに来た。秀太夫夫婦が来ていると言う。秀子のさしがねに違いなかったが、喜一はそんな気分にはなれない。秀子が上手く取り成したのだろう、その後は誰も呼びにはこなかった。夕刻になってまた咲が呼びにきた。晩飯ができたのだと言う。だがこれにも喜一は行かなかった。

母屋は母屋で夕餉が進んでいる気配だった。罪は無いが耳に煩わしい秀太夫の笑い声が時々届いてくる。だがやがてそれも聞こえなくなった。老夫婦は孫との遊びに疲れて帰って行ったに違いなかった。

なに時だろうか音もなく木戸が開いた。秀子だった。晩飯の膳と燗がその手にある。秀子はそれを炬燵台に置いて、ゆっくり喜一を振り返った。

「食べて」

喜一は無言のまま差し出された猪口を手に取った。酒の熱が猪口から指に伝わって、わずかに湯気が立った。熱燗は風邪の去った喉を焼いて、喜一の胃の腑に落ちていく。注ぎ足された猪口を再びあおってから、秀子が差し出した箸を取った。無言のまま流れていく時間だった。しかしそこには秀子の確かな思いやりが漂う。

「ここなら、ここで」喜一には聞き取れないほどの、細い呟きだった。

「？？？」

「ここで、ここで、抱いて」やっと聞き取れる小さな声で秀子が言い足した。

「……」

「母屋は……、ここで、抱いて」

心はとうに許しているのに、昨夜は記憶に潜んでいた染みが制してしまった。自分でも思いがけない発作だった。母屋がいけなかったのだ。梁にも天井にも、母屋のここかしこに記憶を呼び戻す邪魔が染み込んでいた。喜一さんには分からないだろう。だから後で後悔した。どうすればいいのかと悩んだ。

秀太夫夫婦が帰る頃になって気付いた。考えてみれば母屋以外なら自分の心を邪魔するものは存在しないはずだった。そうだ裏の建屋なら、殺風景なるがゆえに、そこには何も存在しない。山田家代々の染みとも、武夫が残した染みとも、おそらく無縁のはずだった。喜一は浄瑠璃に関わる物一切を燃やしてしまったが、ある意味では正しかったのかも知れない。

「ここでなら、いいのか？」喜一の声には咎めるような険があった。棘もある。だが秀子は黙って頷いた。

「子どもたちは？」

「お婆ちゃんの所に、今日も向こうで泊めるって」

今度は秀子がそうしたに違いなかった。わずかの沈黙が二人の間に流れた。躊躇うかのようにゆっくり動いた喜一の腕が秀子を引き寄せようとした。

「……食べてから」言って秀子は身を引いたのだったが、瞳の奥には辿り着いた女の決心があった。喜一が勧めた猪口を秀子も受けた。

秀子の酌を受けながら、喜一自身も気付いたことがある。それは劣等の心境が今は湧いてこないことだった。確かに米はまだ出来ていない。その意味では一人前ではない。しかし一人の男と一人の女として自然に存在できたのだった。

喜一は燗酒を空け、膳を平らげた。そして向き直した視線を、秀子の予感に染まった視線が受け止めたのだった。

灯を落とした部屋に闇が訪れた。たった六畳の狭い空間なのに、漆黒《しっこく》の闇はどこまでも深く広い。喜一は暗がりの中で素裸になった。闇の空気は凍てついていた。だが寒くはなかった。

薄く硬い煎餅蒲団の上で喜一は秀子を裸に剥いた。晒された女体は闇の中でも、仄かに白く豊かな稜線を描いていた。

剥かれながら秀子は、舞い落ちる雪の音を聞き止めていた。寒天の彼方から舞い落ちてくる一片の雪の音である。他に何も秀子の感覚のいく手を阻む物はなかった。

官能のさざめきは連鎖し合い、やがてそれは一つのうねりに変わっていった。もう自己は存在しなかった。大海のうねりに翻弄される感覚だけがあった。そしてついには焼け焦げる烙印を自覚したのだった。もう雪の音も耳には届かない。

喜一にとっても、焦がれに焦がれた秀子の躰だった。そしてそれは、自分の羽交《はがい》の中で全てを投げ出して闇に溶けた。

何処からか隙間風が忍び入ってきた。それは凍てつくような冷気を孕んでいる。だが溶けた肌と肌には無縁の冷気だった。二人は朝まで互いの肌を離さなかった。チラチラと舞っていた雪は、夜半を過ぎる頃から本雪に変わっていたが、喜一と秀子はそれにも気づかずにいた。

〔2〕

正月三日、秀太夫が山田家を訪ねてきた。

二代目、三代目岳太夫の、碑の建立についての太夫間での合意を伝えるためであった。裃に身を正し各派の奉加帳《ほうがちょう》を手にしていた。

秀子は三代目岳太夫の妻として、喜一はその後見人として、秀太夫を迎えた。本来であれば秀子だけでいいのだが、喜一も一緒にという秀子の懇請を受けてのことだった。

秀子と秀太夫は親子である。互いに気遣う相手ではない。だが今日ばかりは違う。この地の浄瑠璃界の、太夫達の取り纏め役としての来訪なのである。

「山田秀子殿」一呼吸置いて秀太夫は言葉を繋いだ。

「趣意書。今は亡き二代目竹本岳太夫殿ならびに三代目竹本岳太夫殿におかれては、当地浄瑠璃界の重鎮として、云々……」

床の間を背にした秀太夫は仰々しく趣意書を読み上げた。二人は下座に端座してそれを聞き止めた。趣意書に続いて各派の奉加帳に記された寄付額も読み伝えられた。これに山田家が足して碑が建立される仕組みである。

建前は同好の士の寄付をもって建てられる顕彰碑なのだが、その実は当家の負担によるところも小さくはなかった。

しかし名誉である。何しろ土地の浄瑠璃史に永遠に刻まれる顕彰碑なのである。過去の実例からしても、劣らぬ貢献をしてきた二代目、三代目岳太夫の顕彰碑の建立はごく当然な扱いでもあった。

しかしこのことは、秀子を岳太夫家の後家、すなわち三代目岳太夫こと武夫の妻であったという事実に引き戻すことでもあった。目には見えない因縁の影を消すために、浄瑠璃にかかわるもの全てを喜一が焼き尽くしたのに、再び秀子は三代目岳太夫の妻に位置づけられているのだった。

秀太夫はしきたりに従って、岳太夫派の軸を掛けることと、二人の岳大夫が残した見台を飾ることを求めた。だが燃えて既に無いものを飾ることはできない。秀太夫は怪訝に暮れたが、三宝に載せた趣意書と奉加帳を床の間に飾って帰っていった。

「やっぱり、いけなかったんだわ」

「なにが？」

「みんな、燃やしてしまったから」

「構うものか。要らん物は、要らんのだ！」

「これから、どうしたら……」

「何のことだ？」

「建立祝いもきっとあるでしょ。その時に飾るものが無い。それに、私」

飾り物も問題だが、それよりも秀子を当惑させる事実がある。それが何であるか、喜一には直ぐに分かった。

今や秀子は全ての過去と一線を画したつもりでいる。喜一と生きるには、過去との決別が必要だった。建屋での一夜がその証明でもある。言えば一夜は秘めたそれらの清算でもあった。

それなのに今なお三代目岳太夫の妻という、過去に引き戻される現実がある。その現実に困惑しているのだ。

「それはそれ、これはこれだ」

「……」

喜一にいっさい抵抗感がなかったと言えば嘘になる。秀子を脱皮させ、自らも脱皮するために、遺品を全て燃やした。過去の因縁と決別したのだ。

今年播く米が果たしてそれらしいものになるかどうか、不安の中で春を待つ喜一にとっては、焦燥感の入り混じる暗くじっとりと湿った日常だった。

松の内が過ぎるのを待って秀太夫がやってきた。普段着姿ではあったが孫の顔を見にきた訳でもなかった。碑の建立の具体的段取りを発起人代表として知らせにきたのである。喜一も同席を求められた。

「仔細《しさい》が決まったぞ。これでどうだ？」図面を広げ、交互に秀子と喜一を見た。

図面には、二代目岳太夫、三代目岳太夫ともに、最大幅三尺、高さ五尺の自然石に、幅四尺、高さ一尺五寸の一重台座碑が描かれている。

表の彫刻は「二代目　竹本岳太夫顕彰之碑」「三代目　竹本岳太夫顕彰之碑」となっている。それは過去に建立された碑のどれにも見劣りしないだろうと思われるものだった。

裏面に、建立者の名前を彫刻するのだが、二代目のものは発起人だけの名前になっている。登世の名はない。死んでいるからということなのだろうが、生きていても登世の名前を刻むことなど出来ないだろう。

それに対して、三代目の碑は「建立者　妻山田秀子ならびに発起人云々」となっている。

またまた秀子に困惑が生じた。

秀太夫は自慢げに説明を終え、冷めた茶をごくごくと飲んだ。冷めた茶を飲んだせいか背中を震わせて、パチパチと音を立てて熾きている火鉢を抱くようにして二人を見た。どうだ、いい計画だろう、と言わんばかりの破顔である。

「……」

「何だ？　不満でもあるのか？」秀太夫が破顔を引き締めてから訊いた。

「いえ、別に……」喜一は否定して返した。

「お父さん、建立者名は私でなきゃならないの？　発起人さんだけの名前では？」

「何を言うとるか。発起人もだが、歴代、妻の名も刻銘するものじゃ」

「でも、二代目の碑には……」

「ああ、二代目についてはどうするか迷った。他の太夫とも相談したが、登世さんも死んで、もうおらんのじゃから、ということでな」言外に登世が生きていても刻銘することは憚ると臭わした。

「三代目の碑も、そうしては？」

「そういう訳にはいかんじゃろう。お前は生きとるんじゃから」

「……」

「秀子、よく聞け。武夫さんに何かの思いがあるみたいじゃが、お前は武夫さん、いや三代目岳太夫の嫁じゃった。これは事実じゃ。それに三代目はもう死んでおるのじゃ。仏を汚すような事を言うたり、したりしてはいかんぞ」

「そんなつもりは……」

「うむ、それならば、これでよかろう。なあ、喜一さん」秀太夫は喜一に同調を求めた。

「は、……」

「うむ、ええな、秀子も」

「はい、……」

「咲や、武造は？」

「呼びますか？」

「うむ、正月以来、顔を見ておらん」

「咲っ！　武造っ！」秀子が呼んだ。咲が二階から下りて来た。武造も後ろについてきている。

「お爺ちゃん！」

「おう、おう、元気かっ？」正月のほとんどを一緒に過ごしたのに、秀太夫は久しぶりかのように二人の孫に愛好を崩した。

「お爺ちゃん、神棚にお供えしてきたお年玉は、預かってもらっているだけだからね。その内いただきにいくからね。神様にそう伝えといてね」

「おう、わかった、わかった」

十一歳の咲は利発《りはつ》な子だ。本気とも冗談とも知れないそんなことを言っては、秀太夫の気を引き止めた。そんな孫娘が秀太夫にはまた可愛い。武造はまだ七歳だったから、理屈などは頭にない。秀太夫の膝を遊び枕にしてじゃれついているだけだ。これはこれでまた秀太夫には愛嬌だった。

秀太夫はしばらく孫と遊んでから満足そうに帰っていった。喜一と秀子だけが座敷に残った。咲と武造は二階に上がっていったらしい。

「喜一さん」急須から熱い茶を注ぎながら、視線を向けずに秀子が問いかけた。

「……ん?」

湯気の立つ茶を差し出す秀子の視線は、じっと手元に残ったままだった。やがて秀子が視線を上げた。

「建立者の名前、本当に、私も要るのかしらね?」

「……」

「どうして、黙っているの?」

「気にならないわけじゃないが、拘《こだわ》りすぎかも」

「……」

「秀子、米が出来たら一緒になると俺は決めている」続けて、「おまえが、兄貴の嫁であったことは消すことのできない事実だ」と言った喜一だったが、内心はすっきりとはしていなかった。何かが浮き上がってくる。

初めて秀子の肉を知ったあの夜、無我夢中で埋没した。それは初めて叶えられた欲望だった。切ない喘《あえ》ぎ、乞う表情、そこに、自分の女としての秀子の隷属《れいぞく》を見た。しかし反作用のように、武夫に抱かれる秀子が目に浮かんできたのだった。全裸の武夫に裂かれる全裸の秀子が、目の奥で映像を結んでしまうのだった。

打ち消しても打ち消しても、それは何度も襲ってきた。その時の感覚に通じる感覚が、武夫の妻として顕彰碑に彫刻されることを知った喜一に、襲ってきたのは事実である。

武夫が生きている間は、仄かな思いはあっても、嫉妬と言える感情はなかった。ところが今は嫉妬がある。それも捩れをもった嫉妬である。

秀子の官能に悶える表情は、自分が教えたものではない。武夫によって教えられ、身についた反応と、表情なのだった。満たされ切れない何かが、相反しながら喜一の中で混在したのは事実だ。

「思い出して、しまうの」

「……」

曇った顔で呟く秀子の言葉が、自分の中にある混濁《こんだく》と重なっていく。兄貴に抱かれた時のことを思い出すのか、と訊きかけて喜一は言葉を飲んだ。言えばそれは意地悪な棘《とげ》でしかない。いまさら白紙に戻ることはできないのだ。その意味では喜一の苦悩も消えることはない。

「消して、無くしてしまいたいのに」

「無くして？」

「重いの……」

いま秀子を捉えている多くの負は武夫との記憶である。消してしまいたいほど暗く陰湿な重い記憶なのである。

喜一にある思いが閃《ひらめ》いた。

「秀子、もう一度、脱皮しよう。蝉が殻を脱ぎ捨てるように脱皮しよう。顕彰碑のことはほっておけ。その場さえ過ぎれば無視することができるだろう。大事なのは普段の生活での感情だ。ん、それしかない」

薄暮の中の秀子を救わんがための閃きだったが、気がつけば自分を救うための閃きでもあった。

「そうだけど、どうすれば……」

「母屋も燃やす！　全部消してしまう！　何も無ければいいのだ」

「母屋を燃やす？」

浄瑠璃にかかわるものは全て燃やしてしまった。過去に通じるものという意味では、母屋も同じ存在ではある。しかしそんなことは考えたこともない。嫁にきた人間が考えることではない。

しかし、武夫の気、山田家代々の気、それらが母屋に充満しているのは事実だ。寝間に至っては息苦しいほど顕著に存在する。夜中に目覚めたときの天井の節穴《ふしあな》、それは武夫に抱かれながら発見した節穴でもある。あの壁も、あの火鉢も、あの柱時計も……。考えてみればすべてのものが過去に通じていた。

咲や武造は別だが、母屋がなくなれば武夫や先祖代々の気が消えて、縛られているすべての因縁も消えるのかも知れない。しかし母屋を燃やしてしまうなど、そんなことができようはずがない。

「母屋を！　燃やしてしまおう！」

「……」

「母屋を、母屋を燃やしてしまおう。きれいさっぱり、全てを、燃やしてしまおう！」

「そんな、とんでもないことを！」

「いや、そうでもない。気がついてみれば単純なことだ。そうすれば秀子の気持ちも変えられる。脱皮できる。俺の気持ちも」

「そんなことはできない！　私にはできない」

「いやできる！　兄嫁だったことは消せないが、山田家の嫁だったことは消せる。消した方がいいのだ。それでこそ脱皮できるというものだ」

「……」

「裏の、俺の建屋ででも生きていけるか？」

「……」

とんでもないことになった。浄瑠璃にかかわる遺品は燃やしてしまった。さらには嫁いだ家の母屋を燃やす。いくら何でもただで済むとは思えない。あの家には喜一という気狂《きぐる》いの男がいるが、今度は後家までが気狂《きぐる》いになったと世間のそしりは免れないだろう。それだけではない。秀子自身が縛られる過去の記憶と因縁、それを超えて母屋には先祖代々の霊がもつ因縁もある。それらをも葬ることにもなる。必ず罰があたる。秀子は恐ろしくなった。

肯定と否定と恐怖が入り混じって、秀子は黙った。秀子の決心を引き出せないまま喜一が裏の建屋に戻ったのは、日暮れてから既にもう四半時がたったころだった。

翌朝、朝餉ができたと秀子が喜一を呼びに行ったのだったが、喜一の姿はどこにも無かった。こんなに早く、いったいどこへ行ったのだろう。昨夜のやり取りで気を悪くして、気晴らしにでも行ったたか。それにしても早朝からというのも頷けない。あれこれ思案しながら粥をすすっているところに、息をせき切らせた喜一が飛び込んできた。

「秀子、ここを燃やすことにした。かかる先には知らせてきた」

「かかる先、って？」

「ん、消防団や村長のところだ」

「……」

「ハッ、ハッ、ハ、誰も俺の言うことを信用せん。俺は気狂《きぐる》い男だからな。ハッハッハ」

「……」改めて秀子に衝撃が走った。

喜一は本気だ。かかる先には知らせてきたと言う。躊躇いを超えて、恐怖が秀子を包んだ。喜一の発想に驚きはしない。控えめな喜一だが、これと思えば思い切ったことをするところがある。浄瑠璃を捨てて米に熱中するところも、そんな性格によるものであることを秀子は知っている。

「それで何と?」

「ん、気が狂ったのかって言いおった。俺はもともと気狂《きぐる》い男だ、と言い返したら、お前の言うことは信用できんと言い返された。ハッハッハ」喜一はまるで冗談のように笑い、秀子が盛った粥を美味そうに啜った。

「……」

やはり喜一は本気だ。粥をすすっては、美味そうにバリバリと音を立てて沢庵を噛む喜一を見て、秀子は確信した。もう腹を決めている。

その翌朝である。正月は過ぎていたが、山間の村落では旧暦の小正月までは正月が尾を引く。それにこのつもり雪である。村落中が凍てついて怠惰《たいだ》な休眠状態にあった。

「秀子、起きたか？　咲は？　武造は？」

「まだ、寝ているけど」

「起こせ。起こして飯を食わせろ。飯を食わせたら実家に遊びに行かせろ。いいか、持って行かせる物は着替えだけにするのだ。それからお前は裏の建屋に行け。母屋が燃え尽きるのを、その目で見届けるんだ」

「！　……」

「今日、みんな燃やす。飯を食ったらな」と言って、喜一は忙《せわ》しなく朝餉の粥を啜った。

本気であることは分かっている。従うかどうか一晩中考えたが結論は出せなかった。万一の場合でも、やはり仏壇だけは移さなければならないと思った。仏壇を燃やすことだけは何としても避けなければ、恐ろしいことが起きるような気がした。だが喜一は笑って受けつけなかった。

「先祖には悪いが、仏壇を残せば元も子もない。因縁の元が残ってしまう。墓もあれば顕彰碑もできる。墓や顕彰碑は壊せないが母屋や仏壇はどうでもいい。それにどちらかと言えば生きている人間のほうが大事だ。先祖には後で謝ればいい」というのが喜一の言い分だった。

「祟りは、祟りはない？」

「祟り？　そんなものがあるはずはない！　今となっては全ての因縁を消し去るしか方法はない」

今の心境から脱皮することを優先するとすれば、喜一の言い分に理を感じる。だが仏壇や位牌を燃やしてしまうなどということが世間にありうるのか。本当に神仏の祟りはないのか。引きずっている染みから逃避したいと願いながらも、秀子はやはり常識の殻を破り切れずにいた。

喜一の催促に押されるようにして、咲や武造を実家に送り出した秀子は、着の身着のままで裏の建屋に移った。

喜一は仏壇に向かって合掌し、にわかに座敷中に油を撒いて火を点けた。仏壇の何に合掌したのか、喜一なりのけじめに違いなかった。

火は油を追って畳を這い、たちまちの内に座敷中に燃え広がった。あっという間に障子と襖が燃え上がり、炎は柱を伝って天井に燃え広がっていった。

渦を巻き始めた炎は、別の渦と重なって轟々《ごうごう》と音を立てた。やがて火炎は軒に噴き出だしたかと思うと、母屋を包んで轟然《ごうぜん》と燃え上がったのであった。

白い雪景色の中で、母屋を包む火炎と黒煙は、高々と天空を焦がし始めた。いつの間にか火事を知らせる半鐘が打ち鳴らされている。往来もまた飛び出してきた人々の喧騒の渦と化していた。村を挙げての異常事態である。

やがて半被《はっぴ》に鉢巻きを締めた村落の消防団が、ポンプ車を押して駆けつけてきた。この時代この村落には消防車などというものはまだ無い。荷車に載せたポンプを手押しで運び、人力で水を圧縮して放水するのである。

猛《たけ》る火炎が母屋を完全に包んでしまった後だ。もはや手のつけようもなかったが、しかし消防団は放水を試みようとした。

「待ってくれっ！　ほっておいてくれっ！　火をつけたのは、わし自身だ。消す必要はない。このままほっておいてくれっ！」仁王像のように立ちはだかった喜一は、彼らに向かって叫んだ。

「なんやとっ！　火をつけた？　ほんまのことかっ？　この気狂《きぐる》いめが！　どけっ、そこをどけっ！　どかんか！」男衆は喜一に向かって怒鳴った。だが喜一は離れない。

「頼む、ほっておいてくれっ！　わしの家に火をつけたのは、わしやっ！　ほっておいてくれっ！」

反対側からももう一つの消防団が同じ出で立ちで駆けつけてきた。喜一は彼らに向かっても叫んだ。必死の形相である。

自分で住家を燃やすなど常人に理解できようはずがない。誰が見ても気狂《きぐる》い沙汰に違いなかった。往来で激しい怒号が飛び交ったが、喜一は桶一杯の水も向けさそうとはしなかったのである。

裏の建屋で息をのんで見守っていた秀子は、怖ろしさで足がすくんだ。足元の冷気に地の底まで引きずり込まれそうな錯覚にも襲われた。

迷いながらも喜一の指示に従ったが、現実に母屋が黒煙と火の塊になった途端に、息ができないほどの恐怖に陥ったのだった。飛び交う男衆の怒号が聞こえてからは、腰が抜けて立つこともできなかった。

火勢《かせい》はいよいよ増して、燃え盛る轟々たる炎の塊となった。今では母屋のかつての輪郭さえ窺うことができない。今更、桶一杯の水や、手押しポンプの放水が何の役に立とうか。雪の往来に立ち尽くしたまま人々は、荒れ狂う火炎と天空に立ち上る黒煙に、目を見張るだけだった。

数時間が経ってやっと鎮火した。きれいさっぱり燃え尽きて、その跡は熾が山となっただけだった。そこが母屋であったことを窺い知るものは何も留めてはいない。真赤な熾の山と、くすぶる白煙、風に舞う灰だけだった。

山田家は無くなった。喜一は実感した。

延焼しては困ると、人々は燃え尽きた熾の山に放水を試みようとしたが、喜一はこれをも制した。完全焼失が目的だ。炭を残すことも避けたい。

「先祖の罰が当たるぞ！」「いや、天罰が下るぞ！」「気狂《きぐる》いのすることは、とんでもないことだ」「秀太夫はえらいところに、秀子を嫁にやったものだ」「登世と言い、喜一と言い、山田の家は狂っておる」「清一の怨念や、サキの怨念が祟っているに違いない」あるいはたまた、「後家の秀子に手をつけようとした喜一が、断られた腹癒せに火をつけた」等々、人々は口々に勝手なことを言い合った。

だが喜一は気にも留めなかった。そしりは初めから承知の上なのだ。

こうして裏の小さく粗末な建屋と、着の身着のままの人間四人が残った。

［3］

これほどの騒動になるとは喜一も予想外だった。綺麗さっぱり過去を消し去って、粗末でもあり狭くもあるが、裏の建屋での四人の生活だけを考えていた。

だがことはそう単純には済まなかった。兄嫁の後家やその子どもたちと喜一が、いきなり一緒に住めるわけもない。身内の合意があるとは言え、喜一と秀子の仲はまだ世間は知らない。

結局、秀子と咲と武造は、とりあえず実家である秀太夫の家に身を寄せることとなった。したがって裏の建屋には喜一独りだけが残った。

二つには火つけは犯罪である。誰が届けたのか、見たことのない警察の車が来て、現場検証が始まった。だが現場検証とてするすべが無い。完全焼失して何も残っていないのだ。それに喜一自身が、自ら名乗り出てもいる。かかる先には事前に知らせてもいる。ただ気狂《きぐる》い男の言うことだと、誰もが信用しなかっただけのことだ。

山間の僻村《へきそん》のことである。現場検証といってもその理由を確認するにとどまった。家を壊した廃材を野焼きにした程度のことで終わったのである。喜一が火つけの罪を問われることは無かった。

「喜一はおるか？」

そんな時の喜一を訪ねてきたのは健三である。山に入っていて母屋焼失の騒動を知らなかった。猪の獲物を持って山を下りてきて、初めて知ったのだった。

「喜一、思いきったことをしたな」

「……、ん」

「悔やんどるか？」

「悔やんではおらん。これでええと思うとる」

「ん、……これでええ」

「……」

「ハハハ、気狂《きぐる》いのすることは、とんでもないことと相場はきまっとるよ、ハハハ」健三は快活に笑った。

健三は事情を一から十まで知っている。死んだ武夫の意を汲んで、秀太夫に秀子と喜一の間を諭したのも健三である。言わずもがな健三は、喜一の気持ちも分かりすぎるほどに分かっている。

　健三は鉄砲撃ちである。ただ独り何日間も奥山に分け入り、ウサギを撃ち、猪を撃ってきた。

　健三は思う。いかな獣でも命は心を持っている。合わした照準に気付いた時、獣は一様に自らの命を守ろうと一目散に逃げるか、きまって撃たないでくれと哀願する。言葉はないが判る。そこでは撃つものと撃たれるものの、命をかけたギリギリの本能が激突する。それを一発の弾丸で決着をつけてきた。その命を抹殺してきた。

　人は獣だから構わぬと言うだろう。しかし獣と人間と何が違うと言うのだ。全ての命には心がある。だがそれらを撃ち殺してきた。それは生きるためだった。生きるために殺してきた。数え切れぬほどの獣の命を奪ったその度に、健三は自らが生きるためであると自己納得をしてきた。これが現実だ。

　喜一が母屋を焼失させたのも生きるためだ。家にも仏壇にも、しいて言えば位牌にも、現実に生きている人間の命に代わる命は宿ってはいない。

＊

健三の脳裏に走馬灯のように甦ってくるものがある。悲惨にもサキは、神が淵で首を吊って死んだ。そのずっと前、サキに頼み込まれて武夫との仲持ち役を果たした。武夫とは幼馴染で兄弟のような関係だった。だから引き受けた。しかし口には出さなかったけれど、そのサキという娘は自分が憧れていた娘だった。大事に思っていた。嫁にする夢想まで描いていた。

二つ年上のサキは、眩しいほどの魅力をたたえていた。闇の中で想像を巡らし自慰をしたこともある。夢精を放ったこともあった。思春期の男が女の未踏《みとう》の魅力に取りつかれるのは健三もまた同じだった。

健三とサキとは似かよった境遇にあった。サキは清一との父娘二人暮し。健三も留吉との二人暮しである。住家も貧相で、その日暮らしの生活という経済性も似ていた。だからサキとは似合い同士だと思った。いつの頃からか健三は真面目にサキを嫁にすることを考えていた。

だが、見た目の境遇は似ていても、自分とサキとは何かが違っていた。それは、鉄砲をかついで山に分け入り雪に焼けてきた男と、街に生まれ育ってそれらしい娘らしさを身につけた女の違いだった。黒い田舎者にしか見えないという引け目が、健三を躊躇《ため》わせたのは事実だ。

そんな時、武夫に対するサキの気持ちを、先に打ち明けられたのだった。だから自分の気持ちはなおさら言い出せなかった。自分にではなく武夫に好意を持っていることを聞かされた時の、残酷な衝撃は今も覚えている。閉じ込めることになった自分の好意を、それからはサキの気持ちを支えてやることに変えてきた。

だから武夫とサキを山小屋に連れて行った。そして二人だけにしてやった。二人だけにしてやったものの、胸が痛くて、ついにはいたたまれなくなって、雷と雨の中を二人がいる山小屋まで戻ってきてもみた。

足音はあの雨に消されて二人に気づかれることはなかったが、囲炉裏の火に照らされて抱き合っている裸の二人を、落とし雨戸の隙間から覗き見た時、息が出来なくなるほどの苦しさと、これでサキが幸せになれるという根拠のない単純な安堵感を同時に覚えたものだった。それで自分を納得させた。だがどこかで自分の悲運を嘆いていた。

そのサキがあんな死に方をした。生身を焼かれるような、腹を割られて内臓を掴み出されるような苦渋に吐き気がした。何度か血反吐《ちへど》も吐いた。

サキの死は他人事とは思えなかった。一緒に死んでやろうかとさえ思った。武夫が悲嘆に暮れ、苦悩しているのを見るにつけ、秤はどこかで人間の幸不幸の均衡《きんこう》をとるものだと、つかえが取れた感じを心の内で持ったのは事実だった。

そんな武夫に秀子が嫁にくるに及んで、秤の不均衡を思い、またもや武夫を妬ましく思った。祝福する気持ちと羨む気持ちが同じくらいあったように思う。

その武夫が死んだ。今度は武夫に同情したが秀子にも同情した。そして武夫と秀子との仲が羨むほどのものではなかったと知って、武夫の寂しさを思い、やはり秤は均衡するものだと思った。

やがて秀子と喜一が心を通わせていることを知ったのだったが、なぜか二人には抵抗のない理解を持つことができた。秀子に惹かれている喜一を理解できたし、同じように秀子の悩みにも理解ができた。

だからこそ母屋を燃やした理由も理解出来る。立場が違えば自分も同じことをしたかも知れない。生きるためには、現実の道を選択するしかないのだ。

＊

目に映る健三の顔には、過酷な山の自然に耐え、獣と対峙してきた逞しい男の生きざまが滲んでいた。

「しし鍋を食うか?」そのつもりで健三はしし肉をぶら下げてきている。言葉の交換をしているだけだ。

「ん、食う」

「ん、食おう。秀子も呼ぶか?」

「いや、二人でええ」

「そうか、よっしゃ。なら、二人で食おう。これだけありゃぁ食い切れんぞ、ハハハ」健三は、またまた快活に笑った。

雪焼けした黒い顔は皮がはがれて所々が生肉のような色をしている。鉄砲撃ちの勲章といった体である。

七輪にかけた鉄鍋は、もくもくと湯気を立てた。濃厚な肉の匂いが立ち込める。岳太夫を襲った獣、その獰猛《どうもう》な猪の肉を炊き込む匂いだ。しかもそれは健三が撃ち殺した肉である。残忍とも思えるが、しかし男の征服を思わせる匂いでもあった。

「こないだは参ったぞ。あれは奥山から、さらに三つも山を奥に入った、滝の口のあたりじゃったかなぁ、雌の猪を見つけたのよ。食い物を探して沢まで下りてきたんじゃろうのう。俺は深い雪に埋まりながら、音を立てんようにして、そっとそっと、近づいたんだ。一歩、一歩な。やっとのことで射程に入った。俺は静かに鉄砲を構えたのよ」健三は両腕を構え、その時の格好をして見せた。

「その時じゃ、奴が振り返りおって、俺の目と合ったんや」

「ハハハ、逃げられたのか？」

「いや、奴は逃げようとはしなかった。じっと俺の目を見るんだ。撃てば必ず仕留められた。だが引き金を引けんのだ。その目を見ていると、な」健三は、その時の場面を思い返すかのようにしばし目を細めたが、やがてその目を瞑《つむ》った。

喜一はその状景を想像した。半身が雪に埋まった健三の頭に、チラチラと粉雪が舞っているのが目に浮かぶ。

「気がつくとな、子どもがいたんだ。二匹だ。だからあの雌は逃げなかったんだ。普通なら子どもを守るために攻撃してくるものなんだが、あの雌は攻撃もしてこず、逃げもしなかった。じっと雪の中に佇《たたず》んで俺に訴えてきた……」

気がつけば二人とも箸をおいて、互いの顔を見合っていた。

「それで、どうしたんだ?」

「ん、結局のところ、撃てんでな。奴に逃げて欲しかったんだが、逃げもせんので、俺の方が後ずさって、逃げた……」

「なに、お前が逃げたのか?」

「そうだ。俺の方が逃げた。雌の母親が愛しかったんじゃない。怖くなったんだ。雌のその態度が、な」

「……」

「撃たなくてよかった、とおもっとる。撃っていたら、後で俺はきっと後悔しただろう。……子どもも死ぬに違いないからなぁ」

ぐつぐつと煮え上がる鍋に気づいて、健三は箸を取り鍋の肉を掴んだ。怖かったからと健三は言ったが、子を持つ雌の情に落ちたに違いなかった。

その時のそんな揺れた情を思い出した後でも、箸で掴んだ同じ禽獣の肉を、健三は美味そうに口に運んだ。動物的とも言え、本能的とも言え、人間的であるとも言える健三がそこにいた。

獲物の命を奪うという生業は非情なものなのだろう。喜一は情と非情との狭間で生きる鉄砲撃ちの赤裸々な生きざまを見る思いがした。そんな健三が、荒々しく、それでいて静かな大きな人間に見えた。背筋が何かの刺激に震えた。

喜一は、今ではたった一人の親友であるそんな健三に、よほど秀子と夜を過ごしたことを打ち明けようかと思った。世間体をはばかって内密にしてはいるが、秀子とは既に他人の仲ではない。二人の思いを汲んで秀太夫夫婦を口説いてくれたのも健三である。隠しているのも白々しく水臭い気がした。一方で衒いもある。

そんな喜一を健三は察したらしい。秀子とはうまくいっているか、そのために母屋も燃やしたのだろう、既に二人はできているのか、などと遠まわしに訊いた。喜一は言葉ではなく目で肯定してそれに応えた。その度に健三は黙って頷いた。

気の重さが消えて喜一の舌に肉の甘さが広がった。湯気の向こうの健三の顔は代えられない味方の顔だった。

「喜一、できるだけ早く秀子と一緒になれ。誰がなんと言おうと一緒になって、思いっきり抱いてやれ。抱いて、抱いて、抱き続けてやれ。それが男だ。秀子はお前の女だ。とろとろして、いつまでも埒があかんようなら、わしが秀子を盗むぞ。今度は、ほんまにそうする」

「……今度は?」

健三はけしかけるためにそう言った、とは直ぐに理解できたが、真剣な顔で言った「今度は」という言葉には喜一も引っかかった。

「ああ、今度は、な」

「? ……」

「ハハハ、心配すんな。秀子に手は出しておらん。お前がほっといたら、という話じゃ」

健三の表情にやましさは宿っていない。遠い昔の、寂しい傷が呼び戻した痛み、を洩らしたぐらいのことは喜一にも想像がついた。

「わしの、知らんことがあるのか?」

「気にするな。過ぎた大昔のことよ。それに、生きていれば、傷の一つや二つは誰にもある。俺にもあったということだ。とにかくお前は秀子と一緒になるんだ。秀子を抱いて、抱いて、お前の女にしてやれ、ええな」

健三の「抱いて、抱いて」という言葉と、最後の「ええな」と念を押した言葉には、食い込むほどの強い語気がこもっていた。

男と女の「抱く」とか「抱かれる」とかいう行為は、秘められるべき世界だが、健三は大っぴらにその言葉を使った。秀子との秘め事に踏み込まれている感は拭えないが、嫌味とかお節介とかそんな印象を与える言い方ではなかった。距離もなく遠慮も不要な人間関係での率直な言い方だった。

健三は、死に直面した武夫に打ち明けられて、意味合いは違うのだが秀子もサキと同じように、女としては哀れな運命に生きていることを知った。それからは心の奥で、重い溜息とともに考えさせられてきた。葬ったサキへの思いが、秀子に対する喜一の思いと重なったのかも知れない。

「わかったな、喜一。でなければ、撃ち殺すぞ、ハハハ」

「ハハハ、わかった、わかった」

二人は濁酒を注ぎ合っては肉を噛んだ。鍋の湯気が二人の顔に巻きついて、それぞれの顔に滲む心の内を隠してくれたのだった。

母屋を燃やした喜一は、なおのこと、奇人、変人、気狂《きぐる》い、となった。村人と往来で往きあっても視線を外される始末である。誰もがかかわりから逃れようとした。

秀子も同じそしりを免れなかった。人々の間では嫁と義弟として既に一つの縄で括《くく》られていたのだった。

だがそんなことは、喜一にとっても秀子にとっても大した問題ではなかった。もとより人の噂を気にしては生きていけない身分である。むしろ喜一は、母屋が消えてその向こうの田畑が見通せる空間が生まれたと同じように、心に立ちはだっていたものが消えて解放感さえ覚えていた。

秀子も同じだった。実家に身を寄せたことで、山田家の後家としての立場や、迷い込んでいた武夫との過去からは、ある意味で切り離された心理状態になれた。

それに母屋と裏の建屋という至近距離よりも、秀子の実家と喜一の建屋というわずかではあるが離れた生活形態の方が、無関係な関係を装いながら相手を意識して思いを育むことができるようになったと言っていい。

〔4〕

再び春が巡ってきた。山の木々も芽吹いて景色は様変わりした。畦のたんぽぽや菫が花をつけるのも間近のことだった。喜一にとって特にこの時期は、梅雨に向けて播種する籾の手入れに余念がない。

既に新品種の米の原種は作り出された。それを実用の米に改良できるかどうかにかかっている。そのために実験区画の土壌改良も必要だった。それも師走までに済ませてある。今頃はせっせと栄養を蓄えてくれているに違いなかった。

この秋には目処をつけねばならないが、しかしやはり、秋になって実際に収穫をしてみなければ分からないのだ。依然として理論的な自信と、結果に対する不透明な不安が混在していた。

喜一はしばしば自問自答する。高遠な目標を掲げて取り組んできたが、失敗に継ぐ失敗を重ねている。いまだに目処もたっていない。それでも耐えている。そんな一途な自分が不思議でさえある。

追いかけている目標は、誰一人として成し遂げたことのない目標である。成し遂げたことがないのではなく、目指したことがないのである。それを成し遂げることができれば、その意義や誉れは限りない。しかし、意義や誉れが、今まで耐えてきた糧だったろうか。問うてみれば、今なお踏みとどまれているのは、やはり秀子の存在があるからだった。

しかし米はまだできない。だが真理というものは、いつか必ず形を見せる時が来る。今はまだ目に見えないが、神の世界で、作り出した新品種の米が脚光を浴びる日が、確かな足取りで刻々と近づいてきているに違いないのだ。播種した実験区画の畑にも、新品種の早苗が芽を吹いている。

陽気たなびくうららかな春日和である。土手の桜も満開だ。

喜一はそのうららかさに誘われて、ソメイヨシノの群生する小高い丘に歩を運んだ。かつて許婚だった富子と何度も来た場所である。

満開のそれは分け入って真下から見るよりも、遠くから眺める遠景の方が一段と美しい丘と群れた桜だった。したがって昼日中にここを訪れる者はいない。だから富子とも人目を忍んで何度かここにきた。

富子を回想して歩を運んだわけではないが、来てみると富子が思い出された。富子とは許婚だったと言ってもそれだけのことで、結果としては男の自尊心が傷ついただけで終わった関係だった。考えてみれば富子も幸せな女だったとは言えない。村の青年と駆け落ちをしたが、その後の様子は皆無である。

今となっては気にかける立場にもないが、風の便りも届いてはこない。あの富子の性格と、定職を持つタイプではないあの青年のことだ、おそらく順調に幸せになっているとは思えなかった。傷つけられた身でありながら富子に対する憐憫《れんびん》の情がつのった。

「喜一さん！」後方から喜一を呼ぶ声が聞こえた。振り向けば秀子だった。

「おう、どうした」

「枝を、桜の枝を、取りに来たの」歩み寄ってきた秀子が言った。

ひな祭りの飾りつけの時期は過ぎている。口実であることは直ぐにわかった。実験区画に出向いてみて、喜一が引き返した後と知って、戻る途中で後姿でも見つけたに違いなかった。

喜一は秀子を見て思わず目を細めた。ちょっとそこまでの感じで、サンダル履きにスカート、春物の半そでセーターという出で立ちが、妙に潤っていて若々しい。兄嫁でいた頃に比べ、しっとりとした生気が満ちてきたのは確かだった。

周囲に気を配りながらも、二人は大きな桜の根元に並んで腰を落とした。膝にも足元にも、後から後から花びらが舞い落ちてくる。

「実家に、来てくれれば、いいのに」

「ん、だが、そうそうというわけにも、いかない」

「どうして？　父さんも認めてくれているし、親戚でもあるのだから……」言って秀子は思いがけない気詰まりを感じた。武夫の後家としての立場を消そうとしながら、兄嫁と義弟であることを理由にしている自分に気付いたのだった。

確かなことは喜一と好き合っていることだ。後家として世間体を憚ってきているのに、世間からは一つに括られている。ならば逆に正直に生きて何が悪いのだろう。世間体を憚り、体裁を繕って、自分の気持ちを抑えることになんの意味があるのか。無責任ではないがある種の開き直りも心にある。それ以上に喜一に対する純粋な思いが強くつのっている。

「本当は、負担になってきた？　私たちのこと」私たちのこと、と言ったのは、咲と武造がいる子持ちの女という意味である。

「つまらんことを言うな」

「……でも」

「お前が欲しい。だが、まだ米ができん」

「お米のことばっかり。それはそれ、じゃぁ、ないの？」

「米ができなければ、母屋を燃やしたわしは、なおさら気狂《きぐる》い男のままだ」

それは私のせいだと言いかけたが、そう言えば、喜一を追い込みそうな気がして秀子は黙った。それにしても愛しい。苦境の喜一をせめて自分の肌で慈しんでやりたい。この肌も慰めて欲しい。夜毎に悶々と過ごしているというのに……。

「今夜、いってもいい？」

「……」

「駄目、なの？」

「まだ、米ができん」

「この気狂《きぐる》い！」秀子は桜の花びらの舞う中で身を捩《よじ》った。

秀子は貞節な女だ。媚で関心を引く性格はない。相手が肌を許しあった喜一であっても同じだ。思わず身が捩れたのは、つのる純粋な思いを抑えた気持ちの悶えだった。瞬間、喜一に熱い血が流れた。健三の言った言葉が思い出された。

「くるか？」

「いい？　行く、暗くなってから」

「……、ん」

二人はゆっくり立ち上がった。そのときの秀子の膝小僧からこぼれた内肌が喜一の目を射た。

夜は静かに訪れた。桜の時節と言っても奥深い山間である。夜ともなれば肌寒い。喜一は秀子のために火鉢に熾を盛った。膳を引き寄せ、熱燗をちびちびと舐め、夜の更けるのを待った。

子どもの寝息を確認してから秀子はそっと部屋を出た。足音を忍ばせて下りた階下の老夫婦も夢に落ちているようだ。軋《きし》む音を殺しながらそっと木戸を開けて外に出た。

卯月の宵の新月には闇はなかった。わずかに明るい。だがこの夜更けである。他人の目に触れることはないだろう。秀子は目を凝らして壁伝いに歩を運んだ。

たどり着いた建屋の灯は既に落ちている。待ちくたびれて眠ってしまったか、それとも約束を忘れたか。いやそんなはずはない。

木戸はわずかな力で音も立てずに開いた。秀子はまるで空気のようにするりと薄暗い建屋に忍び入った。喜一は火鉢を抱えて酒を舐めていたが、音もなく木戸が開くのに気がついたとき思わず躰が木戸まで跳んでいた。

秀子は思った。焦がれていたのは喜一も同じだったのだ。喜一の肉と、焦がれた秀子の肉とは同時に火がついた。

何かの拍子だった。秀子の溶けていく躰に異質な何かが襲ってきた。母屋でのあの時に甦ってきたものとは異質な何かだ。異質なそれは似ていて、負のそれとは違う。困惑しながら秀子はまた別のことに気付く。

異質のそれは、朱に墨を点じて朱そのものを更に深い朱に濃縮するような、計り知れない多重性を持っていた。

『……秀子には整理はつかない。整理はつかないが無意識の二重性が確かに存在する。そしてそれは同次元で共存し同調する。相反する要素なのに、それは相乗的に作用し同調する』

秀子に狼狽《ろうばい》が走った。鞴《ふいご》に風を吹き込まれて燃え上がる炭のように、燃え立てられていく不可思議なものだった。

落ちていく奥深いそこには空白の闇が広がっている。その空白の中で、透明な官能が渦を巻いて朱に染まり上がっていくのだが、突如としてそこに一滴の墨が加わるのだ。朱は墨を混ぜ込んでより濃い朱に変幻する。やがてそこに朱と墨の二面性を持った官能が完成するのだった。それは不埒《ふらち》な二面性と言えなくもない。自覚して秀子は、震えながらますます狼狽した。

「喜一さん、喜一さんはおるかの」実験区画から戻ったばかりの喜一のところに、秀太夫が訪ねてきた。

「これは、秀太夫さん。いま畑から戻ったところで……」

「ああ、そうらしいな。いや急がんでもええ」

喜一は丁寧に秀太夫を建屋に招き入れた。

「岳太夫の碑がいよいよできた。近々建立の運びじゃ。あんたと、除幕日の相談をしようと思うてな」

「それは、どうも」気乗りのしない印象を与えたかも知れないと喜一自身が慌てたほど、噛み合わない応え方をしてしまった。除幕式は関わりたいことではないが、避けられることでもない。

「いつもお世話様になります。どうぞよろしくお願いします。段取りは全て秀太夫さんにお任せしますので」印象を挽回すべく、喜一は早口で補足した。

秀太夫の本当の目的は、秀子についての、喜一の腹を探ることだった。二人が好き合っているならばと、すでに認めているではないか。なぜ早く一緒にならない。夜這いも見て見ぬ振りをしてきたが、いつまでも曖昧にはしておけない。

住家が喜一の粗末な建屋しかないことで踏み切れずにいるのであれば、屋敷を建ててやり、さらには自分の田畑も譲ってやろうではないか。

だが秀太夫の気遣いは、元より喜一には無縁のものだった。秀子を早く手元に置きたいのは山々のことだが、まだ米ができない。

何としても米を作り、男になってから秀子を迎えたい。喜一の思いはそれ以上でもそれ以下でもなかった。

殺伐とした建屋の筵《むしろ》の上で、喜一は秀太夫の申し出を断った。頑なとも言えるが秀太夫はまたしても引き下がざるを得なかった。秀太夫は溜息をついて帰っていった。


やがて、顕彰碑建立の日がきた。全ての派の太夫が正装に身を正して、広がった青空のもとで除幕式が行われた。

堂々現われた碑は自然石を加工したもので、黒い光沢の正面は春の陽光を反射して輝いた。二代目岳太夫、三代目岳太夫、その双方ともに立派なものだった。秀太夫の肝いりの結果でもある。

除幕式の後は、全派の太夫や高弟子達を客としたお披露目の祝宴が催される。それが慣わしである。

本来であれば山田家において行われるべきところだが、母屋は焼失して既に無い。喜一の貧相な建屋というわけにもいかない。結局は秀子の実家でもあり、世話役でもある秀太夫家を会場にして祝宴が開かれた。

またしても宴の半ばで、富一太夫の酒が絡んできた。

「秀太夫さん、事情上やむを得んが、岳太夫さんの見台も軸も無いというのは何ということじゃ。ここに、こう飾って、のう、在りし日を偲ぶというのが慣わしじゃ。寂しいのう。いや、寂しいのう。碑を建てたはいいが、その印がないというのは、どうもいただけんのう」

それはその通りである。座の誰もがそう思っていたが、言っても詮無いことだった。富一太夫とて事情を知っていて絡んでいるのだった。富一太夫は秀太夫を責めているのではなく、娘の富子の許婚だった喜一に嫌味を言いたいのだった。岳太夫派の歴史とも言える数々の遺品を燃やしたのは喜一であり、そんな喜一だからこそ富子も不幸になったとでも言いたいのだろう。

座の誰もが富一太夫には取り合わない。めいめいが、それぞれの話題に興じている。これが富一太夫を余計に逆撫でした。

「みんなっ！　わしの言うことを、聞いとるのかっ？　えっ、どうなんや？　三代目の後家を呼べっ！　後家の秀子を呼べっ！　喜一、何とか言わんかっ！　はよう秀子を呼べ、秀子を！

秀子、寂しいじゃろう、わしが可愛がってやっても、ええぞ！」逆上して支離滅裂である。場は武夫の法要の席の再現を呈した。

富一太夫の言い分は一応の筋はあるのだが、酔いに任せて口が滑りすぎた。秀子を夜伽女《よとぎおんな》のように扱う。それが喜一の腹を掻き回すことになった。自分への嫌味よりも、秀子に対する扱いに激情した。後家には貞操が無く、言い寄る男にはすぐに躰を開くと言わんばかりだ。これは富一太夫が後家についてそう認識しているという裏返しでもある。そう言えば、ねんごろになった松代も亭主を病で失った後家だった。

その松代と同じように秀子の躰を蹂躙する場面を、富一太夫は想像しているのではないか。あの血走った目は秀子の裸身を想像し、苔の生えた舌でその裸身を舐めているのではないか。喜一にはそう思えた。

武夫の葬儀の精進揚げの膳でも富一太夫は一悶着を起こした。その時の秀子の膝に這わした富一太夫の手が、喜一の脳裏に甦った。喜一の顔が突っ張ったのに気づいた秀太夫が割って入った。

「富一太夫、その辺にせんか！　祝いの席じゃぞ！」

「祝いの席じゃからこそ、言うことは言わにゃならん。秀子、秀子はどこじゃ！　ここにきて酌をせい！　飲もう、わしと飲もう。今宵、伽をしてもええぞ！」

かつての騒動を富一太夫も忘れたわけではなかろう。恐らく酒のせいに違いなかった。もちろん秀子は出てこない。

「ふん、三代目も三代目なら、後家も後家じゃ！　後家と、気狂《きぐる》い男か、二代目もさぞかし嘆いておろうよ！」

「黙らんか、富一太夫！」ついに秀太夫が怒鳴った。

「ふん、後家と気狂《きぐる》い男、ほんまのことを言うて何が悪いっ！」

富一太夫が怒鳴り返すや否や、飛んできた盃が富一太夫の眉間をかすめた。それは後ろの障子を破って庭に落ちた。まさしく武夫の法要膳の再現であった。

「秀太夫！　何をする！」

切れて立ち上がったのは、富一太夫ではなく盃を投げた秀太夫だった。後家、後家と、娘を侮辱されたことで不惘さが重なった。老いて皺を刻んだ秀太夫の顔には太い血筋が浮いている。

緊張が張り詰めた座は騒然となった。立ち上がる者、秀太夫の腕を引き止める者、足をかけて膳をひっくり返す者、まさに騒乱の体である。

その時である。耳をつんざく一発の銃声が轟いた。一呼吸置いて、更に追い撃つように二発目の銃声が轟いた。

至近距離での発砲は一発でもその衝撃は大きい。二発連射されたのだからたまらない。轟音《ごうおん》は居合わせた人間の両の鼓膜を引き裂いた。

発砲したのは留吉ではなく健三だった。健三が庭に向かってぶっ放したのである。座は再び深閑となった。

父と息子とは似るものらしい。健三も座を予見して鉄砲を持参していた。留吉には誰もが一目置いていたが、息子の健三も今ではいっぱしの鉄砲撃ちである。獣の命と対峙してきた顔には留吉に劣らない威圧感がある。

仁王立ちの健三の銃口は庭に向いているが、指は今なお引き金にかかっている。方向を変えれば照準は何処にも合わせられる格好だ。銃口から立ち上る一条の煙と硝煙の臭いが、自分に飛んでくる銃弾を誰もに連想させた。

富一太夫は目を剥いた。本当に自分に銃弾が飛んでくる気がした。逃げなければ危ない。富一太夫は這うようにして逃げ帰っていったのだった。

こうして、秀太夫家で行われた二代目岳太夫と三代目岳太夫を称える顕彰碑建立の祝宴は終わった。この席もまた曰く因縁を残す祝い膳となった。

顕彰碑に関しては、全てが終わってみれば、喜一も秀子も案外と淡白に受け止められたことに気がついた。秀子の刻銘についても、それほどのことはなかった。

起きた祝宴での騒動が、余計なことを考える時間を与えなかったとも言える。むしろ富一太夫の無礼が、秀子には喜一が、喜一には秀子が、絶対的な存在としての意識を高める結果になった。皮肉なことだった。

引き上げようとした喜一を、秀太夫が穏やかな視線で引き止めた。

「喜一はん、もう帰るか？」

「お世話になりました」

「まぁ、もう一杯いかんか？」

喜一も穏やかな視線を返して頷いた。宴の行われた座敷ではなく、秀太夫は居間の炬燵に喜一を誘った。ここは山あいの村落である。夜は冷え込む。初夏あたりまでは炬燵が置いてあった。

夜陰が訪れる前の宵の口の炬燵は、心地よい暖かさで喜一の足を迎え入れた。向かい合って秀太夫も足を差し入れる。一仕事終わった後の老体の顔には、先ほどのいきがかりを忘れたかのようにゆとりさえ満ちて見える。

「茶をくれ！」お勝手に向かって大声で伝えてから、視線を喜一に戻した。

「なぁ、喜一はん。碑の建立も終わった。岳太夫さんや武夫さんの面子もこれで立ったやろ。もうええと思うがな。咲や武造のことは、わしらが引き取ってもええと思うとるんじゃが」

秀太夫は、再び喜一に自分の思いを告げたかったのである。二人の碑を建立して岳大夫家の事態は完全に終息させた。一応の決着はついた。だから早く秀子と一緒になれ、と言いたいのだった。いつぞやは引き下がったが、納得はしていない。咲や武造は引き取っても良いのだ。

「……」

「喜一はんは米に熱中しておるが、いったい、いつ、できますのや？」建屋と同じ質問を秀太夫は繰り返した。

米のことは米のこととして、秀子とは切り離して考えよ、と言おうとしていた。老いた目は一直線に喜一に向いている。

秀子ではなく老妻が茶を運んできた。秀太夫の言葉が耳に届いたのだろう、茶を置いて炬燵の一辺に足を入れると、かわるがわる二人を見た。

「いま、喜一はんの心つもりを訊いておるところじゃ」

秀太夫に頷いてから、「喜一はん、秀子が、かわいそうでな……」老妻も、呟くように言った。

秀太夫や老妻には、喜一の米のことにも、秀子の心の翳りのことにも、思いは及ばない。後家となった秀子のこれからが心配、という一点だけである。五歳になったばかりの秀子を許婚とした過去が、親の責任として重い負担になっていることが窺がえた。

喜一にフッと小さな疑念が湧いた。肝心の秀子は顔を見せない。ひょっとして秀子が根回しをしたのか。いや秀子にそんな姑息な性格はない。

「またその話っ！　私たちのことは私たちに任せてと、あれほど言ってあるじゃないの！　それなのに、余計なことを……」いきなり襖が開いて、秀子の甲高い声が老夫婦をたしなめた。やはり老夫婦の間で夜な夜な繰り返された思案らしかった。

「秀子……」咎《とが》められて老妻の心は逡巡《しゅんじゅん》した。

茶を含みながら喜一は考えた。秀子には惚れている。秀太夫や老妻の気持ちも理解できる。だが、いま秀子を貰っても、世間の物笑いの種にされるのがおちなのだ。富一太夫などは、後家と気狂《きぐる》がくっついた程度に、嘲笑するに違いなかった。それは先刻の場面が証明している。

「秀太夫さん、前にも話したが、わしは秀子が好きだ。惚れている。こんなことを今さら言っても詮無いが、実のところは、兄貴のところへ嫁にきた時からの思いだった。それは今も変わっておらん。兄貴は死んだ。秀子も今では独り身だ。だからわしは、堂々と秀子を嫁に欲しいと思っとる。じゃが、わしは気狂《きぐる》いと噂されている男じゃ。いまのままでは、わしもじゃが、秀子も嫁に来ても立場が立たんじゃろう。秀太夫さんも肩身が狭いじゃろう。待って欲しいのじゃ。あと少し待って欲しいのじゃ。米さえできれば間違いなく秀子を貰いにくる」

いつになく喜一は饒舌《じょうぜつ》になった。強い意志が言葉に力を込めさせた。

「喜一……」秀子が呻くような声を漏らした。

秀太夫も老妻も正面から喜一を見つめている。老夫婦は顔を見合わせた。つきこむように秀子が追い討ちをかけた。

「だから言っているじゃないの。私たちのことは私たちに任せてって。心配は要らないの！　そう言ったでしょ！」

「おお、そうじゃったのう」険を孕んだ強い語調に、秀太夫がたじたじと応えた。実家で何度もそんな話のやり取りがあったことが窺える。

「秀子っ！」喜一は強い語調で秀子をたしなめた。

「秀子、秀太夫さんたちの気持ちも、わしにはよく分かっている。心配は当たり前だ。わしが不甲斐なかったのだ」と言ってから、「秀太夫さん、何も言わずに待っていてもらえまいか」と今度は秀太夫に向かって言葉穏やかに言い足した。

秀太夫は黙って頷いた。かつて二代目岳太夫に請われ、否応なく頷いた時と同じ頷きだった。老妻は俯いたままだ。

「喜一はん、今日は泊っていきんさい。戻っても味気ない家じゃろうて……」老妻の言葉に秀太夫が頷いた。今度は秀子が俯いている。

殺伐とした建屋が喜一の目に浮かんだ。自分の家だが人間の生活の潤いなどと言ったものはそこにはない。けじめを思う一方で、固辞するのも老夫婦に対して意固地すぎるような気がした。秀子の顔を見た。秀子の細い視線が訴えている。

「いい、ですかな？」

「ああ、遠慮なんて要らんことじゃ」老妻が返した。

「じゃあ、そうさせて……」

「秀子、二階は咲や武造がいるから、二人は客間に……」老妻は喜一の言葉を遮って早々と秀子に寝間の指示をした。

　その夜、喜一は秀子の実家に泊った。初めてのことである。湯上りの秀子の肉は枯渇しかけていた男を溶かして止まない。息を潜めているに違いない老夫婦を意識したが、知って納得する領域もあるのだと、喜一は夜を晒して恥じなかった。喜一三十六歳、秀子二十九歳、咲十二歳、武造八歳の年の晩春である。

第七章　「北摂の女ほまれ」誕生

【1】


時間を止めることはできない。二年の歳月が瞬く間に過ぎていった。雛祭りや節句や、盆や正月には秀子の実家に招かれた。

不倫でもないが正常でもないそんな生活は、二人にとっては近くて遠い、逆に互いに惹き合う気持ちを募らせる日々でもあった。

時間は過ぎて消えていくのに、因縁の尾を引いた現実というものは、何度も何度もその姿を見せつけるものだ。神婆ぁとサキの何度目かの回忌が訪れる。誰からともなく秀子の耳にも入ってくる。

もとより神婆ぁに身内はいない。今ではサキも同じだ。過去帳の管理をしていた寺の年老いた住職が、それとなくかかる人間に知らせるらしかった。住職とて過去は承知している。だが知らせないわけにもいかないのだろう。主催者はいないが住職が寺でその法要を営むと言う。

神婆ぁもサキも、喜一の記憶にはいまだ鮮明に残っている。少なからずその人間関係の渦中にあったのだ。だが秀子には、神婆ぁの記憶はあってもサキの人物的な記憶はない。武夫に嫁ぐ時、ぼんやりとサキのことを知った。その後の過程で、武夫の女だったサキとして強く意識した。表情を伴わない黒い輪郭だけのそれは、次第に忌まわしい存在として増幅してきた。

「どうすればいいのか……」夜這いの寝間で秀子が言った。

「何のことだ？」

「お寺の、回忌の……」

「ああ、神婆ぁとサキの、法要のことか……」

「……」

「……」

女の存在の忌まわしさに留まらず、武夫との夫婦生活の記憶にまで引き戻されるに違いない。秀子の沈黙はその苦悩を証明している。

それは自分とて同じだ。武夫に組み敷かれ、深々と食い込まれている秀子の裸身をまるで現実のように想像してしまうのだ。

「わしは、行かねばなるまい。おまえは、知らん顔をしていればいい」

「……」

「もう、気にするな。過ぎたことだ」

「……」

「秀子、もう脱皮したはずだろう。気にするな」自分の本音は兎も角、そう言うしかなかった。拒否し続けてきた、陰湿な因縁の世界に引き戻すことは残酷である。

「いえ、私も行きます」

「行く？　寺の法要に、か？」

「ええ、……行こうと、思うの」

「神婆ぁはともかく、サキの回忌でもあるのだぞ」

「分かっているの……、だから、行こうと思うの……」

躊躇いはある。だが事実を受け入れて、喜一との関わりの中にそれらを全て取り込もうとする無意識の意識が秀子に生まれていたのだった。何故か？

自分でもよくは分からない。恐らくはと秀子は思う。喜一との躰の関係は自覚のうえで確かなものとなっている。今や一心同体と言ってもいい。

すると不思議なことだが、忌まわしかった武夫との性の記憶も今では忌避するものではなくなりつつある。逆にそれは朱に加える墨になっている。そこには彷彿として深遠な喜一との終着駅がある。だからもういい。その上に立って喜一と生きていけばいいのだ。


寺の法要は五月の節句を過ぎて執り行われた。数人の年寄りが集まった。末席に喜一と秀子は並んで座った。年寄り衆は意外感とともに好奇の視線で二人を見た。喜一はともかく秀子がそこにいることが意外だったのだ。だが皆は作り笑顔を忘れない。

住職の読経は、香の煙とともに五月の澄んだ空気に染みていった。一人の老婆のたどたどしい読経が喜一の耳をくすぐる。それは神婆ぁの記憶とも重なる。神婆ぁとは何者だったのか。神だったのか、それとも神に近い人間だったのか。その振りをする単なる老婆だったのか。真実は誰も知らない。

喜一は思う。不幸な人生だったが、サキは村には相応しくないほど、垢抜けた乙女だった。まだガキだったがその美しさに目を細めたこともある。そのサキは首を吊った。

追いかけるようにして、武夫、父作造、母登世、サキの父親の清一、が脳裏に浮かんだ。

その記憶にある人間の全てが因縁でつながっていた。

人間が生きるということはどういうことなのか。人とかかわって生まれる因縁を、新たにかかわる別の人間に残していく。それは正の因縁もあれば負の因縁もある……。

今更のように、喜一に解けない問が、巡っては消え、巡っては消えた。

一層高くなった住職の読経の声で意識が戻った。視線を秀子に移した。秀子は膝の上で両手を握り締め、じっと赤茶けた畳を見つめている。突然、庭から流れ込んできた五月の風を感じた。透き通るような爽やかな風だった。

季節は移ろいで梅雨を迎え、うだる猛暑を通り過ぎて、やがて収穫の秋を迎えた。喜一が待ちに待った秋である。

米の改良はここ二、三年、目に見えて確実な前進を果たしている。実験区画で実っているそれは、目を見張るほどに成長して重そうに揺らいでいる。今年こそ間違いはないだろう。喜一の期待は一点に集中していた。

翌日、試験場の研究員の男が訪れた。定期的な確認である。

「今年こそ、いきそうだな」

「ん、見るところ、問題はなさそうに見える」喜一と男は、さわさわと風に揺らぐ重そうな稲穂を見やった。

「背丈も予定通りの高さだ。穂も今までの品種の倍近い。それに垂れ具合が倍以上だ。間違いなく今までの倍の収穫が望めそうだ」

「後は、品質だけだな」

「そうだ」確信と祈りとが同時に喜一の頭を過ぎた。

二人は畝に下りた。両側の稲穂は垂れて風に揺らいでいる。それは重そうで見るからに確実な完成を予想させた。

「よさそうだ」

「ん、よさそうだ」躍る胸を押さえて喜一が応えた。燃え立つものが躰の芯から湧いてくる。理論は埋めている。試験場で度重なる改良も重ねてきた。もう他に改良点はないはずだった。

男は穂を手に採った。籾の生育状況の確認である。指で揉んでみる。その刹那、男の表情が変った。三、四歩進んで新しく摘んだ穂を揉んで手のひらに広げてみる。男は慌てて畝を変え、同じ確認を繰り返した。そして首をかしげたのだった。

まさか……、喜一に不安がよぎった。そんなことがあるはずはない。何年もかかってやっとここまできた。今年こそはそれなりの成果が確認できるはずだ。だからそんなことがあるはずはない。あってはならないのだ。目の前のたわわな稲穂は、間違いなく成功の光を放っているではないか。何故、首をかしげるのだ。

喜一も、数畝を挟んだ別の畝から実を採って、それを採んでみた。ところが喜一も慌てて数歩先の実を採ることになった。失敗の文字が頭をよぎる。だが喜一は必至にそれを打ち消そうとした。そんな、そんな馬鹿なことはない。あるはずがない。採んでみた穂がたまたま未成熟だったに違いない。他のものはきっと期待に応えてくれるはずだ。

だが、どこをとっても確認の結果は同じだった。喜一の黒い顔から見る見る血の気が引いていった。血という血が全身から抜けていくようだった。失敗だ！

稲穂のつき方、その粒の大きさ、には問題はなかった。予測通りだ。だがその実に光沢が無い。揉んでみるとまるで炭のように、ばらばらとそれは砕けて粉になった。水分が足りないのだ。これでは食料にはならない。

思わず喜一の腰が畝に落ちた。自信も希望も引き抜かれてしまったような感じだった。空白感と虚無感が頭を占領した。試験場の男も畝にへたっている。期待が大きかったこともあるが、当然のことだった。

二人の男の頭上を秋の風が渡って稲穂が揺らいだ。それは陽光を遮って二人の男の顔に揺れる陰を作った。

風は流れていくのに、二つの黒い影は、失意の底で動くことができない。空白に落ちていた。無に落ちていた。そこにあるのは沈黙と失意と絶望だけだった。

「もう一度やる！　いや、できるまでやる！」

いきなり叫んだのは喜一だった。やるしかない、やるしかないのだ。米が出来なければ秀子が困る。わしも気狂《きぐる》いの男で終ってしまう。

試験場の男は反応しなかった。首を垂れていまだ沈黙の中にいる。深い絶望が彼を押しつぶしていたのだった。

「頼む！　助けてくれ！　俺はやるしかないのだ！」喜一が男に向かって叫んだ。それでも男は反応しなかった。

長靴を泥に取られてはよろけながら、喜一は男に近寄った。そして胸倉を掴むと、俯いていた男の顔を吊り上げて言ったた
「助けてくれ、たのむ」

だが男はまだ自失の中にいる。思わず喜一の拳が男の横面で弾けた。「俺の気持ちが、お前にはわからんのか」そんな衝動だった。男は畝と畝の狭間の泥濘《ぬかるみ》に、大の字になって引っくり返った。

初めて男の目に、天空に広がる青い空が飛び込んできた。それで気が戻った。現実に引き戻されたのだ。男は剥きあがった目で喜一を見た。

「助けてくれ。やらねばならん。なんとしてもやらねばならん。俺は米を作らねばならんのだ！　たのむ、俺の命を助けてくれ！」

二人は同志だが、喜一の生死の意味までは男には通じていないようだった。だが喜一の叫びは、やがて男の腹の腑にまで突き刺さっていった。

男は仰向けに倒れたまま小さく頷いた。一呼吸おいてから大きく頷きなおした。目には血が滲んでいる。

喜一は男に覆いかぶさったまま大声で泣いた。誰かに聞かれるかも知れない、そんなことは毛の先ほども頭に無かった。歩かねばならない。前を向いて歩かねばならない。何としても米を完成させなければ、生きていくことができないのだ。切羽詰った思いに男が同調してくれたことが、友を得た感動として喜一を襲ったのだった。

かれこれ十年あまりの歳月をかけてきた米作りは、今年も失敗に終わった。残された課題は大きい。原因すら掴めていない。

宵になって秀子が建屋に来た。

ここ何年か、喜一は浄瑠璃例会には背を向けてきている。だが今年の例会では二代目、三代目岳太夫の顕彰碑完成を報告する幕間が予定されている。長老として秀太夫が仕切っていることもあって、秀子とともに顔を出し、報告方々お決まりの謝礼を言上することになっている。秀太夫の指示を受けて、秀子はその打ち合わせにきたのだった。

知る人は知っているが、二人はいまだ世間には秘めた関係である。従って例会に出向くことは積極的ではない。だが顕彰碑建立の報告会が行われる以上、当家として謝辞を述べるのは礼儀である。秀子は三代目岳太夫の後家として、喜一はその弟として、共に避けられない立場にある。

だが世間は物見高い。こじつけてでも噂の種にする。二人の出現は少なからず噂になるだろう。だが喜一には「それでも構わない」という腹があった。噂のことなどすぐに払拭できる。それは米の見込みが裏づけになっていた。だから出席を受諾していた。だがその米は今年も失敗に終わった。喜一には出す顔が無い。

「歩かなくてはならない」と試験場の男に叫んだ喜一だが、やはり失意の底からは抜け出せずにいた。実際のところは海図も羅針盤も無く、大海に漂流する小船と変わるところはないのだ。

「まさか……」秀子に不吉な予感が走った。

「そうだ！　今年も失敗だ、……失敗したんだ、俺は……」

「……」

励ましてやりたい。手を貸してやりたい。だが秀子に妙案が浮かぶはずもなかった。薄暗い翳《かげり》が、次第に濃度を増して秀子に被さってきた。まさか喜一が首を吊るとは思わないが、武夫が自ら命を絶ったことが脳裏をかすめた。

「喜一さん、家に行こう。ご馳走を作ってあげる」秀子にはそれくらいのことしか思いつかない。研究に失敗はつき物だ、またやり直せばいい、そんな月並みな言葉は喜一には通じない。返って傷つけてしまう。

「いや、今日は、……いらん」

「とにかく、夕餉は一緒に」

「いらん。今日は、ええ」

「……」

表情には深い失意が滲んでいる。秀子は切羽詰まった。このままほってはおけない。それに例会をどうするか。

秀太夫に出席を断ることも憚《はばか》られる。断るならそれなりの理由付けが必要だ。無情な、息苦しい、無言の時間が流れた。思いあまった秀子は、やおら仁王立ちになった。面白の顔が高潮している。

秀子は襟をかき広げ、喜一に向かって叫んだ。

「喜一、見よ！」聞きなれぬ荒々しい言葉だ。

喜一の目に、襟をかき広げ、双の乳房を露にして、両足を広げて立つ秀子が映った。大きく割った裾からは内膝が覗いている。

「喜一！　米ができるまで、この躰もお預けじゃ！　いいか、今日が見納めじゃ。来い！来い！　来い！　きて股をくぐれ。今日で見納めじゃ！」

くだんの秀子にはまるで似つかわしくなかった。言葉も様も不似合いである。だが喜一にはその思いが直ぐに通じた。

「新種の米が成るも成らぬも、神のご意思じゃ。神が認めるならきっとできる。必ずできる。いかに命かけても、神が許してくれなければ叶うまい。それまでのことじゃ。わしの命もお前の命も一つじゃ。一緒に神にくれてやろう。それでえぇ……。喜一！　来い！　来い！　来て、男になれ……」秀子の最後の声は、細く、途切れて、消えた。

「……」

切ない熱いものが喜一の喉を突き上げてきた。あまりの衝動に息も出来なかった。秀子は同心同体だ。いやそれ以上かも知れない。秀子もまた、神婆ぁのように神の化身かも知れない。

神の指示に従う下僕のように、喜一は膝を進めて秀子の股に首を突っ込んだ。人が見れば、気狂《きぐる》い同士の珍奇《ちんき》な様に見えただろう。だが二人の間にはそれが何であろうと、もとより珍奇《ちんき》などあろうはずがなかった。喜一は薄暗がりの中で秀子の躰の匂いを嗅いだ。やがて首を引いて見上げた喜一の目に、真赤に染まった秀子が映った。

「必ず、作る！」

「ん、……」

「必ず作る！　秀子、必ず作る！」

「ん、……」

結局、浄瑠璃例会には喜一も秀子も行かなかった。秀子はともかくとして、喜一には行ける道理が無かったのである。

秀子だけでも出席することはできたのだが、喜一一人に非難が集中することを思えば、同じ岸に立っていたかった。今では三代目岳太夫の後家としてよりも、喜一の女としていたかったのである。

例会では案の定、太夫たちの非難が渦を巻いた。その場は何とか秀太夫が取り治めてくれたらしかったが、無礼な仕儀であったことは言うまでもない。

傷ついた人間は人に優しくなれる。劣等感に苛《さいな》まれた人間には、人の痛みもわかるというものだ。自尊心を保ちながら謙虚になれる。火を被るような非難を浴びながら、喜一は心の中で許しを乞うたのだった。

後に喜一が浄瑠璃会館を寄贈し、代々の岳太夫を顕彰するつもりになったのは、この時のことが、その後ずっと深いところで巣食っていたからに他ならない。

さらに三年の歳月が流れた。山々には早い紅葉が見られ、村の田圃《たんぼ》では今年もたわわな稲が実をつけて風に揺れるようになった。

　ここのところ毎日のように、試験場の男は喜一と行動をともにして、実験区画に張りついていた。生育状態や、稲穂の実の変化を観察するためだった。喜一とは今や一蓮托生《いちれんたくしょう》である。

　従って男はほとんど、喜一の狭い建屋に寝泊りしていた。試験場から往復する時間が取れなかったからではない。仕事を超えた異体同心の人間関係が育まれたからであった。

　歳月は二人の男に、惜しげもなく寄る年の皺を刻みつけていた。それだけに黒い顔には確かさのようなものが漂い始めている。夕餉を食いながら男が言う。

「俺も変っていると言われるが、喜一、おまえも変っているなぁ」

「ハハハ、俺は気狂《きぐる》いと言われておる。変わっておるどころではないわ」

「気狂《きぐる》いか。なるほど、気狂《きぐる》いだな。なら、俺も気狂《きぐる》いだ」

「ああ、おまえも気狂《きぐる》いに違いない。こんなことを何年もやっているのだ。狂《くる》ってなければやれることでもあるまい」

「ハハハ、……そうだな」

「そうだ」

「試験場では、米だけではない、いろいろなものを作りだす研究をしている。そんな奴が何人もいる。理論的な仮説はあっても、やってみなければ現実化するかどうかさえわからんことをやっておるのだ。奴らも、言えば気狂《きぐる》いだな……」

「ああ、気狂《きぐる》いだ」

「しかし、喜一、おまえは大したものじゃ。もう二十年もこの米に人生をかけている。いくら気狂《きぐる》いでも、中々できることじゃあない。最初のころおまえの話を聞いて、理論上はできると思った。できるはずだった。確かに俺もそう思った。だがいまだに苦労しておる。強い男だなぁ、おまえは」

「いやそうじゃない。他に何もなかったからじゃ。強くもないし、才能もない。家は代々農業をやりながらの浄瑠璃の太夫の家系だから、親父からは俺も浄瑠璃に期待されていたのよ。子どもの頃は兄貴ともども浄瑠璃を鍛えられたものだ。だが兄貴には才能があったが俺にはなかった。とても兄貴には勝てなかった。だからいつも劣等感に襲われていた……、だから逃げ出した。逃げ出して米を、これしか道がなかったのよ。だからしがみついてきた。米ができなければ死ぬしかない。できるまで……、やるしかない……」

背水の苦渋が喜一の言葉に滲んでいる。喜一の述懐を男は目もそらさずに聞いていたが、深い溜息をつきながら頷いて言った。

「過剰な自信家に成功は少ない。五里霧中の中を、しがみついて、しがみついて、しがみついた結果として成功があるのよ。不安と劣等意識を持つ人間ほど、可能性があるというわけだ」

「いやそれは違う。俺の場合がそうだと言っておるだけだ。この俺とて、しがみついてここまできたが、まだ、米ができるかどうか、わからん……」

「いやできる。大丈夫だ。今年は今までとは違うぞ。俺にはわかる。おまえにもそんな実感があるだろう？」

「ん、ある。じゃが、実感は今までも毎年のようにあった。だができなかった。今年も結果を見んとわからん。なんとも言えん……」

「ん、そうだな……」

「ところで、おまえ、嫁は？　子どもは？」

これほど長い間、これほど共に苦労してきたのに、喜一は男の私生活を何も聞かされていなかったことに気付いた。男とは馬鹿ほど愚直に、米のことだけを云々してきただけだった。

男の表情に暗い翳りが横切った。喜一は訊いてはならないことを訊いたと悔やんだ。

「逃げていきおった。わしの仲間だった男と、な」

「……」

やはり訊いてはならなかった。人間誰しも傷を持っている。訊くのではなかったと後悔した。喜一は湯飲みを傾けて濁酒を含み、無造作に菜を口に放り込むと、また湯飲みを傾けて濁酒を煽《あお》った。

「それも、わしの研究の、助手だった男と、だ」男の言葉はまだ続いていた。

もういい。苦渋を思い出させるつもりはなかった。喜一はそう思ったのだったが、男は遠い昔を回想するかのように重い言葉を繋いだ。

「ミキを貰って間もなくの頃だ……、ああ、ミキというのは、わしの嫁の名だ」嫁はミキという名前だったらしい。

「俺が家に帰れん日が続いたのよ。それで、助手に言付けを持たして家にやった。一度ならず、何度もだ。……、仕方がなかったのよ。手が離せなかった。没頭していた。そんな俺の必死さは、奴にもミキにも分かっていたはずなんだ。二人ができてしまったことを俺は知らなかった。俺もミキも孤児でな、二人で夢を語っていたものさ。だから俺も必死だった。夢をかなえて、ミキを幸せにしてやりたかったのさ。その時はそんな気持ちで一杯だった。だからミキが奴とそんなことになるなんて、考えてもいなかった。思いもよらなかったのよ。ところが……」

「もうええ、すまんことを訊いてしもうた。忘れてくれ」

「いや聞いてくれ、わしが悪かったんだ。男と女では、夢にかける気負いが違う。ミキは寂しかったんだ。ミキが悪いんじゃぁない、奴も、悪くはなかったかも知れん……」

喜一は男の言うとおりかも知れないと思った。自分に向いた秀子の心は、武夫との間に生じた空洞感が基点だったとは言えないだろうか。そうではないと言い切れるだろうか。

富子が許婚でありながら村の青年に走ったことも、節操に欠けた女だと思い込んできたが、自分が構ってやれなかったせいなのかも知れなかった。

「おまえは独り身じゃが、嫁をもろうたことは、ないのか？」今度は男が訊いた。

男の表情に何故か晴れ晴れとしたものがある。荷を降ろしたときの一息ついた感じと似ている。

過去を晒して、心の底の淀みから抜け出せたのかも知れなかった。持ち応えられない傷を心の奥底に留め置くことは、弱く不確かな人間には結局は耐えられないことなのだ。

喜一は秀子とのことを、男には伏せてきている。それに気が咎《とが》めた。喜一にとっては、健三と同じように、一蓮托生の男なのだ。それなのに何を隠す必要がある。所詮は自分も浅く頼りない人間だ。過ちも不徳も数え切れない。喜一は、洗いざらいを男に話すことにした。

天井に視点を据え、濁酒の湯飲みを傾け、合間、合間の口に菜を投げ込みながら、喜一の話をじっと聞いていた男の顔に、ある種の納得が満ちていくのが分かった。男の心も逡巡していたのだ。今何かが整理できたらしかった。

「呑むか？」

「ん、呑む」

「よし！　呑もう！」

喜一は男の湯飲みに濁酒を注ぎ、男は喜一のそれに注いだ。二人の男にそれぞれ昔日が甦っては消えていったが、悔恨や、恨みや、妬みのような、そんな陰湿なものを含んだ言葉は聞かれなかった。

ただ淡々と濁酒を交わして、流れる時間を見送るだけだった。殺伐として殺風景な建屋の空間は、その意味では相応しい空間だったと言えよう。

喜一は濁酒の酔いの中で、逃げていったという男の女を想像した。そして秀子を思い出した。あれ以来、久しく抱いていていない。米ができるまで、その躰は封印されている。二人の約束である。

喜一に、酒の酔いのせいだろう、チラと心配が湧いた。構ってやれなかった為に、女の迷いに落ちたという男の女と、重なるようにして富子が頭をかすめたのだった。人間は不確かでこの上なく頼りない。身の回りの事態に、事も無く飲み込まれてしまう。

その意味では秀子も同じだろう。東京のホテルで、互いに禁忌の淵で足掻いたことを思い出した。「いや、秀子に限ってそんなことはない。あるはずがないのだ」喜一は、よぎった不安を振り払うかのように湯飲みを傾けた。

〔2〕

実験区画の稲は着実に実を膨らませた。時々穂を砕いてその実を確認するのだが、いずれも順調な生育を見せていた。

日を追うごとに成功の確信が増していった。今年も秀太夫が采配する、収穫の後の浄瑠璃例会が迫っている。喜一の実験区画の収穫もそれには間に合うはずだった。

「秀子っ、秀子っ！」

飛び出てきた秀子は、高潮して泣き出さんばかりの喜一を久しぶりに見た。

「秀子、……」喜一の顔が必死に堪えている。

「ど、どうした……の？」

「秀子、明日に刈る。区画に来いっ！」

「明日！　収穫するの？」

「そうだ、明日だ！」

「できたの？　米が……？」

「ああ、やっとできた！　やっとできた！」

「……」胸が詰まった。苦しい。待ちに待った知らせだ。嬉しいはずなのに何故か息が詰まって苦しい。

まだその米を見てはいない。区画にも足を運んでもいない。行ってはいけないと必死で自分を抑えてきた。だから様子はわからなかった。ただひたすら耐えて「米ができた」という喜一の言葉だけを待ち続けてきた。それが来た。ついに来た。

翌日、まだ陽も昇り切らないのに、実験区画にはかかる人間達が集まった。咲と武造を連れて秀子がやってきたときには、喜一と試験場の男、それに同じ試験場の研究員ら数人が既に到着していた。

少し遅れて、秀太夫も老妻を連れて駆けつけてきた。気狂《きぐる》いの喜一が何かをやるらしい、というので村人たちも好奇の目で集まってきた。こうして大仰に実験区画の刈入れが始まったのだった。

実験区画は数区画あったが、今日の刈り取りは、その内の一区画だ。百坪ほどの区画はたちまちの内に刈入れられた。そして脱穀が始まった。果たして喜一の言うように新種の米は成功しているのか。

脱穀された玄米は、早速持ち帰られて精米に付された。目に飛び込んできた白い粒は、今までの米よりも幾分大きく、艶やかな光りを放っている。白い一粒、さらに一粒が自分を主張しているようにさえ見える。

炭のように砕けた米粒と違って、手にある米は艶やかな光沢を放っている。適宜《てきぎ》な保水もそれとわかる。

「喜一、噛んで見ろ」男が言った。

「ん、……」

男に続いて喜一は米を噛んでみた。口中に甘い生米の味が広がった。「間違いない」二人は互いに目を見合わせて頷いた。

やったっ！　できたっ！　計画通りの米だっ！　待ち続けた新種の米だっ！　確認と納得が、二人の男の目と目の間を激しく行き来した。

米は秀子の手によって早速炊き上げられた。釜が蒸気を噴き始めると、甘く優しい米の匂いが漂って衆人の注目を引きつけた。

そしてそれは、今までのどの米よりもふっくらと炊き上がった。釜の中で一粒一粒が、立ち上がって自分を主張している。さもあろう、神のご意思で生まれた米なのだ。

米飯は試食に立ち会った人間の口中に甘く広がった。誰もに賛嘆が湧いたことは言うまでもない。

ついに米はできた。それも上質な新品種だ。粒もやや大きく品質に文句はない。何よりも反当りの収穫量が今までとは比較にならない。

日本の米は、一部に陸稲もあるが、水田で作る水稲が圧倒的基本である。しかしそこには水田を支えるシステムが必要だ。水源があり、水利システムがあって、排水システムがあることが最低条件である。

のみならず水田には、稲を育てる作土層の下層に、それに適した硬盤層や心土層が必要なのである。そうでなければ湛水《たんすい》を維持することができない。条件と機能がそろわなければ水稲は作れないのである。

村の農家は水田の面積によってその収穫量が異なり、貧富の差にもつながっている。サキの家の清一の所有する水田は、猫の額ほどのものだった。だから貧農で終わっている。だが喜一の米は畑で作る米だ。麦と同じように、蕎麦と同じように、何処の畑でも作れる米なのである。水源も水利システムも原則不必要である。

のみならず水田には稲の早苗を移植して育てねばならないが、喜一の米は籾を直接畑に蒔く直播が前提である。実験区画では、早苗の移植と直播との、双方の実験を繰り返してきた。そのいずれもが成功に至っている。これからは直播一本で済む。

おそらくこの米は、村もそうだが、日本の米収穫量を飛躍的に増大させ、農家に大きな富をもたらすに違いなかった。

翌日には、全ての実験区画の収穫が行われた。いずれも同じ出来栄えだった。残るは品質に関する化学的な検証である。試食では立ち会った全ての人々の舌を満足させたのだったが、それだけでは充分ではなかった。化学的かつ公的な裏づけが必要なのだ。

「喜一っ！　喜一はおるか！　おい、喜一はおるかっ！」

玄関先の大声を、秀子は勝手で聞いた。誰かが怒鳴り込んできたらしい。一体何事だろう。秀子は濡れた手を拭きながら急いで玄関に回った。

「これは、これは、どなたかと」

「おう、秀子さんか。いい知らせだ。喜一はおるか」誰かが怒鳴り込んできたのではなかった。嬉しそうにこぼれる笑みの男は試験場の男だった。

「はい、ただいま」

「おう、どうした？」呼びに行くまでもなかった。二階から駆け下りてきた喜一が直ぐ後ろにいた。

「喜一、見ろっ！　見ろよこれを！　分析の結果がきた、ほれほれ、この通り、上出来だっ！」

「来たか！　上出来か？」

「ああ、上出来だ！　上出来だ！」

慌てて喜一は一枚の紙切れを奪い取った。気が逸《はや》った。一目見て喜一は驚いた。これほどとは思わなかったのだ。

日本には農産物検査法と言う法律がある。米もまたこの法律によって品質と食味の検査が行われ、その格付けが決定される仕組みになっている。検査検定センターの解析書による記載は以下の通りだった。

北摂　農業試験場　殿

山田喜一殿

北摂穀類検査検定センター

所長　雑賀辰雄

新品種米についての機器検査ならびに官能検査における成績を以下の通り通知する。

［機器検査成績］

整　粒　90％以上

水　分　15％

アミロース含有率　15％

外観品質　S

被害粒・死米・着色粒・異物穀粒・異物等　なし

［食味官能検査成績］

食味値　95点

食味格付　S

検査成績は、従来のどの品種に比しても優れたものだった。日本人の舌は極めて繊細である。米粒の一つひとつの食感・その粘り・その味覚は、その品種の命である。その意味では予想以上の成績である。

また検査成績からして加工品への転用も広範なものになるはずだった。

「……」

「どうだ喜一、納得したか。これならば文句はないだろう」

「……」

喜一には万感胸に迫るものがあった。長かった。実に長い歳月だった。地を這いながらただ一筋に全霊をかけてきた。それがついに実った。

昔日が走馬灯のように甦ってきた。無駄ではなかった。そう思った途端、熱いものが込み上げて咽び、不意に縁側に腰を落としたのだった。

「ハハハ、ハッハッハッ、無理もない。喜一、無理もない、ハッハッハッ」

喜一は目じりから滴る雫に、構おうともしなかった。男が差し出した手を、その両手でしっかと握り締め、いつまでも離そうとはしなかった。二人を見つめていた秀子は前掛けでそっと目じりを押さえた。


試験場の登録においても正式に認められ、堂々新品種は日の目を見たのである。新品種の米の名前は秀子がつけた。あの米は「私の誉れなの」と、言った言葉を引用して『北摂の女ほまれ』と命名したのである。

二日おいて新聞は大々的にそれを報じた。作り出したのは喜一、手助けをしたのは試験場の男となっていた。

実に喜一、苦節二十有余年の歳月をかけた偉業であった。ついに気狂《きぐる》いの男と言われ続けた喜一が、押しも押されもせぬ時の人となったのは言うまでもない。

村落の人々の視線は、賛嘆でも羨望でもなく、畏敬の視線に変わっていった。喜一はもう気狂《きぐる》いの男ではなかった。神はやっと喜一に、名誉と安息を与えたと言えよう。

およそ近代文化とは無縁だった山間の村落に、日本中の米所の試験場から、入れ替わり立ち代り専門家が見学にきた。とんでもない偉業を紹介するために、あらゆる新聞が何度も取材にきた。それらの車、それらの知識者達、そうした街中の文化性が突如としてこの村落を襲ったのだった。

喜一は農業者である。専門的な学者ではない。その喜一が新しい米を作った。その学術上の評価は計り知れない。

しかし喜一には自惚れも、だから高い位置から人を見る態度もなかった。喜一にあるのはただ一つ、地を這う苦節を超えて、目指したものがやっとできた、という満足感だけだった。

いや喜一の自覚で変わったことがもう一つある。それは秀子との関係について世間を気にしなくてもよくなったことだ。

現実問題として、見学に訪れる専門家や新聞記者との面談を、喜一の建屋で行うわけにもいかなかったために、秀子の実家がその舞台になったのだった。それは当然のことながら、喜一が秀子の実家にいる時間が長くなるということでもあり、来訪者にとってはそこにいけば喜一に会えるということでもあった。喜一の居心地は良かった。秀子がいつも身近にいるのだ。

秀太夫にも老妻にも文句はなかった。秀子と喜一の関わりが現実となって、むしろ安堵できた。それに噂の渦中の喜一が身内であることが誉れでもある。こうした日々の生活は当然の成り行きとして、喜一と秀子の夫婦性を醸成《じょうせい》していくことにもなった。

喜一と秀子は入り婿夫婦になるに違いない、という噂がたった。浄瑠璃例会を采配していた秀太夫が、その太夫間の打ち合わせの度ごとに、密かにそれらしく漏らしたのが原因だ。そんなことは早くから決まっていたという噂もたった。秀子の胎に喜一の種が宿しているという噂もたった。

やがて秋の浄瑠璃例会の日がやってきた。新聞社の人間たちが入れ替わり立ち代り現れ、いつもとは違う変化が村中を盛り上げていたところに例会が重なった。村中を挙げての準備となった。

特に喜一の米の取材に絡め土地柄を紹介する新聞にとっては、浄瑠璃例会は格好の材料である。それらは相乗的に新聞を賑わすことになる。

「喜一はん、今年の例会には、顔を出してくれるやろな?」夕餉の酒で頬を赤らめた秀太夫が言った。

「わしには、浄瑠璃は出来んが……」

「あ、いや、浄瑠璃はわしらの仕事や。喜一はんは、顔を出してさえくれれば、ええのや」

「顔を出せと言われても、わしには、することもないが……」

「新聞というのは勝手なもんや。米を動機にして、それが生まれた土地の文化や言うて、浄瑠璃も取り上げるらしい」

どうやら、秀太夫は新聞の仕掛けに乗せられているらしかった。身内の喜一が脚光を浴びることは誉れに違いなく、相乗して浄瑠璃も脚光を浴びることになって、悪い気がしないらしい。新聞の仕掛けにのった以上、どうしても喜一を例会に同席させなければならなかったのだ。

「ええな、あんたに、恥をかかせるようなことはせえへん」

「わかりました。よろしくお願いします」

「ああ、ええとも」

どちらが主でどちらが従かは分からなかったが、喜一を説き伏せた形になって満足したのだろう、秀太夫は歳の貫禄を見せると、赤ら顔を崩してさらに濁酒の湯飲みを傾けた。

喜一は、寝室を兼ねた居間として、客間を使っていた。秀太夫と老妻が無理矢理にそう仕向けたのだった。

「よかった、米ができて、ホントに、良かった」湯上り姿で、水差しと煙草盆を枕元に運んできた秀子が、しみじみと洩らした。

洗い髪を丁寧にとかしていた。行灯の柔らかい光に映し出された、後れ毛の巻いたうなじが喜一の目を射る。滑らかな輪郭はそれにつながる肢体を想像させた。熟れてそこに待つ女を喜一は見た。

「ん、……」

「母さんが、そろそろ、いいんじゃないかって」

二人の所帯についてだった。いまさら披露する婚儀でもないが、夫婦として世間には認知してもらいたい、それが秀子の念願である。待って、待って、待った時期がやっと到来したのだ。

「そうだな」

「ええ」

行灯の明かりを遮って、秀子が枕元に膝を進めてきた。米ができるまでと、互いに自制を重ねてきている。この家に身を移してから既に一月もたつのに、喜一はまだ秀子を抱いてはいなかった。けじめと言うよりも、ひっ切りない来客の喧騒が二人の欲望を妨げていたのだった。

陰りの中の躰が、米ができるまでと誓った時の、あの股を開いて喜一を挟んだ秀子を思い出させた。

「くるか？」

「……」

「秀子、来い。ここへ来い」かつての秀子の言葉で、今度は喜一が呼んだ。

秀子は動けなかった。意志がそうしたのではない。噴き上がってくる止めどない熱い血が、躰を焼き固めていたのだった。引き寄せた湯上りの躰は、控えめな行灯に揺らめきながら、ゆっくりと腕の中に崩れていった。

秀子は静寂の中でわれに返った。躰の芯はまだ燃えている。豊饒の胸は静かに波打ちながら、ゆっくりと生還しようとしていた。

「咲が、ここのところ、おかしいの……」

秀子が喜一の胸で呟いた。熱情に燃えた表情も暗く翳っている。

「どうした？」

「時々、呆然としているの。そればかりじゃぁないの。よくわからないんだけれど、何かが見えるって言うのよ」

「何かって？」

「それが、よくわからないの」

「？？？」

「このあいだは、神が淵に一日中いたらしいのよ」

「神が淵？　どうして、そんなところに？」

「それが、訊いても要領を得ないのよ。ただ、何かが見えるって言うだけで……」

神が淵といえば神婆ぁの庵のあったところだ。今は朽ち果てているはずだった。そこにはサキが身を投じて胎の子を殺した池もある。ついにはサキがその命を絶った場所ではないか。

「それに、向こう背の崖にもよくいっているらしいの」

「崖？　向こう背の？」

向こう背の崖とは、神が淵と同様、喜一には忘れられないところだ。サキの父親だった清一と母登世が身を投じた、あの忌まわしい場所である。

「神が淵」と「向こう背の崖」、喜一の頭でよぎった不吉な予感が、確かな形でそこに黒い翳を作った。

当時、秀子はまだ幼かった。あの陰湿で忌まわしい事件の仔細は知らない。神が淵についても同じだ。

サキの存在については、誰かから耳に入れられていたとしても、その死に方や死んだ場所などを誰が耳に入れることができよう。誰もが常識として口をつぐんでいる。

「秀子、それは……」言いかけた言葉が途切れた。咄嗟に迷いが生じたのだ。

「なに？　何かあるの？」

「……」喜一は黙った。過去の事実は消しようもないが、知らない方が幸せということもある。

「お医者に連れていこうかと思っているの」

「待て、待て、様子を見てからにしよう」喜一に思いつくのは、とりあえず秀子を留めることだった。留めてどうするといった思案があるわけではないのだが。

「……」

「……」

沈黙が続いた。打って変わって淀んだ空気が喜一を覆った。しっとりと溶けた秀子の裸身が腕の中で密かにまだ息づいているのに、冷めた血が陰湿な予感とともに喜一に駆け巡ったのだった。得体の知れないものに怯える緊張もある。

遠くからかすかな鈴虫の声が聞こえてきた。それは秋の夜には相応しい。だが鈴虫の声も今では邪悪な気さえする。

【3】

喜一は密かに向こう背の崖に行ってみた。村人たちが日常的に足を踏み入れる場所ではない。近づく人間などいるはずもなかった。通じる道は獣道にも似て細く、両側からはススキが垂れて道を塞いでいた。

朝露を払いながら崖に出た。崖の下は賽の河原だ。霊気が溢れていた。秋の陽は爽やかに明るいはずなのに、ここだけは薄陰《うすかげ》りの中にあった。河原の岩の間を縫って細い流れがあったがそれも淀んで腐っていた。

突如、百舌鳥かヒヨドリか、黒い影が目に見えぬ速さで視界を横切った。それは、まるで悲鳴のような甲高い鳴き声を細く引いて過ぎていった。後は深く黒く沈んだ静寂だけがあった。

気は重かったが神が淵にも足を向けた。行ってみたい場所でもない。だが咲が関わっているとすれば、ほっては置けない。

ここに通じる道も垂れたススキに塞がれていた。だが池に出て喜一は仰天した。なんと、朽ち果てているはずの神婆ぁの庵が、新しく組み直されているではないか。池の回りにも人が手を入れた痕跡がある。神婆ぁが消えてから久しい。いったい誰が……。

喜一にわかるはずもない。ともかく何かが起こっている。喜一は早々に踵を返した。喜一の頭は混乱と不可思議で埋めつくされてしまった。輪郭のない不吉な予感も広がるばかりだ。

向こう背の崖は陰湿な霊気に満ちていた。逆に神が淵には得体の知れない生気が漂っていた。そこに咲が出かけているという。根拠はない。根拠はないが、神婆ぁとサキと武夫が、喜一の記憶に甦ってきた。

その夕、喜一は咲を交えて夕餉をとった。そして気づいた。咲の視線が遠くどこかに泳いでいるのだった。時空を超えているのだ。

一方で、まなこは時々鋭い光を見せる。ハッと何かに気がつく、そんな光である。同じ食卓に身を置きながら、別の世界に彷徨しているのだった。間違いない。咲は現実に生きていながら、現実から離れた異なる次元にいる。

二人になった寝間で、喜一が重い口を開いた。

「秀子、落ちついて聞いてくれ。咲は、神婆ぁになったかもしれん」

今の咲は、サキか、殺したサキの胎の子か、それとも神婆ぁか、そのいずれかの傀儡《かいらい》のように思えてならない。もちろんその理由の説明はできない。

秀子にも神婆ぁのことは、おぼろげではあるが記憶にある。咲を宿った時、突然に現れて神がかり的なことを言って消えていった。

「神婆ぁという祈祷師がいた。ずっと神が淵の庵に住んでいた。実は兄貴とサキの、ああ、死んだサキのことだが、いきさつも全て知っていたんだ。神婆ぁはサキを哀れんでいた。兄貴と一緒になるところを、親父の岳太夫が潰したからな。そのサキは神が淵の池で胎の子を殺し、自分も命を絶った。

神婆ぁは、秀子が咲を宿したとき、なにやら因縁めいたことを言ってもいた。誰も知らない内から、産まれてくる子は女の子だと予言した。そして生まれたら「さき」と名づけるように告げた。予言どおり女の子が生まれた。兄貴はそれに従って、さすがに字は違うが「咲」という名前をつけた。それは秀子も知っての通りだ……」

「……」

「俺が思うに、咲は、神婆ぁの生まれ変わりではないかと思う。いや、生まれ変わりではなく、神婆ぁのその命が乗り移っているのでは、ないかと……」

「そんなこと、あるはずない」

「ん、そう思いたいが、咲を見ているとそんな気もしてくる。おそらく……、違いない」

「咲は、私が産んだ子！　死んだ人間を産んだ覚えはないわ！」

「落ちつけ秀子、そんなことは分かっておる」

「分かっていて、そんなことを言うなんて。ひょっとして喜一さんも咲のことを疎んじて
……」

「止めんか！　秀子、わしが咲を疎んじておるじゃと！」

秀子の一言は喜一の琴線を切るものだった。心の奥の奥では、秀子の躰に馴染めば馴染むほど、咲と武造が、死んだ武夫を意識させる現実の存在になっていることは事実だった。しかしそれは言ってはならないことだった。

秀子は真赤な目で喜一を見据えている。視線を外せば負けだ。認めたことになる。喜一はそれ以上の強い視線で秀子を睨んだ。秀子が折れた。

「ごめんなさい、ごめんなさい」秀子は大粒の涙をこぼした。悲しいのか、悔いているのか、それとも喜一に憐憫《れんびん》を乞うているのか、分からなかった。

「秀子、二度と言うな！」

「ごめんなさい……」

同じ言葉を繰り返して、秀子は濡れた頬に新しい雫を滴らせた。喜一は悔やんだ。反発した感情の根源は、秀子の言い回しに対してよりも、むしろ自分の気持ちの奥にあった無意識の意識によるものだ。

秀子はおどろおどろして縋りつく何かを探している。

「秀子……。」喜一は秀子を引き寄せた。骨の抜けた躰は喜一の膝に折れて崩れた。

喜一は冷めた冷静さで秀子を抱いた。柔らかく温かい肉は、しなしなと肉にまといついた。そして融合した。この躰は離せない。欲情に煽られながらも、喜一は自分自身を冷静に認識していた。

実は秀子の脳裏も冷めていた。運命観や宿命の哀れさが渦巻く深い闇底で彷徨する、この情交をなんと言うべきなのだろうかと。


喜一は、神婆ぁやサキのことも全ての事実と真正面から向き合わざるを得ないのではないかと思った。

秀子を連れて、神が淵に行こう。向こう背の崖にも行ってみよう。秀子もまた正面から向き合わなければならない。喜一は結論した。

翌日、喜一は秀子と山に入った。向こう背の崖はその先にある。そこは喜一が訪れた時と同じように陰湿な霊気に満ち充ちていた。

サキの父親の清一や登世の霊気が、罵り、闘い、絡みながら、いまなおそこに棲んでいるような凄惨ささえ感じる。

「ここが、向こう背の崖？」

「そうだ、ここが向こう背の崖だ……。サキの父親の清一と、わしのお袋が連れ立って死んだ所だ。どっちがここを選んだのかは分からない。とにかくこの崖から跳んで、二人は死んでいた……。

わしは、お袋が、ここから清一を突き落として、自分も跳び込んだのではないかと思っとる。それしか清算の方法が思いつかなかったのだろう。いや、思いつかなかったというよりも、それしかなかった」

秀子に、母親が酒に酔った清一という男ともつれ合いながら、女の声音で騙しだまし、この崖淵まで重い足を運んだ姿が目に浮かんできた。

悪気漂うこの淵に立って、恐怖に躊躇い、佇んで女の性を思い、運命を呪い、罪と因縁を清算するにはこれしかないと決心し、家族の顔を思い出しながら自分を納得させ、絞り出したわずかな力で闇の空間へ男を突き落とし、自らも二度と戻れない闇の中へ跳んだ成り行きまで想像した。

跳んだ後の、足のつく地のない空間が、体感したこともないのに秀子には想像できた。

突然、秀子に悪寒が襲った。気を失いそうになった。一瞬だが、自分の女の性が、喜一の母親の女の性と重なるような気がした。日中なのに視界は闇のように彩を失っている。

五体の自由も利かない。

「二度と、ここには、来たくない……」秀子は縺れる足を引きずり、喜一の腕にすがりながらそこを離れたのだった。

一方の神が淵は明るい陽射しに満ちていた。向こう背の崖とは格段の違いだ。あの時からそこにあった寒椿が硬い蕾を無量につけていて、むしろ命の息吹さえ感じさせた。

「あの庵に住んでいたの？　神婆ぁは……」

「そうだ。誰かが組みなおしたらしいが」

「この池で、サキさんが死んだ？」

「いや、サキはあの松の枝で首を吊った。池で死んだのはサキの胎の子だ」

サキの胎の子という言い方は、とりもなおさず武夫の子ということでもある。躊躇いもあったが、喜一は敢えて率直な言い方をした。いまここに秀子と一緒にいるのは、それらを直視するためでもあるのだから。

「何と言うことを、哀れな……」

「……」

「かわいそうに……」

秀子は、死んだ胎の子を、武夫との間にできた忌まわしい存在としてではなく、運命に弄ばれて闇から闇に葬られた哀れな命だと思った。サキもまた哀れでしかない。サキという女と自分と何が違うと言えるだろう。女が心に留めた男との運命や先行きを、誰が予見できよう。背負うことになる因縁や宿命を、それによって自分の人生がいかに導かれるか、そんなことを誰がどうして予見できよう。

素直に、だから心に委ねて、ただ歩んでみるしかないのではないか。そのサキという女の人生も女の哀れさも誰が誹謗できよう。男とても同じだ。今なら武夫にそう言ってやることが出来そうだ。

喜一の母親とて、踏み違えたのは確かだが、取りつかれた因縁は如何ともしがたかったと言えなくはないだろうか……。

遠くにサキが首を吊ったという垂れた枝が見える。手前には胎の子を殺したという池がある。

膝を落とした秀子は、合掌して長い時間じっと瞑目し続けた。まるで天界と会話をしているかのように微動だにしなかった。喜一は秀子を見て、死んだ人間の、死んでなお確かな存在のあることを思い知らされた。

浄瑠璃例会の日が来た。

秀太夫との約束もある。今年の例会には『北摂の女ほまれ』を作り出した喜一として顔を出さなければならない。

例会も今までは負の関わりだったが今は違う。それを保持し支援する、肩の軽い自覚さえある。この気持ちの変化は、憑かれていた劣等意識から開放されたことが大きな要因だった。

武夫と秀子の過去への嫉妬も、やや捻じ曲げすぎていた。その根源もやはり劣等意識だったように思う。いまなお秀子の躰に武夫の残影を見ることは度々だが、今までの否定感を伴ったそれとは、これもまた明らかに違ってきた。


秋の宵は早々と訪れた。

例会の行われる神社へ通じる参道には、古い樹齢のくねった赤松が続いていたが、その根元々に、人々を導くかのように篝火が焚かれている。それは長時間燃え続けることができる、たっぷり油脂を含んだ赤松を断ち割ったものである。黒い煤を上げながら赤々と燃えている。

それを辿って行き着く本殿前の長床も、いくつもの篝火に照らされている。辺りが闇に変っていくにつれ、長床のある境内は幻想的な世界へと変貌していった。

拍子木が打たれ、幕が引かれて、秀太夫が登場してきた。後段には本日の演師達が座を連ねている。

秀太夫はこの秋の例会を宣言すると、居並ぶ演師たちを紹介し、次いで喜一を紹介した。『北摂の女ほまれ』については既に衆人の知るところである。喜一は拍手で迎えられた。

秀太夫は、二代目、三代目岳太夫のことにも触れ、顕彰碑が完成なったことを遅ればせながら正式に報告して、『北摂の女ほまれ』誕生にまつわる経緯を申し述べ、まさにこの地の名誉であると付け加えたのであった。

「喜一はん、何か一言を……」誉れもあったのだろう、秀太夫は上気した顔を向けて喜一を促した。揺らぐ赤い火が喜一の高潮した頬を照らし出している。

「……」自慢話一つできる喜一ではない。ただ無言で赤面した。長床の両端で大きな篝火がパチパチと音を立てた。

見かねた秀太夫が言葉を添えて、喜一の紹介は終わった。誰もが喜一のことを挨拶もできない男とは受け取らなかった。言葉に代えられない苦労があったに違いないと受け取ったのである。気狂《きぐる》いとして周知されていたのだから誰もが知っていたことでもある。

こうして喜一は名実ともに復権した。かぶりつきの特別席で、この年の発表浄瑠璃を、喜一はしみじみと聴いた。喜一の脳裏に、在りし日の、二代目岳太夫や三代目岳太夫である武夫が甦ってくる。

思えば武夫の人生は、長けた才能に生かされながらも逆に、それに振り回された人生とも言えた。秀子に対して罪があるようで、それでいて酌量されなければならない罪のようにも思われた。

「父を恨んでいるか？　母を恨んでいるか？　思いは色々あるだろうが、父はおまえに救われた。喜一、良くやった……」

「喜一、頼んだ」

父作造の声が聞えた。次いで武夫の声が聞こえた。演じている声ではない。天から聞こえた確かに父の声だった。

武夫の声もそうだった。武夫は「頼んだ」と言った。秀子のことか。咲と武造のことか。燃やしてしまった山田家の歴史のことか……。喜一は突き上げてくるものを抑えられなかった。

例会は進んでいった。篝火は、演師達の表情を照らし出し、浮き上がらせ、揺らぎ、猛り、まるで演調に呼応するかのように闇の中で燃え続けたのだった。

例会は大成功裏に終わった。その夜、秀太夫の家では例会に続いて一派の納め会が催された。朝まで続く、それが習慣である。

寛《くつろ》げない喜一は、久しぶりに自分の建屋に戻った。追いかけるように秀子がやってきた。納め会用に炊き上げた肴が粗末な部屋の卓袱台に載る。つけた熱燗を舐める喜一に秀子が言った。

「盛会だったわね」

「ん、盛会だった」

「良かった。本当のけじめがついた」

「ん、ついた」

喜一も同じ心境だった。米もできた。気狂《きぐる》いの男から脱皮して、復権も果たした。顕彰碑建立に際して欠いた義理も礼儀も、遅ればせながら埋めることができた。

因縁に引きずられてきた重い負担も、母屋を燃やしたいきさつも、今ではそれを凌ぐことができた。みんな片づいた。

今では透明な開放感が喜一を満たしていた。

「秀子、この正月にでも、けじめをつけるか」

「……」秀子は無言で頷いた。

「こだわりはないが、身内だけでけじめをつけようと思う」

秀子は黙って頷いた。

「正直に言う。兄貴が生きていた頃からお前に惹かれていた。お前に惹かれていたことは本当だが、兄嫁であるお前に惹かれていたということもある……」

秀子は喜一が何を言おうとしているのかわからなかったが、妻でありながら義弟の喜一に自分もまた好意を寄せていた日々を思い出した。稽古場から流れてくる武夫の浄瑠璃を聴きながら、喜一が浸かっている風呂を焚いて不貞の妄想を持ったこともある。

「お前を抱く度に、兄貴に抱かれているお前を想像してしまう。秀子、嫌味には取らないでくれ」

「……」

「おまえの思いとは意味合いが違うかも知れないが、わしも兄貴の残影をおまえから消したいと思った。だから、おまえのためでもあったが、わしのためにも遺品や母屋を燃やした。だがそれでも、きれいさっぱりというわけには、いかなかった。今にして思えば、それらはみな、わしの捻じ曲がった劣等感からきていたように思う。米ができてから、わしは変ったように思う。いや変れたように思う……」

ポツポツと続く告白を聞きながら、自分の躰につきまとう残影への喜一のこだわりを気にする前に、秀子はあることに思い至った。

喜一は続けた。

「親父と兄貴の顕彰碑についても、嫉妬や妬みに似たものがあったが、実際にできてみると、親父も兄貴も大した存在だったと思えるようになった。今日の浄瑠璃例会を見ても、父岳太夫と兄岳太夫の積み重ねてきた苦労がよくわかる。自分の米作りのために経てきた年月の痛みと、重ねて受け止めることができた。親父も兄貴も同じだったのだと今では思っている……」

「……」

「親父を恨んだこともあったが、間違っていたかも知れない。兄貴に対してもそうだ。親父も兄貴も、因縁の狭間で必死に生きていた、と今では思えるようになった。おまえが兄貴の嫁であったことも、今では素直に受け止められるような気がしている……」

秀子は思った。少女から女に変容した自分、妻として子を産んだ自分、武夫が命を絶つまでの自分、考えてみれば、その時々に蓄積された女の業があった。忌避するだけでなく、記憶に残ることがおぞましく、だから意識的に蓋をしてきた。

考えてみれば、それは武夫との性を否定する意識からきていた。喜一に気持ちが集約されればされるほど、武夫との性を否定し、その残影に縛られてきた。

「因縁を消すために母屋も何もかも燃やしたが、今では罪を感じている。その時はそれしか方法がなかった。翻って考えると、親父は兄貴も俺も知らない因縁を背負っていた。たとえそれを俺たちが知っていたとしても、子どもの俺たちが親父の心情を理解できたかどうかわからない。ともかく事情をかかえた親父の気持ちには応えていなかったのは事実だ。親父を二重の苦境に追い込んでいたのかも知れない。わしはわしで、自分で自分の因縁を作ってきた面もあるように思う」

「……」

「作った米がそれに代われるかどうかはわからないが、山田家の過去も因縁も、やはりその全てを、わしは引き継いでいこうと思う。兄貴の代わりとして、ということでもあるのだが……」

「……」

　秀子も、自分もまた今の喜一と近いところに立っているような気がした。自分の心の中にも、似た感傷や、喜一に抱かれながら発見した口にはできない官能が棲みついていることに気付いている。

　秀子は膝に落としていた視線を上げて喜一の顔を見た。視線を宙の一点に止めたまま喜一の言葉は続いた。

「だから、山田家はわしが継ぐ。おまえと共にだ。わしは、わしと兄貴とは一つ身になったと思うことにしようと思う。兄貴はわしで、わしは兄貴、というわけだ」喜一はここまで言って秀子を見た。

　秀子は膝に視線を落としたままだった。自覚と想像とがこれからの自分と喜一との生き様を描かせ、貞節ながらも淫靡な、正と邪の錯綜に引き込まれつつあることを自覚した。それは致し方なくではなく、むしろ能動的にである。

　男との運命に弄ばれ踏みしだかれるところにも、女として開花する本能的な性があると言えば言い過ぎかもしれないが、少なくとも秀子の自覚においては、武夫に踏みしだかれた素地に喜一によって新たな色を塗り重ねられるところに、得体の知れない受動的な官能が育っていることは疑いの無い事実だった。

喜一の言うとおり、武夫と重ねた性は消しきれない。自尊心を傷つけられた性もあったが、それも紛れもなく自分の女の一部分になっている。そんな自分の女を丸ごと喜一に奪って貰いたい、今ではそんな気がしている。純粋な部分も、濁って隠したい部分も、丸ごとである。

秀子の心の動きはその表情に絵のような色をなした。喜一は見逃さない。それでいい。それでいいのだ、秀子……。

「だから秀子、これからは死んだ兄貴も大事に思ってくれ。お前が兄貴から教えられたことは、わしが教えたことだと思ってくれ。わしはそれでいいと思っている。いや、そうしたいのだ。そうあって欲しいのだ……」

秀子に何かが生まれる実感があった。喜一がそうしろと言うならそれでいい。いまでは喜一が死ぬほど好きなのだから、言われるとおりに丸ごと自分を投げ出せばいいのだ。

「わしの言うとおりにしてくれるか？」

「……」秀子は深く頷いて応えた。

「ん、それでいい。心配なのは、咲のことだけだ。このあいだも言ったが、咲には神婆ぁが乗りうつっているのかも知れん、とわしは思っておる。向こう背の崖や、神が淵に行った時にも思ったが、根拠はないが確信に近い。だから咲のことは成り行きに任せよう。哀れと思うな。人間、どんな生き様が幸せかは誰にもわからん。誰もが生まれながらの分と運命を背負っている、と言えば気取りを感じるかも知れないが。神婆ぁが憑いているなら、それも認めざるを得ない……」

喜一は、たとえサキの胎の子の生まれ変わりであっても、とつい言いかけて言葉を飲み込んだ。

「咲が自分の子ではないから、そんなことが言えるのだ」とは、秀子も思わなかった。信じるところまでは行きついていないが、言われればそういうこともあるのかも知れないとは思う。不憫は募るが手の打ちようも、今は思いつかない。

委ねよう。運命に委ねよう。さすれば武夫もサキも、死んだという胎の子も、咲を守ってくれるかもしれない、そう思った。

秀子は息苦しい胸に、思い切り空気を吸い込んだ。新しい空気が息苦しかった空気を追い出してくれた。それから喜一に向かって頷いた。

頷き返した喜一が言う。

「今夜は、このまま、ここに泊るか？　どうせ、実家は朝まで宴会だろう」

「……、ん」

「手伝いが要るか？」

「大丈夫。母さんには、言ってあるから」

「そうか、それなら、ここの湯を沸かすか？」

「ん、……」

母屋を焼失した後で小さな風呂を造り足していた。その焚き口でパチパチと火が音を立てた。母屋を燃やした大火を思い出し、所詮小さく生きるしかない人間を思った。いずれ訪れる冬に対しても、人はみな身を縮こまらせて耐えるしかない。背負った運命がたとえ負であっても、身を縮こませて耐えるしかないのだ。それを超えて生き抜くしかない。

米とて運命が加勢してくれた。神が許してくれた結果だ。そしてそれもまた、自分が生きているあいだの栄光でしかない。死後にその功績を顕彰されたとしても……。

焚き口で背を丸めた喜一を包む晩秋の夜気は、一層の冷気を孕もうとしていた。

やがて雪を引き連れて正月が訪れた。元旦に身内だけの宴を開いて喜一と秀子は夫婦になった。外部の人間は留吉と健三と農業試験場の男だけだった。二人には欠かすことのできない三人なのである。

これを機に喜一と秀子は、武造と咲を秀太夫夫婦に預けて、大阪に居を移した。大刈地区を含む各地の農家に新種の米の生産委託をして、それを取りまとめる企業を立ち上げたためであった。

大阪に向かう前日、二人はいつか行った厄神を訪ねた。遠回りをしたものの、ここは二人の心の出発点でもあった。秀子がお守りを買って、それを喜一の胸にあて、心を通わせた所だ。喜一はこれからの厄を祓い、秀子は咲の今後を祈った。

帰路には、秀子の胸の柔らかさに初めて触れた、不動明王を祀ったお堂にもお参りをした。仄々とした感傷を胸に秘めながら……。

【4】

時間の流れは早い。瞬く間に十年の歳月が流れていった。喜一五十歳、秀子四十三歳、咲二十六歳、武造二十二歳であった。

喜一は押しも押されもしない、今では米王と呼ばれるようになっている。喜一が利を目論んだのではなかったが、その利権は当然のこと喜一に財と地位を与えた。

そんな中、秀太夫の異変が耳に届いた。齢九十を越え天寿を迎えようとしていた。喜一は秀子を伴って久しぶりに村落に戻った。蝉時雨が舞う七月の盛夏のことである。

秀太夫は庭に面した客間に床をとって伏せていた。喜一が一時寄宿した部屋である。

一層の皺を重ねた老妻が、曲がった腰でゆっくりと団扇を使っていた。

「喜一はんか、よく、きて、くれたのう」空ろな目を大きく開けて、力ない声で秀太夫が言った。あの頃の生気は既にない。遠くない闇の訪れを予感させた。

秀子は胸が詰まった。咽せ込む口をハンカチで覆い、隠すようにして涙を拭いた。

「秀太夫さん、元気を出してくれないと……」

「いや、わしは、もう、これまで、じゃ。わしの、時代は、おわった。二代目に、くらべりゃ、おそすぎた……」やっと搾り出した声でそう言った。二代目の作造のことである。

言い終えて、秀太夫は娘婿に向かって笑顔を作った。猪に襲われた後遺症で早くに死んだ岳太夫に比べれば十分な人生である。そして娘婿に向けた笑顔は、耐えて喜一を待ってくれた義父の、死出の旅路を待つ顔だった。

「じょう、るり、……じょう……」さらに何かを言いかけたが、言葉は意味を成さずに途切れた。肩が小さな息を吸った。

秀太夫にとって最も心にあったのは、武夫の元に嫁がせた秀子の人生であったろう。岳太夫とは刎頸《ふんけい》の友である。その懇請には応えねばならなかった。そしてそれは秀子の人生の出発点になった。

次いで心にあったのは浄瑠璃のことだろう。岳太夫もそうであったが、この地の太夫として一派を率いる男には、それが生き様の全てでもある。岳太夫と同じく秀太夫をおいてはまたこの地の浄瑠璃文化は語れない。

秀太夫の終焉に触れて、人生と浄瑠璃とのかかわりを思うとき、因縁とも言える重い枷《かせ》を自覚する。今まであった心の枷が、この時はっきりとした輪郭を持って喜一の胸の内に残った。それは浄瑠璃会館建設へ向けて、喜一を駆り立てる一つの要因となった。

その日の夜更けに秀太夫はこの世を去った。思い残すことは誰にもある。秀太夫とて同じだったろう。だが秀子も米王と呼ばれるようになった喜一と連れ添い、秀太夫の負の遺産は解消している。収まるべくして一つの形に収まった。もういい。もういい。これを土産に穏やかに冥土に旅立って欲しい、と喜一は願った。

翌日に通夜を行い、その翌日、身内や各派の太夫や弟子たちによって、秀太夫は野辺に送られた。それから三ヵ月後には、追いかけるようにして老妻も旅立っていった。

喜一には、今さらだが新しい認識が芽生えている。武夫と自分は一つ身なのだから、武造も咲も同じ一つ身の血を引いた自分の子であるという認識である。

今までもそう思ってはきた。しかしそれは理屈の上だった。だが今は違う。血が血で感じ、血が血で思うようになった。今や心に矛盾はない。

喜一には、総決算としての決意も生まれていた。初代岳太夫、二代目岳太夫、三代目岳太夫の顕彰を目的として、更には気狂《きぐる》いだった男の村落への還元として、一大事業を発起していたのだった。それは浄瑠璃会館を建設して、それを寄贈することだった。

終　章　終わりのない道

まだ夜も明けぬのに、喜一は寝室の冷気で目が覚めた。寝てはおれない。そんな気持ちの高ぶりがあった。今日は新築なった浄瑠璃会館柿落としの日である。

「秀子、起きるぞ」

「……」

子どものように純粋な、喜一の意気に誘われて秀子も身を起こした。宵の気だるさがまだ残っている。だが宵の残照は、秀子にとっても今日の会館の柿落としの興奮につながっている。

大阪がこの冷気なら北摂の大刈はもっと冷えているに違いない。背広に着替えて早々と出発しようとする喜一の背中に秀子はコートを掛けた。

「そんな物は要らん」とでも言うように喜一はそれを手に取ると、玄関のドアをせわしなげに開けて外に出た。

「あ、ちょっと待って、あそこにはお茶を飲むところも無いわ。コーヒーでも持っていきましょう。少し待っていて下さる……」

秀子は玄関から急いで台所に戻ると、用意していたコーヒーを、サイフォンからポットにうつした。ガレージから、エンジンをふかす音が聞こえてくる。それは秀子を催促するように、戻っては噴かされ、戻っては噴かされた。急ぎたい喜一のアクセルに乗った足を想像させた。

秀子は忘れなかった。昨夜密かに風呂敷に包んだ物を……。それは、咲に渡してやりたくて母親が整えたものだった。

*

緞帳が上がった。孟宗竹《もうそうちく》を背景にした舞台に吹雪が舞っている。そこに裃に襟を正した二十連の三味線師たちが姿を現した。

悲哀のある、それでいて勇壮にして猛々しい津軽三味線の連奏が響き渡った。まさに割れんばかりだ。館が鳴動していると言っても過言ではない。聴衆はもちろん喜一も、声なくその世界に引き込まれていった。開幕の序章である。

回転舞台が三味線師達を回し隠すと、浄瑠璃師たちが現れた。二代目岳太夫が死んでからは四派のまとめ役は秀太夫が背負ってきた。だがその秀太夫も今はこの世にいない。

他の太夫たちは生存したが、まとめ役を担う器ではなかった。ここは初代館長でもある山田謙作の出番である。喜一が初代館長に謙作を選んだのはさすがであった。

「皆さんおはようございます。館長の山田謙作です」登壇した謙作は、会場を右から左に見渡すようにして言った。

「おう、謙作。お前のことは、よう知っとるぞ！」会場からちゃちゃが入って、爆笑の渦が湧いた。謙作はいかにも親しそうに声のかかった方に手を挙げて、さらに笑顔を振りまいた。さらに会場は爆笑に沸いた。

「ありがとうございます。皆さんよくご存知の山田謙作です」またまた会場が沸く。

謙作は人柄もあるが人の気をそらさないところがあった。人懐っこい顔がそんな性格をより強調して、喜一の望む「伝統浄瑠璃の土地の殿堂」にしたいと言う思いにはうってつけの人材であった。

「いよいよこの大刈浄瑠璃会館、本日柿落としの運びとなりました。この地には伝統芸能として愛され続けている、他に誇るべき浄瑠璃があります。各派の太夫を初めとして、多くの方々の弛まぬ鍛錬が毎日のように続いておりますことは、皆さんもご承知のとおりであります」

「その通りだ！」誰かがちゃちゃをいれて、パチパチと手を叩いた。

それが先導となって聴衆は、そうだそうだと言わんばかりに拍手を送った。これをみても、土地に根付いた浄瑠璃の存在感がわかる。

「ありがとうございます」謙作は拍手に応えておいてから言葉を続けた。

「そこで、この伝統浄瑠璃を益々発展させたいと、かつて気狂《きぐる》い男とまで言われた山田喜一社長が、私財を投じて寄贈して下さったのが、この大刈浄瑠璃会館であります」

謙作が喜一のことを気狂《きぐる》い男と、かつての生活を引き合いに出して紹介したものだから、会場は照れくさそうな笑いに満ちた。

だがその笑いは次第に拍手に変わっていった。喜一は赤面して、その場で立礼してそれに応えた。

「山田社長、本当にありがとうございました。皆さん、この会館を身近な殿堂として、伝統浄瑠璃を益々発展させていこうではありませんか。では今日まで、血の滲むような鍛錬を重ねてこられた四派をご紹介することといたします」

謙作は礼を尽くして年寄りの太夫から紹介をはじめ、高弟子、下弟子とその紹介を続けた。秀太夫一派は秀太夫亡き後その師範代が引き継いでいた。山田武造の紹介は最後であった。

武造は秀太夫の元で、浄瑠璃についてその薫陶を受けてきた。血は血を継ぐものだ。その才能は幼少の頃から抜きん出ていた。秀太夫は孫でもある武造を秀太夫派の後継者にしたがっていたのだが、岳太夫派の再興をという喜一の強い意向で、まだ年端もいかないが四代目岳太夫を名乗って一派を再興することとなったのであった。

この柿落としの記念公演に合わせ、四代目岳太夫としての襲名披露も予定されていた。

「皆さん、各派のご紹介は終わりました。残る一派をご紹介します。ご存知のとおり、かつて竹本岳太夫派がありました。太夫が亡くなられてから、岳太夫派は他派に合流しておりましたが、この度、山田武造が四代目竹本岳太夫を襲名し、岳太夫一派が再興されることとなりました。皆さんには、何分のご指導をよろしくお願い申し上げます」

ここで武造が舞台に登場して、恭しく紹介されたのであった。他の太夫たちは暖かく四代目岳太夫こと武造を迎えた。もちろん会場の聴衆もである。だが竹本岳太夫一派は再興されたとはいえ、今は武造独りの派である。

その才能はいずれ人々の共感を呼ぶことだろう。武夫の血を引いてその才能は抜きん出ている。喜一は幼顔に兄武夫の残影を見ていた。それは秀子も同じだった。

こうして全派の紹介が終わると、緞帳は会場の拍手の中を静かに下りて舞台を閉じた。

前座は襲名披露を兼ねている武造である。再び緞帳がゆっくりと上がると、二連の三味を従えて四代目竹本岳太夫こと武造が登壇した。

四代目岳太夫の出し物は「親子獅子修験殺生図の段」である。これには喜一よりも秀子の方が鋭く反応した。三代目岳太夫であった武夫の最も得意としていた演題だったからである。

生前、武夫はこの演題を最も得意としたが、実に武夫の人間そのものが滲み出る演目でもあった。武夫自身もその登場人物になりきれるのだろう。その声は演目の中の登場人物をさながらに演出した。単に技術で浄瑠璃を演じるといった生易しさではない、武夫自身が登場人物になりきり、聴くものをして演題の世界に引き込んでしまうのだった。

武造が襲名披露の出し物にそれを選んだのは、自分の感情の世界が、その演目の人物と一体となるからなのかも知れなかった。だとすれば親子とは言え、なんと似ているというべきか。

喜一は感嘆の淵にあった。武造を見ているのに兄武夫を見ていた。武造の浄瑠璃を聴いているのに、兄武夫の浄瑠璃を聴いていた。継がれた血を思った。

武造の襲名公演は上出来であった。聴衆も喜一と同じように武夫こと三代目岳太夫を思い出したのは言うまでもない。


武造の出し物が終わって、喜一と秀子は貴賓室に戻った。高揚したのは同じだが、喜一と秀子のそれは色合いにおいて少し異なるものだった。

喜一のそれは、この大刈浄瑠璃会館が、全ての人々にとって憩いの殿堂になるに違いないことだった。そして、父二代目岳太夫、兄三代目岳太夫の浄瑠璃に捧げた功績を末代にまで顕彰することが実現したことだった。

秀子のそれは、この大刈浄瑠璃会館が、夫の手によって建設寄贈されたという事実である。村社会に対する誉れでもあり、気狂《きぐる》いとまで言われた夫の復権を確かなものとした満足でもあった。

それに加えて、武造が立派に成長して四代目岳太夫としての立場を確かなものとしたことがある。母親としての息子の成長に対する感慨である。山田家の血筋を確かなものとして残したという納得でもあった。

そんな喜一と秀子のいる貴賓室のテレビには、舞台で朗々と演じる浄瑠璃師たちの姿が映し出されていた。

「義父さん、母さん、どうでしたか?」

飛び込んできたのは武造だった。例会での舞台経験は今までにもある。だが今日の舞台は意味も立場も違う。武造には自信があったが、喜一と秀子にその出来栄えを確認したかったのだ。少し息も激しい。

「おう武造、すばらしい出来だった。兄貴を見ているようだった。兄貴の才能をお前はみんな受け継いでおる。すばらしい出来だった」喜一は破顔して讃えた。

「ありがとうございます」武造は秀子に視線を移した。秀子は感慨を目に湛え無言で武造を見た。母の心は武造にも直ぐにわかった。

「来い、来い！　ここに来い、武造！」喜一は、ソファから立ち上がって秀子と武造を呼び寄せ、思わず両腕で二人を抱きしめた。

ある意味で言えば三人の血が流れ合ったとも言える。同時に三人にはある課題が巡っている。咲のことである。母親としての秀子が最も不憫な思いを抱えていたことは言うまでもない。

*

柿落としの演会は真っ盛りだったが、喜一と秀子は一足先に部屋を後にした。館長の山田謙作は最後までと食い下がったが、喜一の表情の一隅に浮いた憂いも見ている。

「何かご心配でも？」

「うむ、神が淵にいこうと思って、な」

「神が淵？」

「うむ」

謙作にも喜一の心の内が読めた。咲のことは謙作も承知している。

「社長、何でも言いつけてください。私は近くにいるのですから」

「ああ、よろしく頼む」

「後でお寄りになりますか？　もう一度、会館に」

「いや、そのまま帰らせてもらうつもりだ。後のことは君に任せる。太夫さん達との祝宴は方々よろしくな。あ、そうだ、小森さんにもよろしく言っといてくれないか、彼にはそんなところが大事なんだ」

「承知しました。次第については、日を改めてご報告ということで」

「うむ」

「ではここで失礼しますが、お気をつけて」

「うむ」

武造の舞台を見て、昼食を挟みながら太夫たちの舞台を鑑賞してからだったので、時間は午後の三時になっていた。

神が淵にはすぐに着いた。咲をこれからどうしてやればいいのか、今は、妙案と言えるものは何一つ無い。

　車を止めて二人は神が淵に通じる細い道を分け入った。踏み固められた土肌の小径を、垂れたススキを払いながらあの池に出た。

　神が淵には何年か前にも秀子を連れてきた。それは武夫やサキの残影を直視するためであった。だが今回は咲に会うためだ。娘に会うためだ。

　池は変っていなかった。あの垂れ松も変わりなければ、こんもりと繁った寒椿も変わりはない。庵だけが少し煤けたように見える。

「咲っ！　咲っ！」庵の戸口を少し開けて、秀子が内に声をかけた。

「咲っ！　お父さんと、お母さんだ！」今度は喜一が声を高めて咲を呼んだ。

　やはり返事はない。二人は内に入った。半間の障子戸を透して入る光だけである。やや薄暗くはあるが中の仔細は確認できた。咲はいずこかに出かけて留守のようだった。

「待とう。帰ってくるまで待とう……」

「どこに、いったのかしら？　ひょっとして、会館では？」

「いや違うだろう。目にはつかなかった」

「……なら、どこに……」わかるはずもないのに、秀子はそんなことを言って思案した。

「いずれ、帰ってくる。心配するな」

「……」

庵には土間に続いて二つの部屋があった。奥の部屋には神棚を祀り寝間を兼ねているようだった。

手前の部屋には囲炉裏が切ってある。煮炊きはここでするのだろう、それらしく鉄瓶がかかり、囲炉裏の端には鉄鍋も置かれていた。二間とも床は筵《むしろ》敷《じ》きである。

喜一は囲炉裏に腰を落とした。秀子もそれに従ったが、娘の住処なのに他人の家に勝手に踏み込んでいるような気がした。落ち着かない空間が二人を包む。喜一が囲炉裏に熾した火でわずかな暖かさが伝わってきた。

「こんな所に、一人で住んでいるなんて……」秀子が目を潤ませた。

憐憫《れんびん》の情においては喜一も同じだ。不憫でならない。自分がそうなのだから、秀子はもっと胸が痛んでいるに違いなかった。

囲炉裏の鉄瓶からやがて蒸気が噴きだした。淀んで沈んでいた空気は蒸気の噴出する勢いで、生きている現実に二人を引き戻してくれた。

「どうして、咲はこんなことに……」

「つれて帰ろう。……やはり、咲をつれて帰ろう」

「このままでは、可愛そうで……」母心の堰が切れる。咽び涙が頬を伝って落ちた。

空白の時間はゆっくりと流れている。陽も落ちかけてきたらしい。障子には赤い陰りが揺れていた。

「私たちが悪いのかしら？」

「……」

「私のせいかも……」詮無い回想が秀子に巡る。

「秀子、考えるのはよそう。詮無いことだ。咲をつれて帰ることだけを考えよう」

「……」今度は秀子が黙った。

カタカタと音がした。するりと木戸が開いて白装束が漂うように土間に入ってきた。

「咲っ！」「咲かっ？」秀子と喜一の声が同時に飛んだ。咲だった。

それには応えずに咲は奥の間に踏み入ると、神棚に向かって恭しく、何度も何度も拝礼を繰り返した。喜一も秀子も目を丸くしてただ見つめるだけだ。

やがて咲が振り返った。目は静かに澄んでいる。澄んだ目は、確かに義父と実母を見つめてはいるのだが、認識しているのかどうかについては、喜一にも秀子にも判断できなかった。

「咲、ここに来なさい」

咲はわずかに笑みを返した。そう見えた。しかし直ぐに無表情にもどって囲炉裏端に腰を落とした。

「咲、今までゴメンなさい。今日は迎えに来たの。一緒に帰りましょう」秀子はそれだけ言うのが精一杯だった。庵に踏み入ったときから胸が痛んで張り裂けそうなのだ。

だが咲は応えない。囲炉裏の火の赤い光が、咲の表情に揺れる翳りを作った。それが尚更のこと痛々しい。

「咲、聞いているの?」咲はこっくりと母の声に頷いた。

咲はもともと利発な子だ。今の咲になったのは、喜一の言うとおり、神婆ぁか誰かの何かが憑いているからに違いなかった。

「どうだ、咲、一緒に帰ろう」喜一の言葉に、咲は何度も首を横に振った。

「どうしてだ? どうして、私たちと一緒に帰れない?」

「私には、仕事がある。神のお告げがあった。私には仕事がある」

「お告げ? 誰の? 仕事? どんな仕事だ?」

「災いを被る。私が一人で災いを被る。それが仕事……」

「災いを一人で被るって、誰がそんなことを言ったのだ？」

「神のお告げがあった」

「馬鹿なことを言うな、とは言わん。わしもそうかも知れんと思う。神婆ぁか？　それとも……」喜一は慌てて同調した。今の咲には聞き入れられやすいと思ったのだ。

「わからん。神がそう言った」

「この世に神がいるのか？」

「おる。この世に神はおる。みんなの中にもおる。おまえの中にも、おまえの中にも……」

咲は喜一に向かっておまえと言い、秀子に向かっても同じことを言った。喜一は武夫から聞いた神婆ぁの言葉を思い出した。同じ言葉を咲が言っている。

「咲、わしに神はわからん。わしは苦労したが、米ができて幸せになった。お前だけに災いを被らせたくもない。一緒に連れて帰りたいのだ」

「知っておる。米ができたのも知っておる。神が来て米ができたのじゃ。神がそう言った。お前に神が下りて米ができたのじゃ」

喜一はハッとした。確かに米は自分が作った。しかし、実のところは米ができる条件を整えただけかも知れなかった。緊張が喜一を包んだ。秀子は意味するところは理解できずに泣いている。

「咲、お前の幸せはどこにある？　武造もお前も幸せにしてやりたいのだ」

咲はある意味で真理を突いているのだが、やはり気狂《きぐる》いしているとしか思えない。だが喜一の言葉は咲に感慨を与えたらしい。

咲の目に血が流れ、感情の潤みが湧いている。喜一は見逃さなかった。目を逸らさずに咲を見つめ続けた。

「わしは神になった。神と生きる。それがわしの幸せだ」

咲はそれだけ言うと突然、身を翻して、いや宙に浮いて流れるように土間に漂い、引き戸を開けた気配もないのに何処かへ消えていってしまった。

「咲っ！　待ちなさいっ！」

秀子の叫び声も空しい。声が出たのは咲が消えた後だった。喜一と秀子は庵を出た。走らせる車の中で秀子が言う。

「改めて来ましょう。なんとしても咲をつれて帰らねば……」

喜一もそう思う。だが無理かも知れないとも思う。咲にとっての幸せは、咲の言うようにこのまま神と生きることなのかも知れない。

人間には、気が付かず、思慮が及ばず、知らず知らずのうちに積み重ねてしまう因縁の世界がある。すべてを燃やし尽くして過去の因縁を断ち切った。そして新たに山田家の再興を期したのに、また別の因縁が生まれているのかもしれなかった。喜一の頭でまた、初代岳大夫や二代目岳大夫、そして登世や清一、武夫やサキが、目に見えない糸でつながって巡るのだった。


車はやがて開館したばかりの浄瑠璃会館の前に差し掛かった。所々の警備灯だけが点されて主灯は既に消えていた。今頃は謙作が太夫たちと祝宴を張っているに違いなかった。

二人の車は、村から抜け出る渓谷に沿った細い一本道を、ゆっくりと辿った。まるで自分に与えられた運命を辿るかのように……。

夜は暗い。闇だ。だがやがて朝が来る。喜一にはそんな感慨もあった。咲の庵では囲炉裏の火が主を失っていまや消えかけていた。その端のそっと母が置いた風呂敷包みも、やがては闇に包まれようとしていた。

完

＊本作品は、時代性には重きを置いておりません。
＊地名・人名・その他の名称・事象等は、実在するものとは関係なく、全てフィクションです。

■著者プロフィール
藤恵　研（ふじえ けん）
1943年（昭和18年８月18日）岡山県に生まれる。
大阪市にて事業経営し、2013年に引退する。
2015年から執筆を開始。
本稿が初出版。
現在、兵庫県川西市に在住し執筆中。

■カバー装画・装幀
藤正良一（ふじまさ りょういち）

1941年（昭和16年２月25日）大阪市に生まれる。

現、大阪芸大商業デザイン科を卒業。

百貨店のファッションイラストや雑誌のイラストルポや新聞広告のイラストを幅広く描く。

毎日新聞商業デザイン賞や国連ポスターや朝日新聞読者の選ぶ広告賞などを受賞。

著者とは、事業経営スタート時の会社ロゴマークなどを始め広告デザインなどを担当。ゴルフの師匠で、友人としても現在まで続く。

北摂《ほくせつ》の神々《かみがみ》

■発行日　令和二年十月二十五日　初版第一刷発行
■著　者　藤恵　研
■発行者　杉田宗詞
■発行所　図書出版 浪速社
〒540-0037
大阪市中央区内平野町２丁目２番７号
電　話 06（6942）5032
FAX 06（6943）1346
■印刷・製本　亜細亜印刷㈱

Printed in japan　ISBN978-4-88854-533-4